あなたの大事な人に殺人の過去があったらどうしますか

天祢　涼

角川春樹事務所

あなたの大事な人に殺人の過去があったらどうしますか

写真　久保田武治（石花久作）
装幀　bookwall

目次

「死ね」

私がそう言いながら胸ぐらをつかんだ手を、彼は振り払おうとしました。それで頭に血がのぼりました。

「死ね」

突き出した拳《こぶし》が、彼の頬《ほお》に当たります。彼は仰向《あおむ》けに倒れ、頭の後ろから「ごん」と鈍い音がしました。私の背後から歓声が上がります。

「出たー、サンダーパーンチ！」

「ノックアウト！」

「容赦ないな、参舵亜《サンダー》！」

その後も続いていた歓声は、段々と小さくなっていきました。

彼が、ぴくりとも動かなかったからです。

しかも頭からは、真っ赤な血がじわじわと流れ出ています。

「え？　これ、まずくね？」

「ヤバいって。逃げようぜ」

「もしかして殺したのか？」

殺した。その一言に衝《つ》き動かされた私は彼の傍《そば》に屈《かが》み込み、両手で胸ぐらをつかみました。それでも彼は動きません。

「ふざけんな。これくらいで死んでんじゃねえよ。死ね！」

わたしのこと

1

藤沢彩《ふじさわあや》は子どものころから、自分の感情や思考を言葉にすることが苦手だった。意識するきっかけをつくったのは父である。二十年近く経《た》ったいまも、五歳のときに言われた言葉をはっきり覚えている。

父が友人の観光会社を手伝うことになった関係で、山間《やまあい》から相模《さがみ》湖のほとりに引っ越してきた日だった。

引っ越し前から母は何度も「これが今度のお家《うち》の近くにある湖だよ」と、きらめく湖面の写真を見せてくれた。その度に、彩の胸は高鳴った。新しい家がアパートではなく、小さいながらも湖畔《こはん》に建つ一軒家であることにもわくわくした。

一方で、友だちと離れ離れになることを思うと涙が出そうになった。

でも泣いたら、お父さんとお母さんに心配をかけちゃう。その一心で我慢してきたが、新居に積まれた段ボール箱を見ているうちに目が潤んできた。今日は一日ずっとお父さんとお母さんの傍にいて荷ほどきを手伝いたい、と思った。

「今日は片づけをするから、彩は湖に行ってなさい。お父さんの会社の人が、もうすぐ迎えに来てくれるから」

だから母にそう言われたときは、首をぶんぶん横に振った。

「おうちに残って、お片づけを手伝う」

「わがまま言うな。彩がいたって邪魔なだけだ」

容赦なく告げてきたのは、父だった。五歳の子どもがいたところで役には立たないと、いまならわかる。しかし、そのときは「もう五歳なんだし、お片づけを手伝う方がわたしにとっていいことなの」と伝えようとした。それをどう言葉にしていいかわからず、でも、でも、と口ごもっていると、父は苛立《いらだ》たしげに息をついた。

「はっきりしない子だな、彩は」

はっきりしない子。その一言に頭をたたかれた気がして、なにも言えなくなった。

その後すぐ父の友人夫婦が迎えに来て、彩は相模湖でボートに乗せてもらった。

「大きくて海みたいだろう」

「彩ちゃんの前のお家《うち》は、山の中にあったんだってね」

夫婦は何度も代わる代わる話しかけてくれたが、彩は「うん」「そうです」などと小声で返すのが精一杯だった。ボートの推進に合わせて波打ち、一秒たりとも同じ色、同じ形にとどまっていない相模湖の水面《みなも》を見ているうちに、先ほどの「はっきりしない子」がイントネーションに至るまで正確に記憶されていくことがわかった。

この日から、彩は自分が考えていることを言葉にしようとする度に口ごもってしまい、父に「はっきりしない子」と言われることが増えた。

例えば、レストランでメニューから注文を選ぶとき。

――わたしが食べたい物を頼んでいい？　お父さんたちと分けられる物の方がいい？

それをどう伝えればいいかわからないでいるうちに自分がなにを食べたいのかわからなくなり、なにも言えなくなってしまう。すると早々に注文を決めた父が「本当にはっきりしない子だな」とあきれ顔になる。そんなことが繰り返された。

俯《うつむ》く彩の頭を、母が撫《な》でてくれたことがある。

「彩はいろいろ考えすぎて、うまくしゃべれなくなっちゃうんだろうね。それは彩のいいところでもあるから、無理に変わらなくていいと思うよ」

そんなこと言われても困る、と言い返そうとしたが、やはり言葉にできなかった。

それでも家族三人でドライブや旅行に行ったりする時間が、彩は好きだった。中学二年生の秋、彩が描《か》いた水彩画が県の絵画コンクールで最優秀賞を受賞したときは、高級レストランに連れていってもらった。

「はっきりしない子」が記憶された場所なのに、彩は幼稚園の写生会で描いたのを皮切りに、ことあるごとに相模湖の絵を描くようになった。何度挑んでも湖面を思うように描けなかったが、受賞した一枚は繊細な波紋も、青とも白ともつかない水の色も正確にキャンバスに再現できた。

ただし、湖のほとりに描いた赤い屋根の洋館と杉の木は、彩が頭の中で組み合わせた架空の存在である。小さいころは「絵というものは、目に見えるものをそっくりそのまま描かなくてはいけない」と思い込んでいたが、小学三年生のとき、目の前にないものを自由に描く画家をテレビで観《み》て衝撃を受けた。真似《まね》しようとしたものの、ないものを描くことは思ったより難しく、なかなかうまくいかなかった。それでも何枚も描いているうちに、少しずつコツをつかんでいった。

そのことをいつものようにたどたどしい口調で説明すると、父は「才能がある上に努力家か。さすが俺《おれ》の娘だ」と上機嫌にビールを呷《あお》った。そんな父を見て「調子がいいよねえ」と言う母と一緒になって笑った。

だから大学二年生のときに父が、一年後に母が病気で相次いで他界すると、玄関のドアを開ける度に家の中が静かだと思った。

父の友人夫婦が気にかけてくれたおかげもあって、彩は大学に通い続けた。就職活動をして、横浜に本社を置くオオクニフーズから内定をもらうこともできた。農家やメーカーといった生産者から受託した食品を、スーパー、レストラン、施設などに納品する食品卸売会社である。食べ物に関心があったわけではない。相模湖湖畔の家は借家だし、両親の遺産が多くない中で奨学金を返済しなくてはならないので、給料がそれなりにあって、倒産しそうにない会社ならどこでもよかった。

配達部門の方が給料がよかったが、小柄な自分には体力的に無理そうなので内勤を志望した。

在学中に何度か行われた研修を経て、配属先は相模原市南部にある支社に決まった。相模湖湖畔も住所の上では相模原市だが、南北に大きく離れているので別の市に引っ越す感覚だった。

「本社勤務だったら、会社帰りに横浜で一緒に遊べたのにね」

研修で親しくなった同期は残念がってくれたが、横浜市内より家賃が安く済みそうで密《ひそ》かにほっとした。

引っ越し先に選んだのは、ワンルームのマンションである。職場からバスで十分弱、最寄り駅の相模大野駅からも歩けなくはない場所にあることが決め手ではあった。でも引っ越しさえすれば玄関のドアを開けたとき誰《だれ》もいないことが当たり前だと思えるから、そこまでこだわりはなかった。

配属先の支社は、幹線道路沿いに立つ横に長い建物だった。内部はほとんどが倉庫で、入口から廊下を進んで左に曲がったところにオフィスと、小さな会議室がある。オフィスは、スチールデスクがいくつか向かい合っている島が四つあるだけで、取り立てて特徴はない。勤務人数は、社員とパートを合わせて二十人ほど。

ここでは、フードバンク事業も手がけていた。

フードバンクとは、包装の破損やミスなどが原因で売り物にならない食品を生産者から寄附《きふ》してもらい、食べる物を必要としている施設や家庭に提供する活動である。彩は就職活動をするまで知らなかったが、まだ食べられる食品を廃棄するフードロスが世界的な問題になる中、注目を集めているらしい。ただ、フードバンクを行っているのはNPO法人やボランティア団体がほとんどで、どこも資金面に不安を抱えている。それを知ったオオクニフーズの社長が、同業他社の取り組みを参考に立ち上げた事業だという。希望者には食品を取りに会社まで来てもらうことが原則だが、配達することもある。

彩は食品卸売業に加え、フードバンクの在庫確認も担当することになった。梱包《こんぽう》の手伝いなど、細々とした仕事も振られた。家に帰った後は食事と風呂を済ませてベッドに倒れ込むだけの生活が続いたが、黙々と作業していればいいので気楽ではあった。

女性は、彩を含めて社員三人、パート五人の計八人で、彩以外は全員四十代以上。オフィスカジュアルという方針が導入されていて、内勤の社員はよほどラフでなければ好きな服を着ていい。毎日のコーディネートを考えるのが面倒ではあったが、地味なシャツやスカートで通勤しても同世代と較《くら》べられないで済むのはよかった。

「藤沢さんは若いんだから、もっとかわいい恰好《かっこう》をしなくちゃ。今度、服を買いにいこう。私はLサイズしか着られないけど、いいのを選んであげる」

パート歴が最も長いという佐藤紀美子《さとうきみこ》からそう誘われたが、「服は、あんまり……」と曖昧《あいまい》に答えると、素っ気なく「あら、そう」と返された。機嫌を損ねてしまったと思ってひやりとしたが、次の日も佐藤はそれまでと変わりなく挨拶《あいさつ》したり、仕事を教えたりしてくれた。

入社して三週間ほどがすぎた、四月下旬。彩はフードバンク向け食品の梱包を手伝っている最中、ふと思いついてお菓子の袋詰めにリボンを巻き、星形のシールを貼《は》ってみた。ビニール袋のみでは味気ないと思っただけで、深い意味はなかった。

しかし配達を担当したドライバーによると、受け取り先の高齢者施設の人たちは思いのほか喜んだそうで、「こんなものを預かってきたよ」とお礼の手紙を差し出してきた。彩としては余っていた備品を使っただけなので、手紙を受け取ることすら躊躇《ちゅうちょ》した。しかし部長の宇佐見《うさみ》は、柔和な笑みを浮かべて言った。

「少し手間をかけるだけで、こんなに喜んでもらえるとはね。ありがとう、藤沢さん」

在庫管理は、些細《ささい》なミスが大きなクレームにつながってしまう。その部署の責任者だけに宇佐見はいつも在庫の数をしつこいほど確認してくるので、彩はこの瞬間までロボットのような印象を抱いていた。

「いえ、そんな……たいしたことをしたわけでは」

恐縮した彩だったが、会社の帰りにコンビニで、少し高級なアイスクリームを買った。これからも備品が余っていたら、ちょっとした飾りつけをしてみようと思った。

しかし次の日、宇佐見に会議室に呼ばれると予想もしていなかったことを言われた。

「フードバンク向けに、食品の寄附を募るポスターをつくってほしい」

「む……無理です」

つっかえながらも、すぐさま返した。

わたしはデザインの専門教育を受けたわけではありません。プロのデザイナーさんにお願いした方がクオリティーの高いものができます——そう説明しようとしたのに焦ってうまくできないでいると、宇佐見はぴしゃりと言った。

「私は、君に任せたいと思った。とにかく一度やってみてください」

期限は今日を含め三日。やむなく机に向かい、使えそうなフリー素材をパソコンで検索する。しばらくすると、お菓子の袋を手渡されて喜ぶ、小学校低学年くらいの男の子の写真が見つかった。


——この子を、笑顔の大人たちが見守るような構図にしたらおもしろいかも。

——写真より、イラストの方がいいかも。

——ちょうどいいフリー素材がなさそうだから、自分で描いた方が早いかも。

次々とアイデアが浮かび、急いで色鉛筆を買ってきて夢中になって手を動かしているうちに、気がつけば午後十一時をすぎていた。既に終バスの時間はすぎている。中堅以上の社員は自家用車で通っているが、彩たち若手はバス通勤だ。仕事の都合で終バスを逃した場合は、タクシーの利用も認められている。

わたしはプロのデザイナーではないから、これは仕事とは言えない。歩いて帰ろう。もう少し、切りがいいところまで描いてから。

そう思って再び手を動かし始めたが、気づいたときには窓の外が白みつつあった。スマホのインカメラで自分の顔を見ると、何度もかき上げたせいで長い髪は乱れ、目の下はクマでどんよりしている。さすがに始バスで家に帰ったが、身支度を整えるとすぐに出勤して作業を再開した。

イラストは、午前のうちに描き終わった。それからスキャナでパソコンに取り込んで文字を載せ、夕方にはポスターが完成した。いざ見せようとすると気後れしてしまい、窓際の宇佐見の席まで行ってポスターを見せたのは、次の日になってから。眼鏡《めがね》をはずした宇佐見は、ポスターを顔に近づけてじっくり眺めてから言った。

「すばらしいよ。県内の関連施設に貼ってもらおう」

この一件がきっかけで、ポスターだけでなく、梱包のデザインも任されるようになった。

彩は、カップやスマホ、筆記用具などが机の決まった位置にないと落ち着かないタイプである。しかし資料を広げたり、メモ用紙にラフを描いたりしているうちに、気がつけば机の上がおもちゃ箱をひっくり返したようになり、帰り際に片づけることが増えた。できあがったものを人に見せるときは、相変わらず気後れする。それでも会社にデザイン系のパソコンソフトを買ってもらってからは、昼休みもパンを齧《かじ》りながら机に向かうようになった。あくまでメインの仕事は在庫管理なのでそうしないと仕事が終わらないという事情もあったが、苦ではなかった。

ただ、田中心葉《たなかここは》とオフィスで二人きりになることは気詰まりだった。

田中は彩と同じ部署で働く、一年先輩の社員である。配達担当でいつもグレーの作業衣を着ていて、会社にいないことが多い。それもあってか、周囲と話をしないわけではないが、自分から積極的に声をかけることはほとんどない。配達がない日は梱包をしていて、昼休みはほかの人たちと違ってオフィスから出ず、手づくりのおにぎりを一つか二つ、ゆっくりと食べる。席は、一・五人分の通路を挟んで彩の左隣、隣の島の端。

身体《からだ》が大きいのにあれだけで足りるのかな、と横目で見る度に心配になったが、余計なお世話だし、いつも本を読んでいるので声をかけようとは思わなかった。田中の方から話しかけてくることもなく、二人だけの昼休みはいつも無言ですぎていった。

田中さんはこの時間のことをどう思っているのだろう？　気になってはいたが、六月初旬のその日はそれどころではなかった。宇佐見から「フードバンクのサイトをお洒落《しゃれ》なものにリニューアルしてもらいたい。そのまま藤沢さんに管理をお願いして、季節に合わせたデザインにしてほしい」と頼まれたのに、なんのアイデアも浮かばないでいたからだ。

もうすぐ七月だから、リニューアル第一弾は夏らしくしたい。でも梱包やポスターとは勝手が違って、どうしていいかわからない。夏のイメージ……夏……なつ……ナツ……。

「大丈夫？」

不意にかけられた声で我に返った。左隣を見ると、直線定規だけで描かれたような田中の顔がこちらを向いている。タイトルからして難しそうな分厚い本は、ぴたりと閉じられていた。

「大丈夫って、なにがですか」

「さっきからずっと、うんうん唸《うな》っているから」

「う……うるさかったでしょうか」

田中は、普段から表情を変えることがほとんどない。そのせいで気づかなかったが、怒っているのだろうか。

「うるさくはないよ。ただ、どうしたのか少々気になった」

「ごめんなさい。夏らしくしたいんですけど、イメージが……ウェブは初めてで……」

「どういう意味？」

田中と面と向かって話をするのは初めてだ。緊張しながらの説明は、自分でも嫌になるほど要領を得なかった。中学生のとき、男子のグループに「藤沢ってなにが言いたいのかわからないよな」と目の前で笑われたことを思い出し、ますますしどろもどろになってしまう。しかし田中は適度な相槌《あいづち》を打ちながら、最後まで耳を傾けてくれた末に言った。

「つまり藤沢さんは、宇佐見部長から頼まれたウェブサイトを夏らしくしたいのに、いいデザインが思い浮かばなくて難儀しているんだね。ウェブデザインは初めてだから、プレッシャーを感じているんだね」

それまで気づかなかったが、田中の話し方は静かでゆっくりだった。

「……そうですね」

答えるまでに間が空いてしまったのは、田中の言葉がすとんと胸に落ちたからだ。

――そうだ。わたしは初めての仕事に、プレッシャーを感じているんだ。

田中は、表情を変えないまま頭を下げてきた。

「そういう状態のときに話しかけられたら迷惑だよね。悪かった」

「……そんなことありませんよ」

今度は、謝らなくてもいいのにと思って間が空いてしまう。

「ちょっと話しかけられたくらいで、どうこうなるものじゃないです。それに、夏らしいイメージが浮かばないわたしに問題があるんです。考えれば、いくらでもあるのに。スイカとか、アイスとか、お素麺《そうめん》とか、トウモロコシとか」

田中の口許《くちもと》が綻《ほころ》んだので、彩は困惑しながら訊ねた。

「な……なんでしょうか」

「藤沢さんがイメージする夏は、おいしそうだなと思って」

「……確かに」

恥ずかしくなったが、閃《ひらめ》いた。

「そうだ。夏の食べ物を使えばいいんだ、うちは食品の会社なんだから。なんでこんな簡単なことに気づかなかったんだろう。ありがとうございます」

「お役に立てたなら幸甚だけど、お礼を言われるようなことをしたかな、ぼく？」

「したんです」

断言してからパソコンに向かう。

それから食べ物のイラストを集めてつくった画像を見せると、宇佐見は「さすがだね」とほめてくれた。画像をサイトのトップに掲載してからは、アクセス数が増えるなどという目に見える成果はなかったが、周囲から「かわいい」「夏っぽくていい」などと声をかけられた。


それから彩は昼休みの間、田中と言葉を交わすようになった。

彩がパソコンに向かって腕組みしたり、唸ったりしていると、どちらからともなく会話が始まる。彩が悩んでいることや、イメージしていることなどをたどたどしく伝えると、田中はそれを簡潔な言葉でまとめてくれる。すると、不思議と解決の糸口が見つかる。そんなことが繰り返された。

初めて話したときからなんとなく察していたが、田中は時折、「難儀」「幸甚」といった難しい言葉を会話に織り交ぜてくる。よく本を読んでいるからかもしれなかった。

そのうちに、田中が読んでいる本は難しそうなものだけではなく、やけに目が大きい女の子が表紙の、いわゆるライトノベルや、彩でもタイトルを知っているミステリー小説など多種多様であることに気づいた。本のことを訊《たず》ねたら、いろいろ教えてくれそうだと思った。

ただ、思うだけで訊ねなかったし、一人でデザインを考える時間の方が彩は好きだった。

田中はいい人だと思う。でも身体が大きいので、話しているときはどうしても威圧されている気がしてしまう。配達で留守のときは、申し訳なくはあるがほっとした。

それが変わったのは、彩がクレームを受けてからだった。

2

七月上旬のある日の午後。彩が自分の席で納品書のチェックをしていると、佐藤千暁《さとうちあき》が戻ってきた。彩の向かいの席に座った佐藤は、スマホを軽く掲げる。

「藤沢さんには申し訳ないけど、クレーム……というほど大袈裟《おおげさ》じゃないけど、まあ、そういうのがあってさ。俺は構わないと思うんだけど」

佐藤の仕事は、生産者と打ち合わせをして受託する食品の数や納期を確認したり、新規の生産者を開拓したりする営業で、いつもスーツをきっちり着こなしている。卸先を回って要望を聞くこともある上に、フードバンク事業の窓口も担当しているので、残業も多い。あまりに仕事を任されているのでベテランだと思い込んでいたから、本人の口からまだ入社二年目だと教えられたときは「嘘《うそ》ですよね」と返しそうになってしまった。

彩は、おそるおそる訊ねる。

「どんなクレームですか?」

十分ほど前、佐藤はスマホを手にオフィスから出ていった。電話がかかってきたことはわかったが、まさか、自分へのクレームだったなんて。

「実は」

佐藤が切り出したタイミングで、胸ポケットにしまいかけていたスマホが揺れた。佐藤はディスプレイを見つめる。丸顔とは少し不釣り合いな、鋭い双眸《そうぼう》だ。フレームが細いスクエア型眼鏡をかけているから、余計にそう見えるのかもしれない。

彩が入社してすぐ、佐藤は「なにかするときは、手順を一つ一つ考えるようにしている。たとえば電話がかかってきたら、相手の用件はなにか、どう対応したらいいか考えてから出る」と言っていた。実践している姿を目にしたときは見習おうと思ってこっそりメモを取ったし、その後も同じ姿を目にする度にそう思ったが、いまは早く出てほしい。

「クレームとは関係ないお得意さまからだ。ちょっと待ってて」

佐藤は彩に告げると、再びオフィスから出ていった。彩は、紅茶に何度も口をつけて待つ。

「待たせちゃって悪い」

五分ほどして戻ってきた佐藤は、クレームについて説明を始めた。

クレームをつけてきたのは、フードバンクを利用する子ども食堂だった。問題視されたのは、今日の午前中オオクニフーズが配達したお菓子の包装紙である。この包装紙は彩がつくったもので、花火や虫取り網、蚊取り線香など夏を連想させる柄をあしらってある。

子ども食堂とは、地域に住む子どもや保護者に、無料か安価で食べる物を提供する場所である。利用者には貧しい人もいる。こんな包装紙にお金をかけるくらいなら、その分、食品を多く送ってほしい――という電話がかかってきたのだという。

「それはお疲れだったな、千暁くん」

宇佐見がやって来て、佐藤の肩を軽くたたいた。パートの佐藤紀美子と名字が同じなので、佐藤は周囲から「千暁」と呼ばれている。田中心葉も、田中道隆《みちたか》という先輩社員がいるので「心葉」と呼ばれることが多い。

彩はどちらのことも、名字で呼び続けているが。

「別にお疲れではないけど、めっちゃこわかったですよ、あのオバサン――って、こんな言い方をしたらまずいか」

宇佐見を見上げた佐藤が、わざとらしく舌を出した。スマホを見つめていたときとはまるで別人だ。

「まずいぞ。これからは気をつけなさい」

厳《いか》めしい口調とは裏腹に、宇佐見は笑っていた。クレームを受けた割に、オフィスの空気はなごやかだ。対応したのが佐藤だからだろう。

しかし彩は、頭の中が熱くなっていた。

宇佐見が真顔に戻って、彩に目を向けてくる。ロボットのような印象を抱いていたことを久々に思い出す目つきだった。

「そういう声が届いた以上、今後、その子ども食堂に凝った包装をしたものは送らない方がいいな」

「でも、あの包装紙は百均で買ったもので……それに自分でつくった柄を印刷しただけで……」

小声で途切れがちに言う彩に、宇佐見は無言で首を横に振った。佐藤がなぐさめるように言う。

「藤沢さんは気にすることない。喜んでる子どもだって、きっとたくさんいたからさ」

「『きっと』じゃない、確実にいた」

そう言ったのは、田中だった。第三者として会話に後から加わることは珍しいので、彩は戸惑ってしまう。佐藤は、少し驚いた顔をしながら訊ねた。

「そうなのか？」

「ああ。この前ぼくが配達したとき、たまたまその場にいた子どもが、藤沢さんの包装紙を見てはしゃいでいた。そういうわけで行ってみないか、藤沢さん?」

「そういうわけで」の後に続く言葉に脈絡がなくて、きょとんとしてしまう。

「行くって、どこにですか?」

「クレームをつけてきた、子ども食堂に。子どもたちの気持ちを、確かめるために」

「は?」という声しか出せない彩に、田中は流れるように話す。

「クレームをつけてきた子ども食堂は、ビルの一階にあるカフェの定休日に店内を借りて、月に二回開催している。今日がちょうど開催日だ。これから行ってみよう。子どもたちのリアルな反応を見るためには、アポなしの方がいいだろう」

「そ……そこまでする必要はないと思います」

クレームをつけてきた相手のいる場所に乗り込む、しかもアポなしで。自分では思いつきもしない提案に彩は首を何度も横に振ったが、田中は譲らなかった。

「藤沢さんが一生懸命デザインしている上に、子どもたちも喜んでいるんだ。行かない理由はない」

「でも、クレームにクレームを返すようなことになりますし……」

必死に反論していると、佐藤が言った。

「心葉がこう言ってるんだから、一緒に行ってみなよ。こいつは頼りになる——だろう、心葉」

「あんまりプレッシャーをかけないでくれ」

「プレッシャーがかかっているように見えないぞ」

「そんなことはないけど、とにかく行ってくるよ」

勝手に話を進めないでください、と抗議したくてもできなくて、助けを求めて宇佐見の方を見る。しかし彩と目が合った宇佐見が口にした言葉は、これだった。

「心葉くんの言うとおり、楽しみにしている子どもがいるなら続けた方がいい。行きなさい」

宇佐見にまでこう言われては、あきらめるしかない。彩は俯きながらも、心葉に言った。

「……わかりました。よろしくお願いします」

チェックしなくてはならない納品書の数が思ったより多く、会社を出たのは二時間後だった。田中が運転するバンに乗せてもらって、子ども食堂に向かう。到着まで二十分ほどかかるという。移動の間《かん》、助手席に座った彩は窓に顔を向け、「バンなんて滅多《めった》に乗らないので車窓から見える景色を楽しんでいます」というふりをし続けた。田中から話しかけてくることもなく、同じ二人きりでも昼休みとはまるで異なる時間が流れた。

会話がないまま目的地に着くと、カフェの店内に小学校低学年から中学年くらいの子どもが七、八人いるのが見えた。なにをどうしていいかわからない彩とは対照的に、田中は手早く帽子を被《かぶ》り、白いマスクをつけてバンから降りた。彩は急いで後に続く。

木目調の店内はそれほど広くなく、木の香りがうっすら漂っていた。中年には少し届かない年ごろの男性が、子どもたちに交じってテーブルを拭《ふ》いている。男性は田中を見ると驚いた顔をしたが、すぐ笑顔になった。

「オオクニフーズさん、どうしたんですか？　今日は午前中のうちに、配達に来てくれたんですよね？」

田中は彩に「代表の谷口《たにぐち》さんだよ」と教えてから、谷口に事情を説明する。話を聞いた谷口は、首を傾《かし》げた。

「私はさっきまで外出していたので、そんな話は初めて聞きました」

佐藤にクレームをつけた女性——松下《まつした》は用事があって、食品の受け取りと準備だけして今日はもう帰ったという。谷口が電話をかけても出ないので、まず子どもたちの意見を聞くことにした。

「みんな、ちょっといいかな。テーブルを拭くのをやめて、こっちを見て」

谷口が呼びかけると、子どもたちは一斉に顔を向けてきた。

「このお兄さんが、みんなに訊《き》きたいことがあるんだって」

「えー、なに？」

「なんでも訊いてくれていいぜ」

「ポケモンの名前ならほとんど言えるよ」

はしゃいでいた子どもたちだったが、田中が一歩前に進み出ると嘘のように静かになった。長身で肩幅もある上に、マスクで目許しか見えないからだろう。

田中が、彩がつくった包装紙を掲げる。

「君たち、これを見てどう思う？」

彩にさえ、質問ではなく威嚇に聞こえた。子どもたちはなにも言わない。

「みんな、遠慮しないで……すなおに、言ってごらん」

子どもたちを促しておきながら、谷口の口調は遠慮がちだった。

「どう思う?」

田中が繰り返しても、子どもたちは黙ったままだった。BGMが流れていない休日の店内が静まり返る。

――仕方がない。

包装されていないお菓子を握りしめるように手に取った彩は、子どもたちを視界に入れないように目を伏せながら、田中が掲げる包装紙を指差した。

「みんな、このままのお菓子と、そのお兄さんが持ってる紙に包まれたお菓子と、どっちが好きですか?」

最後の方は声が上擦《うわず》ったが、彩の質問を聞いた子どもたちは互いに顔を見合わせた後、一転して競うように声を上げ始めた。

「紙があった方がいい」

「持って帰って大事に取ってある」

「いつも食べるお菓子よりおいしい気がした」

彩の頬が上気していく。全部は聞き取れなかったが「大好評」とまとめてよさそうだと思っていると、谷口が田中に声をかけてきた。

「松下から、折り返しの電話がかかってきました」

店の奥に移動した谷口はスマホ越しに小声でなにか話してから、再び田中に声をかけた。

「松下が、話をしたいそうです」

田中は包装紙をテーブルに置くと、谷口の傍まで行ってスマホを受け取った。会話に聞き耳を立てようとする彩に、小学三、四年生くらいの女の子が包装紙を指差し訊ねてくる。

「この紙、どこで売ってるの？」

「紙は百均で買ったんだけど、柄はわたしがつくったの」

「どうやって？」

「自分で絵を描いたり、フリー素材を組み合わせたりして……」

「フリー素材？」

「インターネットにある誰でも自由に使っていい素材で……自由といっても条件があって……」

「条件ってどういうこと？」

女の子の質問に答える前に、ほかの子どもも寄ってきた。

「お金を払わなくていいの？」

「悪いことに使ってもいいの？」

「ええと……」

田中の声に聞き耳を立てることはあきらめ、説明に集中する。こんな風に子どもたちに囲まれることは滅多にない。最初はうまくしゃべれなかったが、子どもたちが「へえ」「すごい」などと感心してくれるので、段々と緊張がほぐれてきた。

田中は、五分ほどしてから戻ってきた。両目が細くなっている。松下との話し合いがどうなったかは、それを見ただけでわかった。

「ありがとうございます」

「ごめん」

帰りのバンの中で赤信号に引っかかって停止すると、彩と田中は同時に言った。顔を見合わせる。

「どうして謝るんですか？」

「どうしてお礼を言うの？」

また同時だ。彩は気恥ずかしくなって口を閉じたが、田中は言った。

「藤沢さんがいなかったら、子どもたちはなにも答えてくれなかっただろう。ぼくは自分の見た目が獰猛《どうもう》であることを、もっと自覚するべきだった。だから、ごめん」

そういうことか。

「連れていってくれただけで充分です。それに、松下さんを説得してくれたじゃないですか。だから、お礼を言いました」

「説得できたのは、ぼくだけの力じゃない。谷口さんも援護射撃してくれたんだよ」

「それでも充分です。いまなら心葉さんに頼らなくても、自分が感じていることを言葉にできます。わたしは、とてもうれしい」

言い終える前に、当たり前のように「心葉さん」と呼んでしまったことに気づいた。違う話を振ってごまかす前に、田中が言う。

「これからはぼくのことを、そう呼んでもらえるとうれしい」

「あ……あはは」

笑ってごまかそうとしたが、田中は彩の目を見つめて繰り返す。

「呼んでもらえると、うれしい」

仕方なく頷《うなず》いた。

「……お望みでしたら」

そう答えつつ、今後はできるだけこの人のことを呼ばないようにしようと思っていると、田中の鼻歌が聞こえてきた。普段の落ち着いた話し方からは意外な、テンポが速く軽快なリズムの歌だった。田中と話をするようになってから、それほど時間は経っていない。しかし、こんな歌を口ずさむ理由はすぐにわかった。

思い切って口を開く。

「心葉さん、と呼ばせてもらいますね」

これまで男の人を下の名前で呼んだことは一度もないが、一人くらいなら、たぶんなんとか。

信号が青になった。田中——いや、心葉がアクセルを踏み込む。

「ありがとう。ついでに、佐藤千暁のことも下の名前で呼んでもらっていいかな。ぼくだけだと絶対に拗《す》ねるから、あいつ」

次の日の朝。出勤途中のバスの中で、彩はため息を呑《の》み込んだ。

昨日《きのう》、佐藤千暁のことも下の名前で呼んでほしいと頼まれてから、心葉とこんな会話を交わした。

「心葉さんは、あの人と仲がいいんですか？」

「そう言って差し支《つか》えない関係だと思う。同期だしね」

「でも、お昼を一緒に食べることはありませんよね？」

「仕事が終わった後でたまに、二人で飲みにいくことならあるよ」

彩が質問したのは、二人の関係を知りたいという理由が一割。残り九割は「千暁さん」と呼ばないで済む方法を見つけたいからだった――無駄だったが。

会社に戻った後は心葉が報告を済ませてくれたので、彩が佐藤の名を呼ぶ機会はなかった。とはいえ、いつまでもそれでは済まないし、心葉だけ下の名前で呼ぶ方が意味ありげに思われる。

最初の一回は周りに人が少ないときに呼ぼうと覚悟を決め、出社してから機会をうかがっていると、昼休みに心葉と彩、佐藤の三人だけがオフィスに残った。佐藤は昼休みになるといつも真っ先に昼食に出るが、今日はノートパソコンに向かっている。

向かいの席からそっと覗《のぞ》くと、切羽詰まっているのか、佐藤の丸顔は珍しく強張《こわば》っていた。しばらく様子を見ていると、佐藤は椅子《いす》の背にもたれかかって大きく伸びをした。

「よし、終わり。休憩入りまーす」

ゆっくりと立ち上がる佐藤に、彩は一度ぎゅっと目を閉じてから呼びかけた。

「行ってらっしゃい、千暁さん」

佐藤――千暁は目を丸くしたが、すぐに笑みを浮かべた。

「へえ。俺を下の名前で呼んでくれることにしたんだ」

辛うじてつかえずに言えた彩に対し、千暁の口調は軽やかだった。彩は心葉に視線を逃がしてしまう。

「はい。心葉さんを下の名前で呼ぶことにしたら……佐藤さんのことも『千暁』と呼んでほしいと言われて……」

心葉が苦笑する。

「確かにぼくは言ったけど、こんな風にいきなり、清水《きよみず》の舞台から飛び降りるような顔をして呼ぶとは思わなかったよ」

「え」

愕然《がくぜん》としてしまったが、確かにいきなり呼ぶ必要はない。なんと返していいかわからず「でも、それは……」とまごついていると、千暁が言った。

「なんだ、そういうことか」

千暁があきれているかもしれないと思うと俯きそうになったが、すぐに笑い声が聞こえてきた。

「安心したよ。藤沢さんは、男を下の名前で呼んだら死んじゃう病に罹《かか》っているから『千暁さん』と呼んでくれないのかと思ってた」

返答に困ったものの、千暁があきれたわけではなさそうなので、なんとか視線を戻した。

「俺の方でも藤沢さんを下の名前で『彩ちゃん』と呼ばせてもらおうかな。お前も呼べよ、心葉。じゃあ、昼に行ってきます。あー、腹が減った」

よほど空腹なのか、千暁は両手でお腹《なか》をさすりながら早足で歩き出す。その背中を見つめていた心葉だったが、千暁がオフィスから出ていくと彩の方を向いた。

「ぼくは『彩さん』かな。『彩ちゃん』の方がよかったら、そうするけど」

「……どちらでも、お好きな方に」

父以外の異性から下の名前で呼ばれることは初めてで、そう返すしかなかった。


心葉と千暁を下の名前で呼ぶことにも、二人から下の名前で呼ばれることにも少しずつ慣れてきた、七月下旬。彩は、オオクニフーズの新しいロゴを考えていた。本社の広報部長・生田《いくた》からの依頼である。

「来年の会社創立五十周年を機に、ロゴを刷新しようという話になっているんだ。藤沢さんはなかなかいいセンスをしているようだから、ぜひお願いしたい」

期限は五日。短いし、ほかの仕事もあったが、わざわざ本社から来て声をかけてくれたのだから断るわけにはいかない。宇佐見も「やってみるといい」、佐藤紀美子も「藤沢さんが抜ける分は私たちがカバーするから」と応援してくれた。

心葉は配達でいないことが多く相談できなかったが、机の上がおもちゃ箱をひっくり返したようになっても片づける間を惜しみ、頭を捻《ひね》り続けた。いまの会社のロゴは、薄い青を基調色とした複雑な幾何学模様である。それをもとに、模様は敢《あ》えてシンプルにして、その分、基調色の青を濃くすることにした。

完成したロゴを見せると、心葉だけでなく、宇佐見も千暁もほかの社員たちも「すごくいい」と絶賛してくれた。その度に彩は恐縮しながらも、頬が緩んだ。

〆切の日、軽やかにキーボードを打って生田にメールでデザイン案を送ると、すぐに会社の電話が鳴った。受話器を取る。

「お電話ありがとうございます。オオクニフ――」

〈藤沢さんはいる?〉

社名を口にしている途中で自分の名前を出された。こんなことは初めてだ。

「わたしですが」

〈生田です。ロゴが送られてきてびっくりしたよ。本気にしてた?〉

先週は用事があってそちらに行ったから、軽い気持ちでロゴの話をしただけであること。既にプロのデザイナーに発注済みであること。社長と懇意にしている大御所なので、彩が考えたデザイン案と比較するなんてできないこと――そうした生田の説明が、彩には音の連なりにしか聞こえなかった。

〈じゃあ、そういうことだから。まさか、本当に頼まれたなんて思ってなかったよね〉

生田が彩の返事を待たずに電話を切った後も、すぐには受話器を置けなかった。

「どうしたの?」

訊ねてきた心葉に、自分らしくなくすらすらと事情を説明できた。いつの間にか傍に来て彩の話を聞いていた宇佐見は、席に戻ると生田に電話をかけた。

「藤沢さんのロゴの件だけど、どういうこと？」

以降も「私からも確認したよね」「なにを言ってるかわからないんだけど」などの言葉が、宇佐見らしくないきつい語調で繰り返される。オフィスにいる社員たちは黙りこくり、宇佐見を見つめている。

「わかった。もういい」

宇佐見は受話器を置くと、申し訳なさそうな顔をして彩の傍に戻ってきた。

「どうも生田部長が藤沢さんに頼んだ後で、専務の方針でプロに発注することが決まったらしい。そのことを君に伝え忘れていたんだ。本当にすまない」

彩の口が勝手に動いた。

「宇佐見部長に謝っていただく必要はありませんよ。ロゴをつくることは楽しかったですし」

宇佐見が感心したように「ほう」と声を上げる。

「ありがとう。藤沢さんは、新入社員とは思えないな」

宇佐見の一言を皮切りに「藤沢さんは大人だ」「俺なら生田部長にパンチしているかも」といった声が、オフィスのあちらこちらから聞こえてきた。

「そんなことないですよ。ロゴに時間を取られた分、仕事します。ご迷惑をおかけしました」

口だけでなく頬も勝手に動き、笑みをつくった。

その日は、久しぶりに定時の五時で退社した。机の上は散らかったままだったが、片づけない理由は昨日までとは違った。

会社を出ると、バス停には向かわず幹線道路沿いを歩いた。片側二車線の車道は、車がひっきりなしに通っている。普段は気にならないその走行音が耳障りだった。

「無理しない方がいいよ」

左隣から声が降ってくる。見上げると、心葉だった。

「無理って、なにがですか」

「生田部長のこと。吐き出したいことがあるんじゃないのかな。具体的には――」

その後で心葉が口にしたのは、ぎょっとするような罵詈雑言《ばりぞうごん》だった。

「そんな言葉、わたしは使いません。『ばか』くらい言いたいですけど――あ」

彩が慌てて口を閉ざすと、心葉は静かに微笑《ほほえ》んだ。

「なら、大きな声でどうぞ。すっきりするかもよ」

「……家に帰ってから、一人で」

「それまで溜《た》め込むのは辛《つら》いんじゃない？　聞かれたくないなら耳を塞《ふさ》ぐよ。それに、ほら」

心葉が車道を指差す。大きなタンクローリーが走ってくる。

「あの車が横を通るタイミングで言えば、周りには聞こえないよ。どうぞ」

心葉が左右の手で耳を塞ぐ。それでも彩は、なにも言うつもりはなかった。しかし夕焼けに染まって気づかなかったが、近づいてきたタンクローリーの車体が青であることがわかると自分がつくったロゴを思い出し、心葉に言われたタイミングで衝動的に口にした。

生田部長のばか、と、小さな声で。

タンクローリーが通りすぎていく。

「少しはすっきりしたかな?」

「はい」

「よかった。うまく吐き出せたみたいだね」

すっきりした理由は吐き出したからだけではないです、と心の中で答えると、瞳《ひとみ》が潤んできた。

「どうしたの?　大丈夫?」

心配する心葉に、「目にごみが」と顔が赤くなりそうな言い訳をした。

それからなんとなくの流れで、一緒に夕飯を食べることになった。

会社の最寄りにあるのは横浜線矢部《やべ》駅で、周囲には居酒屋が何軒かある。しかし「会社の人に見られると変な噂《うわさ》を立てられそうだから」と心葉が言うのでバスに乗って相模大野駅まで行き、小さな居酒屋に入った。会話の糸口になると思って「お勧めの本はありますか」と訊ねたら、「お勧めできるほど読書歴が長くないんだ」と返され、気まずい沈黙が漂いかけはした。

それでも、心葉のアパートが彩のマンションから歩いて二、三分のところにあることがわかると近所の店や公園の話で盛り上がり、「あの公園は遊具がなにもないけど、いつか二人で遊びに行ってみよう」などとはしゃぎ、彩にしては珍しくたくさんアルコールを飲んだ。

帰りは、アパートの前まで送ってもらうことになった。

夏が近づいているとは思えない、涼しい夜だった。この道はよく歩いてる、引っ越してすぐのとき迷子になった、などと他愛のない話をしているうちに、気温は低いのに背中に汗が滲《にじ》んでいることに気づいた。考えてみると、男性と夜道を二人きりで歩いたことなんてない。

もう大人なんだから別に送ってもらうくらい、と心の中で繰り返していると、心葉が右手をゆっくり伸ばしてきた。大きな手からは、顔と同じく角張った印象を受ける。

――心葉さんは、わたしの手を握ろうとしている？

鼓動が加速していく。あと少しで、心葉の指先が左手に――。

「虫がいる」

しかし心葉はそう言うと、彩の左手の甲を軽く払っただけで歩き続けた。

「……ありがとうございます」

心葉の方を見られないまま、彩は言った。


次の日以降も心葉は彩に話しかけ、度々食事に誘ってくれた。ほどなく彩は、心葉が配達でいない昼休みは肩を落とすようになった。

大学生のとき、宮下環奈《みやしたかんな》という友だちがいた。おしゃれ以外には無関心で、いつもかわいい服やアクセサリーを纏《まと》っている女性だった。彩とは共通の話題が少なかったが、不思議と気が合い、一緒にいることが多かった。

彼女は在学中、彼氏をつくる度に「好きな人ができるとテンションが上がるよね」とはしゃいでいた。その度に曖昧に頷くことしかできなかった彩だが、いまならしっかりと頷ける。バス停に向かう朝、意味もなくスキップしたくなることもあった。

玄関のドアを開けたときに「誰もいないのは当たり前」と自分に言い聞かせる回数も減った。

そんな日々が繰り返されているうちに迎えた、九月半ばのある日の午後。

「藤沢さんって、心葉くんといい感じよね」

倉庫での梱包作業が一区切りついたところで、佐藤紀美子に言われた。

「……仲がいいとは思いますけど」

動揺しながらも返すと、ほかのパートたちも会話に参加してきた。

「仲がいいって、それだけじゃないでしょ」

「お似合いだと思う」

「いいなあ、若いって」

「そ……そんなことは……」

口ごもっていると、佐藤はわざとらしく右頬に手を当てて、大きな息をついた。

「心葉くんはまじめだからね。いつも一生懸命な藤沢さんを好きになっちゃったのかもね」

佐藤は冷やかし半分に言っただけで、深い意味がないことはわかる。しかし彩は、その一言でいまさら気づかされた。

心葉の気持ちはどうなのかを、一度も考えていなかったことに。

恥ずかしがっているふりをして佐藤たちをやりすごし、家に帰ってからベッドに腰かけ目を閉じた。

——わたしは心葉さんに何度も助けられているけれど、逆は全然ない。そんな力もない。心葉さんだって、きっとそう思っている。

こう結論づけてしまうことにはわけがあった。

少し前の昼休み、心葉と故郷《ふるさと》の話題になったときのことだ。彩は、社会人になるまで住んでいた家の傍に相模湖があり、それを描いて県の絵画コンクールで最優秀賞を受賞したことがある話をした。スマホに保管した絵の写真を見せると、心葉は深々と息をついた。

「中二のときに、こんな絵を」

よほど感動してくれたのか、心葉はしばらく絵を見つめてから言った。

「これは水彩絵の具で描いたんだよね。デジタルと違って失敗が許されないのに、すごいなあ」

「デジタルだといくらでもやり直せてしまうから、却《かえ》って大変なんですよ」

「そうなの？　絵心がない素人には理解できない感覚だけど」

心葉は釈然としない顔をした後、改めて絵を見つめた。

「こんな立派な湖なんだ。彩さんの美的センスだけじゃない、物の見方や考え方にも影響を与えただろうね」

「そうかもしれないけど、自分ではよくわかりません。亡くなった父の影響は、間違いなく受けてますけど」

父に「はっきりしない子」と言われ続けた話をすると、心葉は同情の交じった苦笑を浮かべた。

「それは、影響を受けざるをえないね」

「わたしのことを、かわいがってもくれたんですけどね。心葉さんの親は、どんな人だったんですか」

彩の問いに、心葉はうっすら苦笑した。

「うちは、死んだようなものだから」

死んだようなもの？　彩が困惑していると、心葉はらしくなく取り乱した。

「その……ちょっと大袈裟《おおげさ》だった。単に連絡が取れな……取ってないだけだから」

「そうなんですね」

彩が無難な相槌を打ち、この話は終わりになった。

いま思えば、あのとき心葉は「連絡が取れない」と言いかけたのではないだろうか。連絡が「取れない」と「取ってない」は、似ているようで別物だ。心葉は親と、どういう関係なのか？　気にはなるが、彩には打ち明けるつもりがないからごまかしたのだと思う。少しは力になれるかもしれないのに。

親がいなくなった後の気持ちは、よく知っているから。

十月に入って二週間あまりがすぎた。給湯室で紅茶をいれた彩は、小さく息をつく。

親のことに関して力になれるかもしれないと思ったが、最近は心葉と話をする機会が減っていた。心葉は昼休みも会社にいないことが多いし、終業時間をすぎたらすぐに帰ってしまう。

わたしと話すことに飽きて避けているのかも、と思ってしまうのは被害妄想だろうか。

「どいてもらえます?」

給湯室の入口から声をかけられた。振り向くと、水色の作業衣を着て、頭に同じ色の三角巾《さんかくきん》を巻いた女性が立っていた。左胸にぶら下げられた名札には「石原《いしはら》」とある。

「ご……ごめんなさい」

ただでさえ狭い給湯室には、冷蔵庫や食器棚が詰め込まれている。彩は急いで廊下に出た。女性は、ラウンド型の眼鏡越しに彩を一瞥《いちべつ》しただけでゴミ箱に向かった。マスクで顔の下半分が覆われていても、にこりともしていないことが見て取れる。

それでも彩は、上擦りそうな声で話しかけた。

「うちの会社の清掃は、慣れるまで時間がかかりそうですよね」

石原の手が、ゴミ箱の蓋《ふた》を開けたところでとまった。

「どういう意味です?」

「ここの担当になられたのは、たぶん今週からですよね。食品卸売業で、いつもきれいにしていないといけないから、ほかの現場より慣れるまで大変かな、と……」

オオクニフーズでは、近隣の清掃会社ヨコハラクリーニングからスタッフを派遣してもらっている。食品を扱っている都合上いつも社内を清潔にしておかなくてはならないため、出勤日は原則毎日で、出勤時間は午前十一時半から午後三時半、作業が終わらなければ延長もある。

これまでは山内《やまうち》という中年女性と中嶋《なかじま》という初老男性の二人が主に来ていたが、先週の金曜日、山内が見知らぬ女性――いま思えば石原――と社内を回っている姿を目にした。今週になると山内が来なくなり、入れ代わりに石原が出勤するようになった。山内は、あくび交じりにモップがけする姿がよく見られ、お世辞にも熱心とは言えなかった。だから引き継ぎを済ませ、石原と交代したと思ったのだ。

石原は、彩をまじまじと見上げる。小柄な彩よりさらに背が低いのに、睨《にら》み下ろされている気がする目つきだった。余計なことを言ってしまったかと後悔しかけたが、石原の目許は不意にやわらいだ。

「なるほど。そんなことを言ってもらえるなんてねえ」

それまで気づかなかったが、マスクの下から聞こえてくる石原の声はかわいらしく、あどけない少女を思わせた。おそらく彩の母と同世代なのに。

「あ……ありがとうございます」

「あなたがお礼を言うのは変ですよ。私の方こそ、どうもありがとう」

石原は、ゴミ箱の袋を手早く取り換えて給湯室から出ていった。遠ざかっていく後ろ姿を見ているうちに、彩の頬はほんのり熱くなっていく。

少し前の自分ならいまのような話は、しようと思ってもできなかったに違いない。そう確信した直後、生田部長のばか、と口にできたときのことを思い出した。

わたしは本当に、心葉さんに助けてもらってばかりだ。わたしだって、心葉さんを助けてあげたい。親のことで悩んでいるなら、打ち明けてもらえる人になりたい。特別な関係を望むのは、それからだ——その決意を胸に、彩は心葉との時間を積み重ねていくつもりだった。それができると、当たり前のように信じていた。

「ぼくは人を殺したことがあります」

十月十六日の朝礼で、心葉がそう言うまでは。

3

オオクニフーズでは、毎朝、宇佐見の席の周りに全員が集まって朝礼を行う。宇佐見の話の後で連絡事項のある人が発言するが、これまで心葉がそうしたことは彩の知るかぎり一度もない。なのに十月十六日の朝は、宇佐見が「連絡事項のある人はいますか」と呼びかけると、手をあげた心葉が前に進み出て彩たちの方を振り返り、なんの前置きもなく言ったのだ。「ぼくは人を殺したことがあります」と。

誰もなんの反応もできない中、心葉は淡々と語り出す。

心葉が罪を犯したのは十年前のちょうどいまごろ、十月だったという。コンビニの駐車場でトラブルになった相手を殴ったら、仰向けに倒れて頭を打ち、死なせてしまった。家庭裁判所の審判では、心葉に全面的に非がありと更生を促す必要があると見なされ少年院送致となった——。

心葉の説明が進むにつれて、彩はいまこの瞬間が夢なのか現実なのかわからなくなっていった。

「以上です」

心葉がその一言で話を締めくくった後も、誰もなにも言わなかった。時計の針が進む音すら大きく聞こえる沈黙が流れる。

宇佐見が心葉の反応をさぐるように、ゆっくりと口を開いた。

「そんなことを、どうして急に？」

「一年半も一緒に働いているみなさんにいつまでも言わないのは、不誠実だと思ったからです」

そんな理由で？　そう思ったのは、彩だけではないようだった。当惑気味に目を見合わせたり、口を半開きにしたりしている人が目につく。

千暁は自分を落ち着かせようとしているのか、きつく瞼《まぶた》を閉じていた。

「だからといって……なにも朝礼で……」

口ごもった宇佐見は、そのまま黙りこくってしまう。こんな宇佐見を見るのは初めてだった。

再び沈黙が流れたが、宇佐見は突然、らしくない大きな声で言った。

「朝礼はこれで終わりです。とにかく仕事を始めましょう。みなさん、今日も一日よろしくお願いします」

宇佐見が呼びかけても、いつもと違って「よろしくお願いします」という声はまばらにしか返ってこなかった。ほとんどの人が無言で、心葉の方をうかがいながら席に戻っていく。

彩は席に戻る前も戻った後も、心葉を視界に入れることができなかった。

その後すぐ、心葉は宇佐見に連れられ会議室に入った。三十分ほどしてから出てくると、なにも言わず配達に行った。

夕刻になって、秋用の包装紙のデザインができあがった。つくっている間に気づかなかったことが不思議なくらい、模様の大きさがまちまちな上に配色も悪い。普段の自分なら、こんなにひどいものは絶対につくらない。首を小さく横に振った彩は、用を足したいわけではなかったがトイレに行った。個室なので、誰かが入ってくることはない。

洗面台に両手をつき、鏡に映った自分に問いかける。

「なににショックを受けてるの？」

心葉が十年前に人を殺したと知ったこと？　もちろん、それが一番だとは思う。でも、本当にそんなことをしたなんて信じられない。では、なんだろう？　心葉が自分の過去を内緒にしていたこと？　しかし、簡単に打ち明けられる話ではない。そもそも自分は、心葉が人を殺したことが信じられないでいるのだ。ただ、生田部長のことがあったとき、ぎょっとするような罵詈雑言を口にしたのは、十年前はそういう言葉を頻繁に使っていたからかもしれない。だとしても、心葉が人を殺したなんて信じられない――ぐるぐると同じようなことを考えただけで、答えを出せないままトイレを出る。俯きがちに廊下を歩いていると、前の方から清掃スタッフの石原が声をかけてきた。

「元気がなさそうですね。なにかありました？」

「いえ、なにも」

「そう？　なら、いいですけど」

石原はあっさり返したものの、視線をちらちら向けながら彩の横を通っていった。昨日までの自分ならこんな素っ気ない言い方はしなかったし、心配してくれたことのお礼も言えたのに。

オフィスの方から千暁が歩いてきた。

「彩ちゃんは、いまのオバサンと仲がいいの？」

子ども食堂からのクレームを受けて口にした「オバサン」とはまるで違う、不愉快な言い方だった。つい顔をしかめてしまったが、すぐに笑みを浮かべてごまかす。最近の千暁はこれまで以上に忙しいようで、少しやつれている。ストレスのせいで、こんな言い方になってしまったのかもしれない。千暁が取り繕うように言う。

「いまみたいな言い方はないよね。言い訳だけど、今日は一日、心葉のせいで冷静じゃなかったから。彩ちゃんも大変だと思うけど、教えてほしいことが……あったけど、今度でいい。じゃあ、また」

千暁は一方的に会話を打ち切ると、オフィスに戻っていった。入れ替わるように、後ろ側、倉庫の方から足音が近づいてくる。振り返ると、心葉だった。反射的に身構えてしまった彩だったが、心葉は今朝《けさ》のできごとなどなかったかのような顔をしている。

「今日会社が終わった後、少しつき合ってもらえないかな」

会社を出た彩は、一人でバスに乗って相模大野駅前まで行き、待ち合わせ場所に指定された居酒屋に入った。「祭り三昧《ざんまい》」という名前のチェーン店である。

店員に通された個室で、心葉は既に待っていた。個室で二人きりになるのは初めてだ。

「来てくれてありがとう。断られても仕方がないと思っていた」

「そんなはずないじゃないですか」

「でも、人殺しと二人きりで会うのはこわいだろう」

その発想を抱いていなかったことに気づきなにも言えずにいると、心葉は微《かす》かに頭を下げた。

「すまない。返答に困る言い方をしてしまったね。とりあえず、注文を済ませてしまおうか」

頷いた彩は、心葉とタッチパネルを交互に持ちながら飲み物と料理を注文する。それからはずっと無言だったが、注文したものがすべて運ばれてくると、心葉は切り出した。

「今朝は驚かせてしまって悪かった。詳細を知りたいよね。朝礼の後、宇佐見部長にもいろいろ訊かれたよ。あの人は十年前のことより、ぼくの精神状態を心配していたけど」

心葉は烏龍茶《ウーロンちゃ》に口をつけた。彩と食事をするとき、一杯目はいつもビールなのに。

「十年前のちょうどいまごろ、コンビニの駐車場で、当時一緒に行動していた人たちと煙草《タバコ》を吸っていたことがきっかけなんだ」

「詳細」の説明が始まったのだとすぐにはわからなかったのは、心葉が落ち着き払った口調のまま話していることだけが理由ではない、煙草を吸っているところを見たことがないからだった。的はずれであることがわかっていながら訊ねてしまう。

「心葉さんは、喫煙者じゃないですよね？」

「やめたんだ、中学生のときに。捕まったから、吸いたくても吸えなかったんだけど」

心葉は生真面目《きまじめ》に答えてから説明を続ける。

明らかに未成年である心葉たちに、細いが、引き締まった体軀《たいく》の青年が注意してきたこと。一番体格のいい心葉がリーダー格と見なされたこと。「未成年なんだから煙草を吸うのはやめなさい」と言われたこと。相手は当然のことを口にしただけなのに、仲間三人から一斉に笑われ、頭に血がのぼってしまったこと。胸ぐらをつかむと相手が払いのけようとしたので、反射的に殴ってしまったこと。仰向けに倒れた相手が、ぴくりとも動かなくなったこと。駆けつけた警察官にその場で捕まり、審判を経て、少年院送致になったこと。退院後、数年してから家庭裁判所に申し立てをして、名前を「田中心葉」に改めたこと。

「心葉さんは、本当は田中心葉ではないんですか？」

もっと衝撃的なことをいくつも聞かされたのに、また的はずれなことを訊ねてしまった。

「そうだよ。名字は変えてないけどね。普通は簡単には改名を認められないらしいけど、ぼくは『サンダー』という変わった名前だったから、割合簡単に承認された」

「サンダー？」

「『参加』の参に、『舵《かじ》を操舵《そうだ》する』の舵、『亜細亜』の亜で『参舵亜』。父が酔った勢いで、適当につけた名前らしい。この人はぼくが物心ついたときには家にいなかったから、顔も知らない。新しい名前はいろいろ考えたけど、一番しっくり来たから『心葉』にした」

彩にとって目の前に座っている男性はあくまで心葉であって、参舵亜という名前には違和感しか覚えなかった。

心葉は、右手の人差し指で口の周りに横長の長方形を描く。

「いつ、どこで昔の知り合いに会うかわからないから、基本的に配達先ではマスクをしている。気づく人はすぐに気づくから、気休めみたいなものだけどね」

一緒に子ども食堂に行ったとき、心葉がトラックから降りる前にマスクをつけていたことを思い出した。

「マスクが気休めにしかならないなら、内勤を選べばよかったんじゃないですか」

「許してもらえるはずないけど、せめてもの償いに、ご遺族にお金を送っているんだ。そのために一円でも多く稼ぎたいから、給料のいい配達部門を希望した」

ご遺族のため、ということは。

「……ひょっとして、お昼を外に食べにいかないのも？」

「少しでも節約して、ご遺族にお金を送るため。本当は、夜も外食は避けるべきなんだけどね。それだと長続きしそうになくてこわいから、朝食や昼食を減らして調整している」

心葉の視線が、テーブルに置いた右手に落ちる。

「あのときのことは、いまも夢に見るよ。これから死ぬまで、見続けるんだと思う」

こんな風に打ち明けてくれたのだから、避けられていると思ったのは彩の被害妄想だったのだろう。密かに撫で下ろした胸は、しかし、それをかき消す力で締めつけられた。

十年前に罪を犯したのが事実だとしても、いまの心葉は違う。そうでなければ、彩にあんなにいろいろ優しくしてくれるはずがない。

わたしがそう思っていることを伝えてあげたい――自身の右手から目を離さない心葉を見ているうちに、その気持ちが強くなっていく。

――心葉さんは、もう罪を償ったんですから。過去は過去、いまはいまです。

もちろん、そんな単純に割り切れるわけでないことはわかっている。しかしかけられる言葉は、これくらいしか思いつかなかった。

それなのに、唇が動かない。

「無理になにか言おうとしてくれなくてもいいよ」

心葉の一言は、彩がなにを思っているか察したからこそ出たものに違いなかった。いつもと変わらない心葉だ。それがわかっていてもなお、唇は動かないままだった。

その後は当たり障りのない会話が続き、なにを食べても少しも味がしなかった。居酒屋を出ると無言のまま歩き、丁字路で心葉と別れる。

遠ざかっていく背中を見ているうちに、視線が心葉の右手へと引き寄せられていった。初めてアパートの前まで送ってもらったとき、手を握られるかもしれないと思ったときの記憶が蘇《よみがえ》る。

あの手で人を殺しただなんて、どうしても信じられない。

なにか事情があるのではないだろうか。事件を起こしたとしても仕方がなかった、事情が。

それを突きとめれば、「過去は過去、いまはいま」と言ってあげられるかもしれない。

家に帰ると、壁に掛けた水彩画に視線を引き寄せられた。中学二年生のとき、県の絵画コンクールで最優秀賞を受賞したときの絵だ。

この絵の写真を見せたとき、心葉が「中二のときに、こんな絵を」と言ったのは、感動したからではない。当時の自分と彩を比較していたからではないか。心葉が親と連絡を取れないのも、事件が関係しているのかもしれない。彩に話せなかったのは当然か。

でも、わたしがもっと頼りにされていたら——そう思いかけたが、頭を強く振って気持ちを切り替えた。いまは、事件のことを調べよう。

髪をアップにして後ろで一つに束ね、紅茶をいれた。次いで、部屋の真ん中に置いたガラステーブルにノートパソコンを広げ、ブラウザを立ち上げる。検索だけならスマホでもできるが、情報が集まったらタブをたくさん開くことになるのでパソコンの方が見やすい。

十年前という時間と、コンビニ、駐車場、喫煙といったキーワードを組み合わせて検索する。表示されたのは、犯罪とは関係のないページばかりだった。まだ熱い紅茶に何度も口をつけてから、次のキーワードを追加して改めて検索する。

少年犯罪　殺人
すると週刊誌のサイトに掲載された、十年前の十二月にアップされた少年犯罪に関する記事がヒットした。聞いたことがない名前の雑誌だと思ったら、何年も前に休刊になったらしい。昔のウェブデザインに合わせているためか、文字が小さかった。フォントサイズを拡大してから目を通す。

記事の中で犯人は「A」と呼称されていたものの、事件の概要は心葉の話と一致していた。このAが心葉——当時の名前は参舵亜——で間違いない。

事件が起こったのは仙台であること。被害者は雲竜陽太郎《うんりゅうようたろう》という十九歳の男性だったこと。Aこと心葉が陽太郎に注意された後、「死ね」と連呼していたこと。そのくせ家庭裁判所の審判で「胸ぐらをつかんだ手を振り払われそうになったから、咄嗟《とっさ》に殴っただけ。あれくらいで死ぬとは思っていなかった」と言ってのけ、遺族におざなりな謝罪を述べただけであること。記事を読み、これらが新たにわかった。

〈雲竜さんは明るく家族思いだった。そんな青年が、少年を正しい道に導こうとしたばかりに命を絶たれてしまった。しかもAには反省の色が一切なく、数年後には平気な顔をして社会に戻ってくるのだ。Aの担当弁護士は『少年は劣悪な家庭環境で育った。そのことも考慮してあげてほしい』と語っているが、少年法の理不尽さを改めて感じる、遺族にとってやり切れない事件である〉

記事を締めくくるこの文章に、彩は頷いていたに違いない、Aが心葉でなかったら。

具体的なことは書かれていないが、弁護士の言うとおり、子どものころの心葉は親や周囲に恵まれていなかったのだろう。それを差し引いても、記事を読むかぎり非は全面的に心葉にある。

顔つきと同じように角張った印象を受ける、心葉の大きな手。あの手が人を殴っている様が、初めてくっきりと思い浮かんだ。

もしもあの手に、自分の手を握られていたら——。

かった。

しかし検索キーワードをいろいろ組み合わせても、事件に関するページはなかなか見つからなかった。

強い口調で声に出した。ほかの情報も見てから判断するべきだ。

「記事が正しいとはかぎらないから」

〈仙台の事件の犯人は田中参舵亜。中学二年生〉

匿名掲示板で見つけたこの投稿以外は、真偽のほどすらわからない。しかもアップされた時期は十年前の十月と十一月、心葉が事件を起こしてから二ヵ月以内に集中していた。動画サイトも検索したが、「犯人の少年は悪魔」「親子そろって公衆の面前で吊《つ》るすべき」などとヒステリックに喚《わめ》く動画が数本見つかっただけだった。

どうやら心葉が起こした事件は、すぐに世間の関心を失ったらしい。彩だって、こんな事件があったことはまったく知らなかった。人が一人死んだのに。週刊誌の記事にあったとおり、遺族にとってはやり切れない事件に違いないのに。

彩の両親は病気で死んだ。病気が憎いとは思ったが、どうすることもできないことはわかっていた。

でも、もしも両親が誰かに殺されたとしたら。その人がいまも自分と同じ空の下で、ご飯を食べたり、眠ったり、働いたりしているのだとしたら。

少し想像しただけで、身体が震えた。

遺族はいま、どこでなにをして、どんな思いで夜をすごしているのだろう。犯人に「過去は過去、いまはいま」と言いたくて事件のことを調べている彩のことを知ったら、なんと言うのだろう。

それでも彩は、心葉にその一言をかけてあげたかった。

そのくせ、心葉の右手が自分の手を握ろうとしていると勘違いしたときのことを思うと、なにも考えられなくなる。

自分がどうしたいのかが段々わからなくなっていき、気がつけば、オオクニフーズ、フードバンク、配達員といったキーワードまで打ち込んで検索していた。事件とは無関係だと知りながらも検索をやめられないでいるうちに、ＳＳＲというユーザーがＳＮＳに投稿した一文が目に留まった。

〈某フードバンクの配達員に人殺しがいる〉

投稿日は九月二十七日だった。ほかのユーザーからはなんの反応もない。このユーザーの投稿を遡《さかのぼ》って見てみる。数はそれほど多くなく、特定の国や政党に対するヘイトスピーチばかりだった。投稿から個人を特定できる情報も見つけられない。

心葉さんとは一切関係ない――なんの根拠もなくても、そう決めつけることにした。

十月十七日。昨日に続き、心葉は朝から配達に出ていた。今日も昼休みは一人だと思った彩だったが、ほかの人たちが昼食に出ても、千暁が向かいの席に座っていた。もしかして……。

「千暁さんは、昨日、わたしに教えてほしいことがあると言ってましたよね。そのことで残ってるんですか」

彩にゆっくりと向けられた千暁の顔は、昨日よりもさらに疲れているように見えた。

「そうだけど、話しても大丈夫？」

千暁は朝から昨日の続きを話したかったのに、彩が暗い顔をしているから声をかけづらかったのかもしれない。そうだとしたら申し訳ないので、笑みを浮かべた。

「お気遣いありがとうございます。でも、大丈夫です」

「ありがとう」と言ってから、千暁は話し始める。

「心葉がなにを考えているのか知らないけど、いきなりあんなことを朝礼で言うのは不自然すぎる。なにかあったのかもしれない。ここ最近のあいつに、変わったことはなかったかな？」

「特には……最近は話すことが減ってましたけど、それはたまたまかもしれないですし……」

そうは返したものの考えているうちに、思い出したことがあった。

三週間ほど前、九月の終わりだっただろうか。夕方、配達から帰ってきた心葉が、ひどく青白い顔をしていたことがあった。一見いつもどおりで、配達のレポートをパソコンに打ち込んではいた。しかし彩と会社の後でご飯を食べにいく約束をしていたにもかかわらず、なにも言わず帰ってしまった。夜になってから〈体調が悪くて忘れていた。ごめん〉と平謝りするＬＩＮＥが届いたが、少なくとも配達に行く前はそんな風には見えなかった。

振り返ればあの後から、心葉と話をする機会が減った気がする――彩がそう言うと、千暁は「配達先でなにかあったってことか」と呟《つぶや》き、ノートパソコンに向かった。彩が隣に行って覗き込むと、ディスプレイに心葉の勤務表が表示されていた。三週間前は会社にいることが多かったようで、夕方まで配達に出ていた日は九月二十七日しかない。

「この日って、確か千暁さんが風邪でお休みした日ですよね」

得意先との打ち合わせに、急遽《きゅうきょ》、宇佐見が行くことになったので記憶に残っている。

「よく覚えてるな、彩ちゃん」

千暁は応じつつ、その日の心葉の配達先リストを表示させた。卸売だけでなく、フードバンクの配達もしていたようだ。

オオクニフーズでは、フードバンクの配達は、公民館や提携店舗などに食料をまとめて届け近場の利用者たちに取りに来てもらうことが基本だが、希望者には自宅に直接届けている。経済状況が芳しくない人が対象で、期間は原則三ヵ月、場合により延長あり。この日、心葉が担当したフードバンクの配達先は個人宅だけだった。ご年配の人らしき名前、外国人らしき名前、特徴的な名前……それらを見ているうちに、ある可能性が浮かんだ。

「もしかして、配達先で事件のご——関係者に会って、それが原因で心葉さんは様子がおかしくなったのではないでしょうか」

咄嗟に「関係者」と言い換えたが、本当は「ご遺族」と言いかけた。

昨夜目にした〈某フードバンクの配達員に人殺しがいる〉という投稿がSNSにされたのは、九月二十七日の夜だった。投稿者のSSRが十年前の被害者遺族で、心葉に会ったことがきっかけであの投稿をしたのだとしたら。

千暁は無言だったが、横顔が徐々に引きつっていった。

「千暁さん？　どうしたんですか？」

「なんでもないよ。ただ……」

千暁は、唾《つば》を飲み込んでから言い直す。

「ただ、彩ちゃんの考えが正しいかどうか考えてたんだ。結論を言うと、違うと思う。この日、心葉が配達した相手は、これまでもフードバンクを利用したことがある常連さんばかりだ。事件の関係者がいるなら、とっくの昔に心葉に気づいているはず」

「名前を見ただけで、常連さんかどうかまでわかるんですか」

「こう見えて、仕事はできるんだよ」

千暁は眼鏡のフレーム中央を、右手の人差し指でわざとらしく押し上げた。

「もちろん、利用者が事件の関係者で、なにかの拍子にそれまで気づかなかった心葉の正体に気づいたのかもしれないし、ずっと前から気づいていたけど理由があってこの日まで黙っていたということもありうる。可能性をあげたら切りがないけど、間違っても利用者に確認しに行ったりしたらだめだからね」

「もちろんです」

フードバンクの利用者には、生活に困窮しているだけではない、通院している、人目を避けているなど、事情を抱えた人もいる。こちらの都合で煩わせるわけにはいかない。

「でも配達先でなにかあったわけでないなら、どうしてあの日の心葉さんは様子がおかしかったんでしょうか。そのことが昨日の告白と関係しているんでしょうか」

「見当もつかない」

千暁は椅子に背を預け、天井を見上げた。


「戻りました」

午後三時すぎ、配達から戻った心葉がそう言ってオフィスに足を踏み入れると、話し声がぴたりとやんだ。数秒の間をおいて、先輩社員の田中道隆が大きな声で言う。

「お疲れ、心葉くん！」

それが合図となったかのように、「お帰り」「お帰りなさい」という声が上がった。心葉は軽く頭を下げて、自分の席に着く。一昨日《おととい》までと同じ光景だ。でも一昨日までは話し声がやむことも、みんながみんな、ここまでにこやかな顔つきになることもなかった。そっと覗き見ると、千暁はなにをするでもなく机に視線を落としていた。宇佐見も、腕組みをして難しい顔をしている。

そして彩は、心葉の方を見ることができない。

事件とは無関係な自分たちですら、十年前のことを知っただけでこんなに変わってしまった。きっと、ご遺族は比較にならないくらい――。


夕方になり仕事が一区切りついたところで、彩は倉庫裏手にあるガレージに行った。トラックが八台、バンが四台とめられるが、いまはバンが一台しかとまっていない。壁に背を預けると、ため息がこぼれ落ちた。

「こんなところでため息なんてついてると、トラックに飛び込もうとしてる人に見えますよ」

人がいると思わなかったので驚いて声の方を見遣《みや》ると、石原が近づいてくるところだった。石原は彩の隣まで来ると、同じように壁に寄りかかる。

「社員さんたちがこそこそ話してるのが聞こえちゃいました。あなたと仲がいい男性が、子どものころ人を殺したと言い出したんですって？　それで元気がないのかな……って、不躾《ぶしつけ》にごめんなさい。知り合ったばかりの掃除のおばちゃん相手に話しにくいですよね。でも、見てられなかったから」

「ありがとうございます」

それほど話したことがないのに、気遣ってくれることがうれしかった。石原は、いたわるように両目を細くする。

「辛いですよね」

そんなことないです、と受け流そうとしたのに頷いてしまった。

「辛いです。心葉さん――わたしと仲がいい男性が、あんなことをしていたなんて。でもきっと、ご遺族はもっと……」

「ご遺族って、その心葉さんという人が殺した相手の？」

「そうです。大事な家族を奪われてどれだけかなしんで、苦しんだかと思うと……わたしなんかが辛いと言っていると知ったら、どう感じるかと……さっきだって……」

心の中でさまざまな感情が渦巻き、うまく言葉にすることができなかった。「はっきりしない子だな」という父の声を思い出してしまう。でも石原ならなにか優しい言葉をかけてくれるのでは、という期待に近い予感があった。

「そう」

しかし石原が口にしたのは、その一言だけだった。壁に預けた背筋が冷たくなる。

「も……もちろんご遺族の気持ちは、本当の意味ではわからないと思います。でも……」

しどろもどろになる彩になにも言わず、石原は倉庫へと戻っていった。

十月十八日の朝。

昨日は、心葉とろくに話せないまま家に帰った。今日もそうなるのだろうか。今日だけではない、明日《あした》も明後日《あさって》も明明後日《しあさって》も、その後も。

石原のことも気になる。なぜ急に、あんな態度になったのだろう。はっきりしない彩に苛立ったのか？　そんな人ではないと思うのだが……。

心葉にも石原にもどんな顔をして会っていいかわからず、目が覚めてからもカーテンの隙間《すきま》から射《さ》し込む陽《ひ》の光に顔を撫でられるがままにしていた。

なんとかベッドから這《は》い出ると、普段は美術番組くらいしか観ないテレビをつけた。ニュースの音を聞くともなしに聞きつつ、食欲はなかったが朝食の準備を始める。ガスコンロのつまみをつかんだところで手がとまったのは、テレビから「神奈川県相模原市」という単語が聞こえてきたからだった。昨夜、市内で殺人事件が起こったらしい。そういえばサイレンの音が聞こえていたが、この近くなのだろうか。

〈亡くなったのは、この部屋に住む雲竜美月《みつき》さんと見られており――〉

画面に映ったのは、中年女性の写真だった。知らない人だと思いかけたが、「雲竜」という名字が引っかかった。心葉が殺《あや》めた相手の名前は、雲竜陽太郎だ。ありふれた名字ではない。そう思ったとき、写真の女性に見覚えがあることに気づいた。

石原だ。

眼鏡もマスクも三角巾もないので一目ではわからなかったが、目許が彼女と重なる気がする。石原にしては少し面長か？　でもマスクをはずしたら、こんな風になるかもしれない。だとしても、「雲竜美月」って？

混乱しているうちに、写真が画面から消えた。

4

午前十一時半に出勤してきた清掃スタッフは、いつも石原と一緒に作業している中嶋と、初めて見る中年男性の二人組だった。彩は、指先で掌《てのひら》に「人」と書いて飲み込んでから、廊下をモップがけする中年男性に近づく。左胸の名札には「河村《かわむら》」と書かれていた。

「初めてのかた、ですよね」

「はい。今日ここを担当していた人が急に都合がつかなくなったそうで、呼び出されました。でも私も、しっかりきれいにさせてもらいますから」

河村はにこやかに答えてくれたが、彩は「よろしくお願いします」と返すのが精一杯だった。

河村はなにも知らないようだが、石原が「都合がつかなくなった」のは、殺人事件の被害者になったからではないか？

オフィスに戻ると、自分の席に向かいながら心葉の席を見遣る。今日は宇佐見に、風邪をひいたので休むと連絡があったらしい。本当に風邪だろうか。彩が〈体調は大丈夫ですか〉とＬＩＮＥを送っても既読にすらならないのは、スマホを見る気力もないくらい具合が悪いからなのだろうか。

「殺された人は『雲竜美月』という名前なんだよ」

「『雲竜』って、心葉くんの事件の人と同じ名字じゃない？」

パート女性たちの島から生じた囁《ささや》き声が鼓膜をかすめてきた。彩がいることに気づいたのか、会話はそこで終わる。聞こえなかったふりをして席に着いた彩だったが、できるならこの場から逃げ出したかった。

彩と同じく、十年前の事件について調べた人がいたのだ。昨日まで来ていた清掃スタッフが雲竜美月であることにはまだ誰も気づいていないようだが、時間の問題だろう。

横浜本社の会議に出ていた宇佐見が出社してきたので、それからは誰も心葉の話をしなくなった。しかしそっと様子をうかがうと、昨夜の事件の記事をパソコンで見ている人が何人かいた。

せめて千暁さんがいてくれたら、と思う。しかし心葉同様、今日は体調不良で休んでいる。最近疲れている様子だったし、深刻でなければよいのだが。

その後は倉庫に行き、トラックに荷物を運び込む作業を手伝った。少しだけ気が紛れたものの、昼休みになって人が出払ったオフィスに戻ると、事件のことを嫌でも考えてしまう。

心葉が十年前の罪を告白した次の日、職場で偽名を使って働く雲竜美月が殺害された。雲竜という名字は、心葉が殺めた相手と同じ。しかも美月が働き始めたのは、心葉が罪を告白する少し前。普通に考えれば、美月が十年前の事件と無関係のはずがない。

しかし美月が十年前の被害者とたまたま名字が同じだったなら、話は変わってくる。

「雲竜」は確かに珍しい名字だが、日本中をさがせば何世帯かあるはずだ。雲竜美月は心葉とは無関係という裏づけがほしくてノートパソコンで検索すると、「神奈川県相模原市女性殺害事件の被害者に関して」というタイトルの動画を見つけた。アップされたのは、ほんの二時間前だ。再生すると、画面中央に映る口髭《くちひげ》を生やした男性が、事件のあらましを話し始めた。一通り説明を終えてから、男性は言う。

〈どうして私がこの事件が気になったのかというと、被害者の名字が『雲竜』だからなんですよね。十年前に紹介した事件の被害者の名字も『雲竜』でした。一週間のまとめ動画で取り上げただけですが、珍しい名字だから覚えていたんです〉

男性がそう言うと、画面の左下に「関連動画」としてサムネイルが表示された。タイトルは「今週の振り返り動画　国内で事件続発」。一昨日、十年前の事件について検索したときは見つけられなかったが、「振り返り動画」としてまとめられていたのなら無理もない。

男性は美月を悼むように、伏し目がちに語る。

〈気になって調べたら、亡くなった雲竜美月さんは殺人事件の被害者遺族の集まりで、息子を事件で失ったと講演していたようなんです。十年前の被害者の母親と見て間違いないでしょう。美月さんは事件の後しばらくしてから離婚したそうですが、元夫と連絡は取り合っていました。息子さん――十年前に亡くなった被害者の弟さんですね――の写真を部屋に飾ってもいたようです。この一家が強い絆《きずな》で結ばれていたことは確か。ご遺族の心中を思うと、胸が痛みますね〉

彩は咄嗟に停止ボタンを押した。

この動画は「角南創介《すなみそうすけ》のトゥルース・リポート」というチャンネルにアップされていた。配信者のプロフィールを見ると、大手新聞社に二十年勤務したが、日和見《ひよりみ》主義、商業主義の会社に嫌気が差して、虐げられる人々の声を世間に届けるべく独立しフリージャーナリストとして活動、著作多数とある。たいした理由もなくオオクニフーズに就職した彩からすると、引け目を感じてしまう経歴だ。

それでも、この人が正しいとはかぎらない。

今度は「雲竜美月　講演」で検索した。すると彼女が「わかば」という殺人事件の被害者遺族会の集会で、十年前に長男を殺されたことについて講演したという記事が見つかった。事件後、夫婦の間にすれ違いが生じて離婚したと語ってもいたようだ。もう間違いない。

先ほどの動画は真実の報告《トゥルース・リポート》だった。

心葉に家族を奪われた遺族のことに思いを馳《は》せていたが、当事者がすぐ傍にいた。しかも知らなかったとはいえ、彩は自分の思いを直接吐露してしまった。

——そう。

最後に美月が口にした一言を思い出すと、カップにまだ紅茶が半分以上残っているのに給湯室に行った。しかし彼女と初めて話したのがこの部屋だったことを思い出し、流し台の前で立ち尽くしてしまう。そのまま動けずにいると、胸ポケットに入れたスマホが揺れた。心葉からのＬＩＮＥだった。

〈風邪というのは嘘です。警察に呼ばれて話を聞かれてます〈このメッセージは警察の確認のもと、送信しています〉〉

マンションに帰ると玄関で靴を脱ぎ捨て、心葉にスマホでビデオ通話をかけた。

給湯室で彩は〈なにが起こっているのか知りたいです。今夜会えませんか〉と返信した。しかし心葉の答えは〈説明はしたいけど、誰かに見られたら彩さんに迷惑がかかる。電話にしよう〉だった。誰に見られても構いません、と返しかけたが、心葉の右手が思い浮かぶと指が動かなくなり、しばらく考えた末に〈せめてビデオ通話にしませんか〉と送った。心葉は、それを了承した。彩が会社を出る前に〈もう帰宅した〉と連絡を受けてもいる。

〈先ほどはお騒がせしたね。昼食の時間中、友だちに連絡させてほしいと警察に頼んだんだけど、却って心配させてしまったんじゃないかと反省している〉

ディスプレイに映った心葉の第一声は、それだった。顔つきはいつもどおりで、警察に話を聞かれていたとはとても思えない。

「気にしないでください。それより、どうして警察に？」

〈少々込み入っているから、順番に説明する。昨日の夜、この付近で殺人事件があったことは知ってるかな。被害者は、ぼくが殺めた人の母親だったんだ。しかも偽名を使って、清掃スタッフとしてうちの会社に出入りしていた〉

「やっぱり石原さんが、雲竜美月さんだったんですね。陽太郎さんと同じ名字だから、お母さんなんじゃないかと――」

最後まで言い切る前に、しまったと思った。

〈ぼくが起こした事件のことを調べたんだね〉

「ごめんなさい」

〈気になって当然だし、謝るのはぼくの方だよ。美月さんに指示されるがまま朝礼で十年前のことを話して、彩さんにも会社の人たちにも迷惑をかけてしまった〉

指示されるがまま？

「どういうことです？」

〈今月に入ってすぐ――十月一日、美月さんからビデオ通話がかかってきたんだ。スマホの番号は手紙で知らせていたけど、かかってきたことがないから衝撃だったよ。なんの前触れもなかったし、直接顔を見るのも初めてで、通話に出たはいいものの、すぐには口をきけなかった〉

そのときのことを思い出したのか、心葉は少しの間、黙った。

〈美月さんは十年前の事件について、話してないことがあるんじゃないかとぼくに迫ってきた。でも、そんなものはない。そう答えたら、よくわからないことを言い出した。なんのことか訊ねると、『なんでもない』と通話を切られた。かけ直しても出てくれなかった〉

「どうして美月さんは十年経ってから、急にそんなことを？」

〈さっき警察に教えてもらったんだけど、昔ぼくが一緒に行動していた人からなにか吹き込まれたらしい。彼女はぼくより、その人を信じたということだ。ぼくにとってはまったく身に覚えがないことだけど、自分がしたことを鑑《かんが》みれば信じてもらえなかったことも無理はない〉

「一体なにを吹き込まれたんですか？」

〈よくわからない〉

心葉の表情にも口調にも変化はなかったが、短い単語だけで返されたので、それ以上訊ねることはできなかった。

〈話を戻すね。三日前の十月十五日、今度は美月さんから電話がかかってきた。いま思えばビデオ通話にしなかったのは、清掃スタッフとして会社に潜り込んでいたからだろう。眼鏡とマスクで顔を隠していたみたいだけど、用心するのは当然だ。電話に出たぼくは、すぐに前回の続きを話そうとした。でも美月さんは、無視してこんなことを言ってきた。

『明日の朝礼で、十年前に自分がしたことを社員たちに打ち明けなさい。もちろん、私に言わされたことは黙っておくように。あなたがなにか隠していないかどうか判断するのは、それからです』

断固拒否しようとしたけど、美月さんは、ぼくが言わないなら自分が職場の人たちに暴露すると言ってきた。犯した罪を思えば、ぼくには拒否する権利もないからね。従うことにした〉

そんなはずがないのに、あっさり受け入れたような物言いだった。

心葉本人に確認できるはずもないが、美月が職場で十年前のことを告白させたのは復讐《ふくしゅう》のためだろうか。心葉と一緒に行動していた人から吹き込まれたことが、美月をその行為に駆り立てたに違いない。

〈せめて彩さんには、事前に話しておきたかった。でも美月さんは『誰にも相談せず実行しなさい。誰かに話してなかったか、後で徹底的に調べます』とも言ってきたんだ。美月さんは亡くなってしまったし、警察に話したから、もう秘密にしておく必要もないだろうけど〉

――あなたと仲がいい男性が、子どものころ人を殺したと言い出したんですって？

あんなことを言っておきながら、美月自身がそう差し向けていただなんて。

――そう。

美月が最後に口にした一言も、改めて思い出す。あのとき彼女は、どんな思いでいたのだろう。

息が苦しくなったが、同時に疑問が浮かんだ。

美月はどうやって、心葉が事前に誰かに相談しなかったどうか調べるつもりだったのだろう？

彩から聞き出すつもりだったのか？　そのために、オオクニフーズに清掃スタッフとして入り込んだのか？　そんな話を美月から振られたら、さすがに不審に感じていたと思うが……。

一緒に考えてもらおうかどうか迷っているうちに、心葉は言った。

〈もう一つ、警察から知らされる前に、彩さんに話しておきたいことがある。ぼくは昨日の夜、美月さんが殺害された現場にいたんだ。そのせいで、警察に疑われている〉

心葉が嘘や冗談でこんなことを言うはずがない。しかし信じられず、迷いが頭から吹き飛んだ。

「心葉さんが現場って……え？　どうして？　なんで？」

混乱する彩に、心葉は話し始める。

＊

昨夜九時ごろ、自宅にいる心葉のスマホに美月から電話がかかってきた。どきりとしたが、話をするチャンスだ。一度スマホを握りしめてから、応答をタップする。

「もしもし」

〈雲竜美月と申します〉

「はい」

応じる心葉に、美月はなにも言わなかった。

「ご希望どおり、十年前のことを打ち明けましたよ。あなたはどう判断――」

〈直接顔を合わせて話をしたいと思っています〉

「電話ではだめなのですか？」

心葉の問いかけに返答はなく、電話は切られた。直後、メールが送られてくる。

〈いまから私の家まで来てください。なるべく人目につかないように気をつけてください。一対一で、本音で語り合いましょう〉

メールの末尾に記された住所を地図アプリで調べると、ここから徒歩五分ほどの場所だった。こんな近くに遺族がいたとは。行こうと決意した。誤解を解きたい気持ちは無論あったが、十年前のことを直接謝罪したい思いの方が大きかった。

準備をして家を出て、美月のアパートに着いたのが午後十時少し前。どこの街にもありそうな、二階建てのアパートだった。各階に部屋が三つ。美月の住居は一階の、道路から遠い方の角部屋のようだ。大きく息を吸い込んでからインターホンを押そうとした矢先、女物の靴が挟まれ、ドアが閉まり切っていないことに気づいた。

「雲竜さん？」

呼びかけながらドアを押し、中に入った。玄関から、八畳ほどのワンルーム全体を見渡すことができる。

雲竜美月は左手の壁際で、仰向けに倒れていた。

靴も脱がずに駆け寄る。咄嗟に抱き起こしたが、後頭部から血が流れ出ていて、息をしていない。

その姿が雲竜陽太郎と重なり、悲鳴を上げながら部屋を飛び出した。

＊

〈パニックになりながらも、一一〇と一一九に電話をかけた。それから人が来るまで、ずっと外で震えていた〉

「それで警察に……」

心葉が美月の死体を発見した。その事実をなかなか受け入れないまま、彩は呆然《ぼうぜん》と言った。

〈第一発見者だからね。ぼくと美月さんの関係や、呼び出された経緯を話したら刑事の目の色が変わって、深夜まで話を聞かれたよ。今日も朝から呼び出された。はっきり言われたわけじゃないけど、また人を殺したと疑われていることは間違いない〉

彩は、意識して明るい声を出す。

「すぐに疑いが晴れますよ。心葉さんは、なにもしていないんですから」

続けて今度こそ、「過去は過去、いまはいまです」と伝えようとした。

その前に心葉は、彩から目を逸《そ》らした。

〈そうだね〉

すぐに彩に視線を戻したが、間違いない。

心葉は、なにかを隠している。

――心葉さんが隠しているのは、自分が犯人であること。

その一言が頭に浮かんでしまい、今度は彩が心葉から目を逸らしてしまった。なんとか視線を戻したものの、その後はまともに話ができず、どちらからともなく通話を終えた。

次の日、十月十九日。会社に二人組の男性刑事が来た。会議室に連れていかれた彩は、名刺を差し出される。警察といっても挨拶は普通の社会人と同じなんだなと思いながら、名刺を交換した。

渡された名刺には、大久保《おおくぼ》常晴《つねはる》、馬場《ばば》大輝《たいき》と書かれていた。所属は、どちらも相模原警察署刑事課だ。大久保は彩の父親くらいの世代――おそらく五十代で、馬場はまだ若い。机を挟んで向かい合って座ってから、大久保が切り出してくる。

「どうかリラックスして答えてください」

そう言われても、大久保は心葉と同じくらい体格がいいので威圧感がすさまじい。馬場の身体はそれほど大きくないが、にこりともせず彩を見据えているので嫌でも緊張してしまう。

しかも大久保は、彩が心葉と親しいことをつかんでおり、「田中さんと交際していて、不審に思ったことはないか」「職場で、田中さんが怒ったり暴れたりしたことはないか」「話をしていて、雲竜さんを恨んでいる節はなかったか」と、心葉を疑っていることを隠そうともせず立て続けに質問してきた。

アパートに呼び出された心葉が美月と口論になり、突き飛ばして殺害。その後、第一発見者を装って通報してきた――大久保たちは、そう考えているとしか思えない。

彩がつかえながらも「心葉さんとは交際していないし、不審に思ったこともありません」「心葉さんはまじめに働いていて、大きな声を出したことすらないです」「事件が起こるまで、心葉さんの口から雲竜さんの話は聞いたこともありませんでした」と答えると、大久保は一応は納得したようだった。

ただ、「彼が人を殺していたことを知ったときどう思ったか」という質問には、なにも答えられなかった。

——驚いたけれどそれだけです、と言うんだ。

いくら自分に言い聞かせても、あの、その、などとしか返せない。

「わかりました。もう下がってもらっていいです」

大久保は面倒くさそうに話を打ち切った。情けなくなったが、「心葉さんはなにかを隠している」と疑っていることを悟られずに済んでほっとした。

心葉の方は、今日は警察に呼び出されておらず、朝から検品と梱包作業でオフィスと倉庫を行き来している。そのせいか誰も事件の話はしなかったが、不自然なほど頻繁に、オフィスの方々で笑い声が起こった。挨拶しては笑い、かかってきた電話の用件を口にしては笑い、在庫の数が合っていたら笑い。その度に彩は、早く帰りたくなった。

昨日に続いて千暁が休んでいるので、余計にそう思うのかもしれない。

配送先の伝票を貼り間違えそうになったり、印刷所に送ったデータが不足していたりとミスを連発しているうちに、終業時間になった。会社を出ると、カメラ機材やマイクを持った人が何人かいた。そのうちの一人、つくりものの笑みを顔に貼りつけた女性が話しかけてくる。

「ちょっとよろしいですか」

なにも答えず足早に前を通りすぎ、ちょうど来たバスに飛び乗った。あの人たちは、心葉のことを嗅《か》ぎつけて来たマスコミ関係者に違いない。すぐさま心葉にＬＩＮＥを送る。

〈外にマスコミがいます。裏口から帰った方がいいです〉

少ししてから既読マークがつき、〈ありがとう〉という返事が来た。ひとまず安堵《あんど》の息をついたものの、自宅にたどり着いてドアの鍵《かぎ》を閉めると玄関にくずおれそうになった。

マスコミが来たということは、美月の事件に対する世間の関心は高まっているのかもしれない。見ても仕方がないと思いながらも、身体をひきずるようにして部屋に入るとベッドに座り、スマホで検索を始めた。

思ったとおり、事件への注目度は急速に高まっていた。雲竜美月が十年前に起こった少年事件の被害者遺族であること。偽名を使って清掃スタッフの仕事をしていたこと。仕事先に、美月の息子を殺した元少年がいたこと。これらの情報が昨夜、週刊誌のウェブサイトにアップされたことがきっかけだったようだ。テレビや全国紙はプライバシーに配慮してか詳細な報道を控えているが、事件当夜の心葉と美月の行動は「捜査関係者の話」として、今日の昼ごろ、別の週刊誌のウェブサイトが報じていた。

これらに対するＳＮＳの投稿は、元少年こと心葉を犯人と決めつけるものばかりだった。彩が以前見つけた〈某フードバンクの配達員に人殺しがいる〉という投稿には、いまやほかのユーザーから多数のコメントが寄せられている。投稿者であるSSRは〈人殺しは何年経っても人殺し〉〈こんな奴《やつ》を雇ってるフードバンクも頭がおかしい〉〈本人は死んで詫《わ》びるべき〉などと胸が痛くなる投稿を繰り返していた。

「某フードバンクの配達員」は、やっぱり心葉さんだったんだ――鼓動が嫌な音を立てて加速していく。心葉を擁護する投稿をさがして検索を続けたが、〈凶暴な性格で同僚から嫌われている〉〈殺人鬼を崇拝していると言って憚《はばか》らない〉などというデマが飛び交っていることがわかっただけだった。

「心葉さんのことを、知りもしないで」

その一言がこぼれ落ちた瞬間、無性に心葉と話をしたくなった。ビデオ通話をかけようとしたが、人差し指の先端がスマホのディスプレイに触れる寸前でとまってしまう。しばらく指先をさまよわせた末にタップしたのは、音声通話のボタンだった。

〈もしもし〉

二度目のコール音が鳴り終わる前に心葉が出た。彩は、緊張で硬くなりかけた舌を動かす。

「こんばんは」

〈どうしたの?〉

心葉の声は、この数日のできごとを忘れてしまったのではと思うほど淡々としていた。

「その……もう家ですか?」

〈五分ほど前に帰宅した〉

「マスコミは大丈夫でした？」

〈うん、彩さんのおかげでね。ありがとう。しばらくつき纏われそうだけど、警察の捜査を見守るしかない〉

「そうですね。必ず――」

疑いは晴れます、と続けようとしたが、彩から目を逸らした心葉の姿が思い浮かび、なにも言えなくなってしまう。あのとき心葉は、彩が「なにもしていないんですから」と言ったら目を逸らした。ということは――。

〈彩さん？　どうしたの？〉

心葉の声が聞こえてきた。心葉さんはこれまで何度も、わたしが思っていることを察してくれた――そう考えるのと、ほとんど同時だった。

「過去は過去、いまはいまです。わたしは心葉さんのことを信じています！」

伝えられないでいた言葉を、ようやく口にできた。勢いに任せたものではあったけれど、遂に。それも、自分らしくない大きな声で。身体がふわりと軽くなった気がした。そのまま心葉の言葉を待つ。

しかし心葉は、なにも言わなかった。

「心葉さん？」

呼びかけても返事はない。

「心葉さん？」

もう一度呼びかけても同じだった。電波が悪くて切れてしまったのかと思いかけたところで、心葉の声がした。

〈彩さんの気持ちはうれしいよ。どうもありがとう〉

お礼を言われているのに少しもそう感じられない、抑揚のない物言いだった。

〈じゃあね〉

「え？　あ、はい」

彩が言い終える前に、電話は切られた。どうして急に？　心葉の声が聞こえなくなったスマホを、しばらく見つめていた。

心葉がいなくなったことを知ったのは、この次の日、十月二十日のことだった。


「田中さんがどこに行ったのか、心当たりをなんでもいいから話してくれませんかね」

大久保は、露骨に顔をしかめていた。その隣に座る馬場も、彩を無遠慮に睨みつけている。

「そう言われましても、ありません。昨日の夜の電話では、心葉さんはなにも言ってませんでした」

彩は、喉《のど》がからからになりながら返した。

今朝、どんな顔をして会えばいいのかわからないまま出社すると、心葉は姿を見せなかった。

また警察に呼ばれたのかと案じていると、朝礼で宇佐見が事務的な口調で言った。

「先ほど、心葉くんからメールが来ました。代休と有給が溜まっているから、しばらく休みたいそうです。急ではありますが、労働者の権利です。彼がいない穴は、みんなで埋めましょう」

朝礼が終わるとすぐ、彩は心葉にＬＩＮＥを書いた。

〈しばらく休むと聞きました。わたしに、なにかできることはありませんか？〉

後半の一言を加えるべきか迷ってしまい、送信したのは一時間ほど経ってから。しばらく待っても既読マークはつかなかった。会社の外に出て電話もかけてみたが、電源が切られている。少し待ってかけ直そうかと思ったが、既読マークのつかないメッセージを見つめた末に、スマホをスカートのポケットにしまった。

オフィスに戻ろうとしたものの、入口まで来たところで中から話し声が聞こえてきた。

「被害者は、うちの会社で清掃員をしてたんでしょう。偶然のはずないよ」

「心葉くんが十年前の事件を急に告白したこととも関係あるんじゃない？」

「しかも心葉くん、今日から休みって。なにかあったとしか考えられない」

男女どちらの声もあったが誰の声か知りたくなくて、もう一度会社の外に出た。

しばらくして席に戻り、集中できないままパソコンに向かっていると、大久保と馬場が訪ねてきた。心葉と連絡がつかず困っているという。心葉はしばらく休むことを宇佐見が伝えると、大久保たちの表情がそろって険しくなった。

その後、彩は刑事二人に会議室に連れていかれ、こうして話を聞かれている。

彩が心葉の行方《ゆくえ》を本当に知らないと判断したのか、大久保はわざとらしく肩をすくめた。

「会社にはメール一本で休むと伝え、彼女であるあなたにも行き先を教えず、ＬＩＮＥも既読にならない。おまけにスマホの電源は切られている。後ろめたいことがあるとしか思えませんな」

「昨日も言いましたけど、わたしは彼女ではありません」

「どっちだろうと構いませんよ。田中さんが逃げたことに変わりはないんですから」

発音こそ「逃げた」だが、「殺した」と思っていることが伝わってきた。

「心葉さんは、雲竜さんになにもしてません」

「だったら誰にも行き先を言わないで、どうしていなくなったんです？　しかも彼は雲竜さんとは十年前のことがあって、おまけに事件の第一発見者だ。なにかしたと考える方が自然じゃないですか？」

「十年前のことはともかく、第一発見者になったのは心葉さんの責任ではありませんよ」

そう言ってから気づき、興奮気味に続ける。

「ひょっとして心葉さんは、第一発見者にさせられたのではないでしょうか。心葉さんが雲竜さんと話したのは二回だけです。だから犯人が雲竜さんのふりをして電話をかけてきても、心葉さんは気づかなかった。心葉さんが電話を受けた時点で、雲竜さんは亡くなっていたんです。それに気づいた心葉さんは、このままだと罪を着せられると思って――」

その先を続けられなかったのは、大久保も馬場も白々とした目つきになったからだった。

「我々も田中さんに、似たようなことを言いましたよ。でも『確かに美月さんの声だった。話したのは二度だけでも、特徴のある声だったから間違えるはずがない』と田中さん自身が言ったんです。誰かが雲竜さんのふりをしていたということになれば、疑いが晴れるっていうのにね」

美月の声を聞いたとき、あどけない少女を連想したことを思い出す。

心葉は、自分の立場が悪くなることを承知で電話の声が美月のものだったと証言した。だから警察は心葉を容疑者と見なしつつも、連日取り調べるようなことはしなかったのだ。それなのに心葉は、行方をくらませた。

疑いが濃くなるのは当然だ。


夕刻になって再び会社にやって来た大久保と馬場に、彩はまたも会議室に連れていかれた。彩が座るなり、大久保は机に身を乗り出してくる。

「藤沢さんには特別に教えますがね、田中さんは今日の午前中、町田にある家電量販店に寄っていたことがわかったんですよ。タブレットPCとケース、おまけにスタイラスペンまで買っています」

「それが、どうしたんです？」

「今後、指名手配された場合、スマホを使ったら基地局から位置情報を取得されて、居場所を知られてしまう。Ｗｉ－Ｆｉ接続のタブレットＰＣならその心配はないから安心だ、と考えたのかもしれませんな」

大久保の身体が斜めに揺れたと思ったが、揺れたのは彩自身の視界だった。

心葉は入念な準備をした上で、自分の意思で失踪《しっそう》したことになる。犯人でないなら、そんなことをする理由はないのでは？

――心葉さんが隠しているのは、自分が犯人であること。

彩から目を逸らす心葉の姿とともに、そのとき頭に浮かんだ一言を思い出してしまった。

心葉にとっては「過去は過去、いまはいま」ではなかった。だから彩がその言葉を口にした途端に素っ気なく電話を切って、後ろめたくて逃げることにしたのか？

「昼間は田中さんがどこに行ったのか、心当たりはないと言ってましたね。ネットカフェとかコワーキングスペースとか、そういう場所の心当たりもありませんか？」

ありません、と返す声はかすれていた。

5

「海に行こう、心葉と三人で」

千暁に声をかけられたのは、八月半ば、お盆明けの昼休み。彩が給湯室で紅茶をいれているときのことだった。

「海、ですか？」

「そう、海。具体的には片瀬海岸に行って、江の島に渡る」

「急にごめんね」

千暁の後ろから、心葉が顔を覗かせた。

「千暁が、三人でどこか遠くに遊びに行きたいと言って聞かなくて」

千暁は虚を衝かれたような顔をしたが、すぐに引きつった笑みを浮かべた。

「彩ちゃんの前で、いきなりそんなこと言うなんて。意外といい性格してるな、お前――ま、そういうわけだよ、彩ちゃん。で、夏だから海がいいと思ってさ」

「男二人と一緒なのは抵抗があるかもしれないけど、せっかくの機会だし、よかったらどうかな。車で行くつもりなんだ。運転はぼくがする。レンタカー代とガソリン代は誘ったぼくらが負担するから、心配しなくていい」

「行くなら、お金はわたしも払いますよ。ただ、それより、その……海って……」

彩が言葉を濁していると、心葉は笑って首を横に振った。

「お盆をすぎたらクラゲが増えるから、泳ぎはしない。海を見て、おいしいものを食べるだけだよ」

「そうですか」

ほっと息をついた。自意識過剰かもしれないが、男性二人の前で水着になることには抵抗がある。それでも女性は自分一人であることに変わりはないから、迷いはあった。どうしようかと思っているうちに、千暁が心葉に言う。

「説明ありがとう。手間が省けたよ」

「どういたしまして」

「どういたしまして？　それだけか？」

「ほかに言いようがないだろう」

「本当にいい性格してるな、お前」

「そうかな?」

わざわざ背伸びして、心葉と顔の高さを同じにする千暁。千暁を真《ま》っ直《す》ぐに見つめる心葉。そうやって軽口をたたき合う二人を見ているうちに、自然とこう答えていた。

「わかりました、行きます」


海に行ったのは、八月二十六日だった。休日なので道路が混んでいて、江の島まで一時間半以上かかる見込みだという。そんなに長いこと乗っていては話すことがなくなるのではと不安に思った彩だったが、杞憂《きゆう》だった。

まず待ち合わせ場所の相模大野駅前に現れた千暁が、金髪になっていることで盛り上がった。ヘアスプレーで染色したのだという。

金髪と組み合わさって初めてわかったが、千暁は意外と眉毛が太かった。そちらが黒のままなので、どうしたって違和感が際立つ。それでも千暁があまりに堂々としているので自分のセンスがずれているのかと心配になったが、心葉が真顔で言った。

「友だちじゃなかったら助手席に乗せたくない」

「なんでだよ!」

むくれる千暁には悪いが、密かに胸を撫で下ろした。

心葉が用意してくれた赤いレンタカーは、中が広く、椅子は適度な硬さで座り心地が抜群だった。車の知識はないが、見るからにレンタル料金が高そうだ。しかし心葉によるとキャンペーン価格で安く借りられたので、彩が払うお金は少しだけでいいらしい。

出発前の雰囲気は、車内でも続いた。千暁が他愛のない冗談を口にして、心葉がやんわりツッコミを入れる。重くならない程度に仕事の話をする。車窓から見える風景に、三人であれこれ言い合う。そんなことが繰り返された。会話が途切れることがあっても気まずくはならない。いつの間にか彩も後部座席から身を乗り出し、いつもより大きな声でしゃべっていた。江の島が見えたときは道路が空《す》いていて早く着いたのかと思ったが、車内の時計を見ると間違いなく一時間半以上経っていた。

海に来るのは初めてではない。でもこの日の海は、これまでで一番眩《まぶ》しく見えた。相模湖と成分こそ違うが水であることに変わりはないので、水面《みなも》を描くなら繊細な色選びが必要なはず。しかし、もしいま描くなら、海面はコバルトブルー、太陽の光は画用紙の色をそのまま活《い》かした白。それ以外の配色は考えられないくらい、ただ輝いていた。

砂浜を散策したり、海の家で冷たいものを食べたりしてから、橋を歩いて江の島に渡る。そのころには、ワンピースの袖《そで》に覆われていない肘《ひじ》から先が赤くなっていた。もっと念入りに日焼け止めを塗ってくればよかったと後悔したが、じんじん響くような痛みにすら、なぜか笑いが込み上げてきた。

あまりの人混みで、江島《えのしま》神社に向かう途中で二人とはぐれたときは焦ったが、すぐに心葉の姿を見つけてほっとした。

あっという間に時間がすぎ、海面に茜《あかね》色が混じり始めるころ、海を後にした。帰りも心葉たちとおしゃべりするつもりでいた彩だったが、車が動き出すとすぐに瞼が重たくなった。運転している心葉さんに失礼だから寝てはいけない、と思った数秒後には寝入っていた。

どれほど時間が経っただろう。前方から、やけに低い声が聞こえてきた。顔を持ち上げると、助手席からこちらを覗き込む千暁と目が合った。

「おはよう、彩ちゃん」

「……おはようございます？」

自分の置かれた状況をすぐには理解できず、質問のような言い方になってしまう。

「もう少し寝てくれればよかったのに。いままさに、彩ちゃんの寝顔をスマホで撮ろうとしてたところなんだから――なあ、心葉」

「え？　ああ……まあ、そうだね」

心葉が戸惑いながらも頷く。その様を見て、いまが海からの帰りであることを思い出した。赤信号に引っかかったらしく、車はとまっている。

「やめてください、恥ずかしい」

「いいじゃないか、かわいい寝顔だったんだから。心葉なんて見惚《みと》れちゃって、運転が危なかったんだぞ」

「嘘はやめてくれ。ぼくはいつだって安全運転を心がけている」

あきれ顔の心葉に、千暁はにやにや笑う。彩は、唇を尖《とが》らせた。

「来年は、絶対に寝ないようにします」

心葉と千暁が顔を見合わせた。

「……わたし、なにか変なことを言いました？」

心配になって訊ねたが、心葉は首を横に振った。

「ううん、なにも——そうだね、来年もだね」

千暁もフロントガラスの方に顔を向けて続く。

「来年もまた行こうな、海」

どうやら二人とも、彩が口にした「来年」に引っかかったらしい。気が早かったかもしれないが、このときの彩には、三人の関係が来年のいまごろも続いていることが当たり前だった。

心葉との関係は、もう少し特別なものになっていていてほしいと思ったが。

6

——夢というより、思い出が蘇ったみたいだな。

海の香りが漂っているような気がしながら、彩はベッドの中で思った。たった二ヵ月前のできごととは思えず胸がきゅっとなったが、ここ最近何度も繰り返し見ていた、手錠をかけられた心葉がカメラのフラッシュを浴びる夢よりはずっとよかった。

海に行った日のことを、こんなに鮮明に思い出せるのだ。やはり自分は心葉が犯人ではないと、心の奥底では信じている。

しかし、それならばなぜ心葉はいなくなったのだろう？　彩が「心葉さんは、なにもしていないんですから」と言ったとき、どうして目を逸らしたのだろう？　最後に話をしたとき、急に電話を切った理由はなんだろう？　抱いた疑問には一つも答えを出せないが、きっとなにか事情があるに違いない。なんとかして会って、話を聞きたい。

でも、方法がわからない。

ヘッドボードに置いたスマホを手を取る。ディスプレイに表示された時刻は午前四時五十四分だった。日付は、十月二十三日。心葉に送ったＬＩＮＥを表示させる。

三日前と同じく、既読マークはついていない。

この三日の間に、心葉の失踪はＳＮＳ上で広まり、「十年前に殺した相手の母親まで殺して逃亡した鬼畜」と決めつける投稿が相次いだ。顔写真も出回っており、〈いかにも人を殺しそう〉〈普段から凶暴だったに違いない〉などという勝手な印象論も多々書き込まれている。〈結局、彼は更生しなかった。人を殺すような子どもは少年法で対処できないのが現実〉などと少年犯罪の厳罰化を求める、知識人めいた投稿も目立った。

「炎上させるユーザーは、インターネット利用者の数パーセントにすぎない」という記事を読んだことはあるが、心葉を犯罪者と決めつけるたくさんの投稿を前に、彩はもはや事件のことを検索できなくなっていた。

スマホをヘッドボードに戻す。横になりながら心葉と会う方法を考えようとしたが、なんのアイデアも浮かばない。もう少し眠ろうと思っても、閉じた瞼がいつの間にか開いてしまう。仕方なくベッドを出て洗面所に行くと、青白い顔が鏡に映った。

少しでも血色をよくしたくてシャワーを浴びる。それから朝食の準備をしようとしたが、結局、牛乳を飲んだだけで身支度を始めた。顔色の悪さを隠すためファンデーションをいつもより濃くしようとして加減をさぐっているうちに時間がかかり、会社に着いたのは朝礼が始まる直前になってしまった。

「藤沢さんがこんなに遅いのは珍しいね」といった言葉は、誰もかけてこなかった。心葉が十年前のことを告白する前は、絶対にそんなことはなかったのに。そのことをどうこう思う間もなく始業時間の九時をすぎた途端、会社の電話が鳴った。彩は怯《ひる》みながらも、受話器を手に取る。

「お電話ありがとうございます。オオクニフ――」

〈あんたら、なに考えてるわけ?〉

やっぱり、こういう電話か。

〈食べ物を扱ってる会社なんでしょ? 人殺しが触れた物を人様に食べさせていいわけ?〉

「ご意見ありがとうございます。担当者から改めて折り返しますので、お名前とお電話番号を頂《ちょう》戴《だい》できればと思います」

〈いや、別に……そこまでしなくていいんだけどさ。とにかく、俺が言いたいのはね――〉

「わたしは部署が違うのでご対応しかねますし、担当者ははずしております。折り返しさせていただきますので、連絡先を――」

〈うるさいよ。お客さまの言うことを聞きなさいよ〉

「お客さまだからこそ、担当者から――」

〈もういいよ。クソ女が！〉

電話が切られた。

心葉が美月の事件に関与していることがSNSで広まってから、勤務先がオオクニフーズであることを嗅ぎつけた人々から電話がかかってくるようになった。犯罪者に福祉事業をさせていいのか、犯罪者の触れた食べ物なんて誰も口に入れたくない、犯罪者を雇うお前らも犯罪者だ――一方的な罵詈雑言を、仕事に支障が生じるほど延々と捲《まく》し立てられたが、「相手の名前と連絡先を訊くようにしなさい。それで八割近くは引き下がるから」と宇佐見から教えられたことを実践すると、そのとおりになった。

とはいえ、疲弊しないわけではない。息を吐き出しながら受話器を置く。

「はい――はい――ええ、申し訳ございません。ですから、ご連絡先を――」

「それに関しては、今後検討――はい、今後です――そう言われましても、いつまでとはお約束できませんので、折り返しますから――」

オフィスの方々から、電話に応じる声が聞こえてくる。心葉が失踪した情報が知れ渡ったのか、今日は一段と数が多いようだ。彩の島に置かれた電話も、またすぐに鳴り出す。

その状態が一時間ほど続いたところで、宇佐見が席を立って手をたたいた。

「みんな、少し聞いてほしい。しばらく電話に出なくていいから」

宇佐見が説明を始める。先ほど本社から許可をもらい、番号が非通知の着信は〈番号を通知してかけ直しください〉というメッセージを流す設定にしてよいことになった。電話番号が通知される着信もワンコールで留守電につなげ、出なくてよいことになった。

「これで罵詈雑言を言いたいだけの電話は一気に減るだろう」

宇佐見の説明が終わると、「おおっ」「助かった」などという歓声が上がった。彩も声こそ上げなかったものの、安堵の息をついた。

しかしパートたちの島に座る佐藤紀美子は、うんざりしていることを隠そうともせず言った。

「根本的な解決にはならないですよね」

歓声が消える。田中道隆も不機嫌そうな顔をして、ドア付近の席なのにオフィス全体に響き渡る声で言う。

「心葉くんがうちの会社にいるかぎり、ずっとクレームが続くんですよね。しかも彼、いきなりいなくなりましたよね。せっかく気を遣ってあげていたのに」

気を遣ってあげていいた。その一言によって「お疲れ、心葉くん！」という田中の大きな声を思い出した。次いで、心葉にそれまでにないほどにこやかに声をかける人々や、やけに笑い声が起こるオフィスも。身体の芯《しん》が冷たくなる。

宇佐見は首を横に振った。

「心葉くんはいなくなったわけではない、代休と有給を消化しているだけだ」

佐藤がすかさず反論する。

「そうは言っても、このタイミングでしょう。事件と関係ないと考える方が無理がありますよ。前々から心葉くんは仕事してばかりで、なにか隠している気がしていたんですよ」

いつだか佐藤は「心葉くんはまじめだからね」と言っていたのに。

「十年前の件に関して、彼はもう罪を償った。今回の件とは別に考えるべきです」

宇佐見の発言には筋が通っていた。いつもならそれだけでもう、全員が納得する。しかし今日は佐藤だけでなく田中も、不服そうに顔をしかめた。似たような表情をした人は、ほかにも数人いる。彩が目を伏せると、うなるような声が聞こえてきた。反射的に目を向けた先には、千暁がいた。

ずっと欠勤が続いていた千暁は、今日から出社している。朝礼では「ご迷惑をおかけしました。その分こき使ってください！」と明るく挨拶したが、欠勤前よりさらにやつれ、まだ体調が万全でないことは明らかだった。いまも両目が真っ赤で、呼吸は乱れている。

「千暁さん、具合が悪いんですか？」

彩がそっと訊ねても、千暁は身動《みじろ》ぎ一つしなかった。視線が一つ、また一つと千暁に注がれていく。電話の着信音だけが鳴り響く中、千暁は唇を重たそうに動かした。

「心葉が、いまどういう気持ちでいるのかと思うと、休んでいた自分を許せなくて……無理をしてでも出社して、話を聞いてやっていたら、いまもあいつはここにいるんじゃないかって……」

千暁は朝礼が終わった後、宇佐見と会議室で打ち合わせをしていた。そのときに、休んでいる間に心葉の身に起こったことを教えられたのだろう。

千暁に集まっていた視線が誰からともなく背けられ、一人また一人と仕事に戻っていった。ほっとした彩だったが、千暁の方を度々覗き見ずにはいられなかった。いくら心葉のことが心配でも、あんな声を上げるなんて千暁らしくない。やはりまだ体調が快復していないのではないか。休んでいる間は遠慮して連絡しないでいたが、今日なら心葉の居場所をさがす方法について千暁に相談できると思っていた。でも、やめた方がいいかもしれない。

しばらくすると、千暁はオフィスから出ていった。その後すぐ、彩のスマホに千暁からLINEが届く。

〈どうだった、俺の迫真の演技？　あそこまでされたら、心葉のことを誰もなにも言えなくなるよね！〉

そのメッセージに続いて、雄叫《おたけ》びを上げるアニメキャラのスタンプも届いた。そういうことだったのか。

数日ぶりに笑みが浮かび、敬礼している猫のスタンプを送り返した。

宇佐見の指示に従って設定を変えてから、電話が鳴る回数は一気に減った。その分メールによるクレームが増えたが、もともと会社のサイトに「すべての質問にお答えすることはできません」と記載してあるので無理に返信する必要はない。ただ、クレームとは関係のない問い合わせもあるかもしれないので、どのメールにも一応目は通さなくてはならない。それは彩の担当だったが、心葉やフードバンクに対する誹謗《ひぼう》中傷ばかりで読み進めるのに時間がかかった。たとえ文章が短くても、続けざまに読む気にはどうしてもなれない。

午後になってもメールの対応に追われていると、声が飛んできた。

「すみませーん」

顔を向けると、オフィスの入口に男性が立っていた。見た目で判断するのはよくないが、あまり近づきたくない印象を受けた。大人に注意され、ふてくされた子どもを思わせる目をしているからだ。年齢はおそらく彩と同じくらいで、身長は高めなのに。ここにはフードバンクの利用者が直接食品を受け取りに来ることもあるが、それを口実にして来たクレーマーかもしれない。

会議や配達、倉庫の整理などが重なり、いまこの場には彩と千暁しかいない。千暁は得意先と電話中だ。唾を一つ飲み込んでから立ち上がった彩は、「はい」と返事をして男性のところに向かった。彩が目の前に来ても、男性は大袈裟に首を動かしオフィスを見回している。

「ここがあのおばさんが殺されるまで掃除してた会社か。へえ」

会ったことなんてないだろうに、美月を「あのおばさん」呼ばわりするなんて。少し嫌な気持ちになりながらも、彩はおそるおそる声をかけた。

「あの……」

男性は彩を見ると「うん？」とわざとらしく首を傾げた。

「あ、ごめん。ちっちゃくて気づかなかったわ。なに？　社会科見学？　まだ中学生でしょ、君。まさか、高校生じゃないよね？」

若く、というより、幼く見られることには慣れているが、ここまで露骨に小ばかにされることはあまりない。なんとか愛想笑《あいそ》いを浮かべる。

「ここの社員です。失礼ですが、どちらさまでしょうか」

「本当に失礼だな。人に名前を聞くなら、まず自分から名乗ろうよ。本当に社会人？」

盛大に鼻を鳴らされ、愛想笑いをする余裕がなくなってしまう。

「……し、失礼しました。藤沢です」

か細い声で名乗ると、男性はせせら笑った。

「声が小さいけど、まあ、いいや。赤井紅太郎《あかいこうたろう》でーす」

赤井紅太郎？　知っている名前である気がするのに思い出せないでいるうちに、赤井は訊ねてきた。

「今日は、コ・コ・ハさんはいないの？」

一音ごとに区切るように発音された心葉の名に、胸がざわめいた。

「田中心葉のことでしょうか。本日は、お休みをいただいてま――」

「やっぱいないんだっ！」

彩が言い終える前に、赤井は歓声を上げた。

「噂どおりだな。この前は澄ました面《つら》をしてたけど。いやー、わざわざバスに乗って来た甲斐《かい》があったわ。普段は近くのコンビニくらいにしか行かないのにさ」

心葉さんに会ったことがあるのか、と思ったとき、どこで目にした名前か思い出した。千暁と一緒に調べた、心葉の九月二十七日の配達先リストに載っていた名前だ。「赤」「紅」と同じ系統の色が二つ使われているので、特徴的だと思ったのだ。

「田中とは……ど……どういう……その、どういう、ご……ご関……ご関係……」

「ど……どういう……その、どういう、ご……ご関……ご関係……」

赤井は大袈裟に全身を震わせて、彩の口振りを真似てみせた。恥ずかしさと屈辱で身体が熱くなる彩に、赤井はにやにやと嫌な笑みを浮かべる。

「ダチだよ。中学のときの」

中学のとき。もし中学二年生なら、心葉が事件を起こしたとき。

この人は、心葉さんが雲竜陽太郎さんに手をあげた、まさにその場にいたのかもしれない――

鼓動の加速を、胸だけでなく耳たぶでも感じた。

「俺は最近、あいつとばったり会ったんだよね。そのとき、実は――あ、ヤバい、言ったらまずい。警察から余計なことを言うなって口どめされてるんだったわ。危ない危ない。でも藤沢さんには教えてあげてもいいよ。俺と二人っきりで、どこかに行くならね。あ、もしかして恥ずかしがってる？」

赤井はけたたましい笑い声を上げた。完全にからかわれている。思わず彩は、千暁の方に目を向けた。こういうときは、やはり千暁を頼りにしてしまう。声が聞こえないから、もう電話は終わっているのだろう。彩と目が合えば、すぐに駆けつけてくれるはず。

しかし千暁は席に着いたまま、ノートパソコンに視線を固定していた。

赤井がこわくて知らん顔をしているのだろうか？　しかし千暁はそんな人ではない……。

「うん？」

彩が混乱していると、赤井の怪訝《けげん》そうな声が聞こえてきた。視線を戻すと、赤井は千暁をじっと見つめていた。千暁とも知り合いなのだろうか。彩が二人を見ていると、千暁はジャケットの胸ポケットから取り出したスマホを耳に当てて立ち上がった。

「もしもし、佐藤です――そうです、佐藤ですよ、佐藤――ああ、どうも、お久しぶりです」

千暁はスマホを耳に当てたまま、窓際まで移動する。その姿を怪訝そうに見ていた赤井が、不意に彩に言った。

「あそこの兄ちゃん、『佐藤』っていうの？　殺されたおばちゃんと、どういう――」

赤井の言葉の途中で、男性社員が二人オフィスに戻ってきた。二人とも心葉と同じく配達を担当していて、体格がいい。赤井が舌打ちをする。

「コ・コ・ハさんが帰ってきたら、赤井が『逃げ切れると思うな』と言ってたと伝えておいて」

男性社員たちが不審そうに見遣る中、赤井はオフィスから出ていった。

心葉と赤井の間になにかがあったことは間違いない。そのことが、美月の事件や心葉の失踪に関係している可能性は大きい。

気にはなるが、いまはそれよりも。

落ち着かないまま一日の仕事を終えた彩は、家には帰らず居酒屋「祭り三昧」に行った。十年前の事件について、心葉から詳しいことを聞かされた店である。思い出したくない経験をした場所ではあるが、個室で他人を気にせず話ができる場所をほかに知らない。

「後からもう一人来ます」

店員に言った彩が通されたのは、心葉と会ったときと同じ個室だった。空いている部屋はたくさんあるのに、よりによって。しかし「変えてください」と頼むのも気が引ける。

出されたお通しに手をつけないまま十分ほど経ったところでノックの音がして、個室の扉が開いた。

「ごめん、遅くなって」

その一言とともに、千暁が入ってくる。

「そんなに待ってませんよ。わたしの方こそ、呼び出してしまってすみません」

「平気。休んでたせいでやることは溜まってるけど、あきらめて明日に回すことにしたから。とりあえず、飲み物を頼んじゃおうか」

タッチパネルで注文を済ませてから、彩はすぐ本題に入ろうとした。しかしなにから話せばいいかわからず黙っていると、千暁がやつれた顔つきに似合わない、軽やかな笑い声を上げた。

「二人だけでご飯を食べるのは初めてだね。しかも、彩ちゃんの方から誘ってくれるなんて。心葉が知ったら、どんな顔をするだろうな。まあ、いなくなったあいつにとやかく言われる筋合いはないけど。彩ちゃんが最後にあいつと話したのはいつ？　どんな感じだった？」

「四日前の夜です。どうしているのかと思って電話しましたが、長くは話しませんでした」

「そうなんだ」

千暁が相槌を打ったところで、彩に烏龍茶が、千暁に青リンゴサワーが運ばれてきた。店員が個室から出ていく。その後も彩はなんと言っていいかわからないでいたが、千暁の方から話を促してきた。

「それで、彩ちゃんが俺を誘ってくれた理由はなに？　楽しい話じゃなさそうだね？」

頷いた彩は、がぶ飲みするような勢いで烏龍茶に口をつけてから切り出した。

「さっき赤井さんが会社に来たとき、千暁さんは電話がかかってきたふりをしましたよね」

千暁が不審そうに言った。

「なに、それ？　なんでそんな風に思うの？」

「千暁さんはなにかするとき、手順を一つ一つ考えるようにしていると言ってましたよね。電話がかかってきたときは、相手の用件や、どう対応するか考えてから出るようにしてますよね」

スマホのディスプレイをじっと見つめる千暁の姿は、見慣れている。

「でもさっきは、胸ポケットから取り出したスマホをそのまま耳に当てました。電話をかけてきたのが誰かすら、確認しなかった。本当は電話がかかってきてなかったからですよね」

「推理小説の名探偵みたいだな、彩ちゃん。でも俺だって、たまには考えなしに電話に出ることだってあるよ」

「いいえ。あのときの千暁さんは、わたしが赤井さんにからかわれて困っているのに、こちらを見ようともしませんでした。千暁さんらしくない。事情があって赤井さんと顔を合わせたくなかったから、電話するふりをしたとしか思えません」

「俺はそんなにたいした奴じゃないし、本当に電話がかかってきたんだよ」

「そこまで言うなら、着信履歴を見せてください。まさか、消したなんて言いませんよね」

「今夜の彩ちゃんは、やけに迫力があるなあ」

千暁は笑うだけで、スマホを取り出そうとしなかった。自分の考えが当たっていることを確信する。

「千暁さんは私服のときに、赤井さんと会ったことがあるんですよね。会社で千暁さんを見た赤井さんは、服装が違うから見覚えはあるけれど同一人物か自信を持てなくて、じっと見ていたんです。そのことに気づいた千暁さんは、電話するふりをしながら『佐藤』と自分の名字を何度も言いました。千暁さんは赤井さんと会ったとき、『佐藤』以外の名字を名乗っていたということ。その名字は」

一度言葉を切ってから告げる。

「『雲竜』ですよね」

千暁は「はあ?」と言いながら笑った。

「雲竜って、心葉が起こした事件の被害者遺族の名字だよね。なんでそう思ったの?」

「千暁さんが『佐藤』と言った後、赤井さんが納得できない様子で美月さんのことを持ち出して、わたしになにか訊こうとしたからです。人が来て話が途中で終わってしまいましたが、美月さんと千暁さんの関係を訊こうとしているようでした。千暁さんが赤井さんと会ったとき、美月さんも一緒だったのではありませんか」

赤井が面識のない美月のことを「あのおばさん」呼ばわりしていると思ったが、実際に会ったことがあったのだろう。

十月十七日。千暁は、九月二十七日の心葉の配達先リストを調べた際、赤井の名前を見つけた。あの時点で既に、赤井と会っていたに違いない。だから顔が引きつっていたのだ。心葉の配達先がすべて常連というのは嘘。利用者に確認しに行かないよう彩に念押ししたのも、赤井と接触することを防ぐため。

この考えが正しいなら、九月二十七日に〈某フードバンクの配達員に人殺しがいる〉という投稿をしたSSRは、赤井紅太郎ということになる。

千暁はなにも言わなかったが、彩は続ける。

「美月さんは離婚しているそうですね。夫が婿養子だったなら、離婚後も名字は『雲竜』のまま変わらなかったはず。千暁さんの名字『佐藤』はお父さんの名字。つまり、雲竜美月さんは」

テーブルの下で両手の拳を握りしめ、彩はこの一言を口にした。

「千暁さんのお母さん」

お願いだからこれで認めてほしい——その思いを込めて千暁を見据えた。大丈夫、ちゃんと筋は通っている、と自分に言い聞かせる。

しかし千暁は、首を横に振った。

「話としてはおもしろいけど、なんの証拠もないよね」

「は——」

思わず「はい」と認めかけてしまったことをごまかすため、勢いをつけて言った。

「雲竜美月さんの事件があった次の日から、千暁さんは会社を休んでましたよね。体調が悪かったからではなく、お母さんが亡くなったからではありませんか」

「いや、本当に体調不良。事件の次の日から休んでいたのは、ただの偶然」

「心葉さんが十年前のことを打ち明けた日、わたしが美月さんと一緒にいるのを見た後、千暁さんは彼女のことを『オバサン』と言いましたよね。千暁さんらしくない、嫌な言い方でした。彼女との間に特別な関係がないと、あんな言い方はしないはずです」

「心葉のせいで冷静じゃなかったからね。あのときも、そう言ったと思うけど」

「美月さんは心葉さんに、誰にも相談しないで十年前の罪を告白するよう指示して、誰かに話していなかったか、後で徹底的に調べると言ったそうです。どうやって調べるつもりだったのか不思議でしたが、心葉さんの傍にいる息子――千暁さんから聞き出すつもりだったのなら納得です」

「そんなこと言われてもなあ。どうにかして調べるつもりだったんじゃない?」

千暁はまったく動じなかった。唇を嚙みしめてしまう。彩があげたのは、すべて状況証拠にすぎない。千暁に否定されたらどうしようもないし、本音を言えば、本当に千暁と美月が親子なのかどうか確信を持てないでいた。

それでも、どうしても指摘せずにはいられなかった理由があるのだが……。

彩が唇を嚙みしめたままでいると、千暁は突然にっこり微笑み、拍手までし始めた。

「なんの証拠もないみたいだけど、せっかく彩ちゃんが名探偵みたいにがんばったんだ。先輩としては、それに応《こた》えないわけにはいかないな」

え、とかすれた声が漏れ出る。

「彩ちゃんの言うとおり。俺は雲竜美月の息子で、十年前、心葉に殺された雲竜陽太郎の弟だ」

なぜかわからないが、認めてくれた――拍子抜けしたが、すぐに全身に緊張が走った。

心葉が起こした事件の遺族が、美月以上に身近なところにいた。しかも今度は、母親を殺されたのだ。自分で指摘しておきながら千暁の顔を見ていられなくて、俯いた。

「ごめんなさい、千暁さんが隠していたのに……。心葉さんが朝礼で十年前の話をしたとき、お兄さんとのことを知って……わたしなんかより、ずっとショックを受けて……」

「心葉があの場で話したことには驚いたけど、兄とのことは前から知ってたよ」

千暁がなんでもないことのように言うので、すぐには意味がわからなかった。

わかってからは信じられなくて、目を丸くして千暁を見つめてしまう。

千暁の口調は変わらない。

「ちょっと前に、心葉の家に呼ばれて打ち明けられたんだ。びっくりしたけど、あいつは俺が雲竜陽太郎の弟だなんて夢にも思ってないから、黙っておくことにした。これまでどおりに振る舞うのが大変だったよ。なかなかの演技力だっただろう」

嘘でしょ、と呟いていた。

思えば千暁は、美月の事件が起こる前からやつれ気味だった。心葉が兄を殺した相手であることを知ってしまったからだったのだろう。

なのに表面上は何事もなかったかのように振る舞い、仕事をしていた。心葉とも、普通に話をしていた。

千暁さんは、どうしてそんなことができたんですか——涙があふれそうになった。自分でさえこうなのだ。心葉がこのことを知ったら、どうなってしまうかわからない。

千暁はわずかの間、苦しそうに顔をしかめた後、大袈裟に肩をすくめた。

「まあ、俺の演技は無駄になったんだけどね。警察が心葉に、全部教えちゃったから」

「……どういうことです？」

「あいつが母の第一発見者になったことは知ってるよね。その事情聴取の最中に、警察が俺と雲竜美月が親子であることを話したらしい。内緒にしてほしいとお願いしていたんだけど、捜査の一環だから仕方がない」

事件があった後の心葉の姿を思い浮かべる。そのどれもがこれまでどおりで、千暁と美月が親子、即《すなわ》ち、自分が殺めた相手の弟が千暁だったことを知っていたようには見えなかった。

でも、本当は。彩が気づいていなかっただけで。

千暁さんだけでなく、心葉さんも——とうとう涙があふれ出て、咄嗟におしぼりを目許に当てた。このまま泣いてしまいたかったが、自分よりずっと辛い思いをしている千暁の前でそんなことをしていいはずがない。

「彩ちゃん、大丈夫？」

「……大丈夫です、ごめんなさい」

彩がどうにか涙を押さえ込み、おしぼりをテーブルに戻してから、千暁は言った。

「その様子だと、事件の後も心葉の様子は変わりなかったみたいだね」

頷くと、千暁は泣いているようにも笑っているようにも見える、一言では決して表現できない表情になって呟いた。

「資格がないと思ったんだろうな」

「資格？」

「ごめん、なんでもない」

千暁は青リンゴサワーを一気に半分ほど飲んでから言う。

「それより、彩ちゃんのことだ。興味本位で俺と雲竜美月の関係を暴きたかったわけじゃないよね。理由があるはずだ。それはなに？」

「心葉さんに会いたいからです」

「資格」がなんのことか気にはなる。それでも、ずっと胸の中にあった言葉を口にした。

「千暁さんが大変なときに、こんなことを言うべきでないことはわかってます。でもわたしは心葉さんが美月さんにあんなことをしたとは、どうしても思えないんです。いなくなったのには、なにか理由があるはずなんです。だから心葉さんと会って、話がしたい。美月さんの子どもで、赤井さんとも会ったことがある千暁さんなら、心葉さんの居場所について、わたしの知らない情報を知っているかもしれないと思いました」

これが確信を持っていないにもかかわらず、美月と千暁が親子だと指摘せずにはいられなかった理由だった。自分とは思えないほど声に力が漲《みなぎ》り、つかえることなく言い切ることができた。

わたしは心葉さんが無実だと信じているんだ、と改めて思う。

しかし千暁は、彩の思いを薙《な》ぎ払うように首を横に振った。

「心葉と会ったところで無駄だ」

思いがけない一言に、今し方まで力が漲っていたことが嘘のような動揺した声になってしまう。

「……どうしてです？」

残った青リンゴサワーを飲み干した千暁は、不ぞろいの氷だけが残ったジョッキを見つめる。

「心葉は、俺の母――雲竜美月を殺したから逃げてるんだよ。全部、俺のせいだ」

僕のこと

1

「陽太郎、今日の運動会がんばってたね。じゃあ、『ファイト一発・陽太郎』の歌を歌ってあげよう」

「千暁はテストで一番だったの？　では、一曲お聴きください。『勉強できるね千暁くん』」

雲竜美月はこんな風になにかと理由をつけては、即興でつくった歌を披露する母親だった。テレビで歌っている人よりもずっと上手だし、アニメキャラクターの声より圧倒的にかわいいと、千暁は小さいころから思っていた。

父によると、母は結婚する前は声優を志していて、端役でアニメに出演したこともあるらしい。それを聞いて、歌がうまいことにも、声がかわいらしいことにも合点がいった。ラノベ仲間の黒《くろ》川《かわ》と木野《きの》も「雲竜くんのお母さんはアニメ声だよね」「今クールのアニメだと雨宮《あまみや》さんの声に似ている」と盛り上がっていた。

今朝《けさ》だって「秋晴れの日に学校に行く君へ」なる珍妙な歌を歌って送り出してくれた。

だから三時間目が終わった直後、訳もわからず担任に校長室に連れていかれたときは、母がソファに座っていることよりも、「千暁」と呼びかける声に驚いた。今朝までと違って力のない、かすれ声になっていたからだ。傍らには、なぜか旅行鞄《かばん》が置かれている。

「どうしたの?」

「落ち着いて聞いてね、千暁。さっき、お兄ちゃんが――」


――千暁は新幹線に乗ったことを覚えてないんだ。仙台からさいたまに引っ越すとき、僕がずっとだっこしてあげたのに。まだ二歳だったから仕方ないか。

大宮駅のホームに滑り込んできた新幹線を眺めているうちに、千暁は陽太郎の言葉を思い出した。

「お兄ちゃんがコンビニでトラブルに巻き込まれて、死んじゃったんだって。詳しいことは、お母さんもまだわからない。お父さんは飛行機の中だから連絡が取れない。とにかく仙台の警察に行って、亡くなったのが本当に陽太郎か確認してくる。千暁も一緒に行くよ」。母にそう言われたから制服のまま仙台に向かっているのに、そんな些細《ささい》なことを思い出すなんて。

世間には、年が離れていると接点が少なく、互いに無関心になる兄弟も珍しくないという。しかし陽太郎とは生年が六年離れているが、自分たち兄弟はこれに当てはまらなかった。海外出張の多い父に代わって、陽太郎がなにかと千暁の面倒を見てくれたからだ。父にも「お父さんがいない間は、お兄ちゃんをお父さんだと思うんだぞ」と何度も言われた。

算数のコツも、陽太郎に教えてもらった。

小学一年生の秋のこと。たし算とひき算はなんとかなっても両方が混在すると途端に訳がわからなくなる千暁は、リビングで算数ドリルを前に鉛筆を動かせないでいた。すると陽太郎が、隣に座って言った。

「たし算とひき算を一気にやろうとするからわからなくなっちゃうんだ。なにからやればいいか、まずは手順を一つ一つ考えてごらん」

言われたとおりにすると、すらすら問題が解けた。

それから千暁は、なにかするときはいつも「手順を一つ一つ考えてごらん」という陽太郎の声を思い出すようになった。すると不思議と気持ちが落ち着き、頭が冴《さ》え渡る。陽太郎の声が静かで、口調が穏やかであることも大きかったろう。

当然、千暁はそんな兄が大好きだった。「お兄ちゃん、お兄ちゃん」と連呼し、いつも後ろをついて回っていた——小学二年生の夏までは。

その日、千暁は、大好きな漫画の新刊を読みたくて陽太郎の部屋に入った。「勝手に入らないでね」と言われてはいるが、陽太郎は中学生になってサッカー部に入ってから、毎日帰りが遅い。帰宅まで待てないとき、千暁はこっそり出入りするようになった。母は「お兄ちゃんにばれたら、そのときはそのとき。一緒に怒られてあげる」と、あっけらかんと笑っていた。

本棚から目当ての漫画を取り出そうとしたところで、ベッドの下に雑誌があることに気づいた。

どうしてこんなところに？　不審に思いながら拾い上げた雑誌の表紙には、全裸で股《また》を広げる、胸の大きな女性が載っていた。

　悲鳴じみた声を上げ、雑誌を放《ほう》り投げた。一階から母の声が聞こえてくる。

「どうしたの？」

「む……虫がいた」

　咄嗟《とつさ》に嘘《うそ》を返し、爪先《つまさき》で雑誌をもとの位置に戻した。

「エロ本」というものの存在自体は、なんとなく知っていた。でも、まさか陽太郎が隠し持っているなんて。大好きだった兄が、変態としか思えなくなった。忘れようとしても、女の大きな胸が頭から離れない。そのせいで、ますます腹が立った。

　それから千暁は陽太郎の後ろをついて回ることも、部屋に出入りすることもなくなった。時を同じくして、レギュラーの座をつかんだ陽太郎はますますサッカーに打ち込むようになり、弟の変化に気づいていない様子だった。

「陽太郎は勉強もできるし、運動神経もいいし、私にはできすぎの息子ね」

　事あるごとにそう言って陽太郎をほめたたえる歌を口ずさむ母には「なにも知らないくせに」と密《ひそ》かに苛立《いらだ》っていた。

　月日が経《た》ち、陽太郎が仙台の大学を受験することになったとき、夕食の席で母は言った。

「もちろん陽太郎を応援するけど、合格したら家を出ることになるね。さみしいよね、千暁」

「うん」

陽太郎の前だから同意しただけで、内心では「家が広くなっていい」としか思わなかった。

しかし陽太郎が仙台に引っ越して三日後。千暁は母のスマホで見つけたおもしろい動物の写真を、陽太郎に送信した。陽太郎から動物の写真が返ってくると、千暁も新たな動物写真を送り返した。似たやり取りは、翌日以降も繰り返された。写真のやり取りを重ねれば重ねるほど、家族が一人減って広くなった家が適度なサイズに戻っていくようだった。

中一の終わりに差しかかるころには、陽太郎があいう雑誌を隠し持っていたことも理解できるようになった。

一時期疎遠だった分、これからはお兄ちゃんと、小さいころにはできなかった話をするようになるのだろう。漠然とではあるが、そう思っていたのに。

「――んね」

母の声で我に返った。いつの間にか千暁は新幹線の座席に座り、窓に頭をもたれかけていた。いつもかけている黒縁の丸眼鏡《まるめがね》は無意識のうちにはずしたらしく、ケースに入れて膝の上に置いてある。

「ごめん、聞こえなかった。なに？」

「『千暁の下着、一日分しか持ってこなかった。ごめんね』と言ったの。明日《あした》帰れるかどうかわからないのに。いざとなればコンビニで買えばいいか」

母は口を大きく開けて笑った。顔色こそ青白いが、声音はもとに戻っている。

陽太郎が死んだという話は、なにかの間違いではないか？

大宮駅を出て一時間ほどで、仙台駅に到着した。

今日は十月にしてはあたたかいと思っていたが、北国の空気はひんやりしていた。首をすぼめ、母と並んで改札を出る。母が足をとめて周囲を見回していると、きりりとした顔立ちの女性が近づいてきた。少し後ろには、体育教師よりはるかに屈強な男性もいる。女性が母に言った。

「雲竜さんでしょうか」

「はい、そうです」

「遠いところからご足労いただき、誠にありがとうございます。仙台中央署の大江《おおえ》です。こちらは福沢《ふくざわ》。車を用意してますので、どうぞ」

大江に案内され、駅前のロータリーに停められていた車に乗り込む。パトカーではなく、一見したところ道路を走っている一般車両と変わりない車だった。こんなのでお兄ちゃんに会いにいくのか、と思っている間に車は動き出し、五分もしないうちに目的地に到着した。大江の先導で裏口らしきドアから中に入り、狭い廊下を進む。その途中、母が足をとめて振り返った。

「千暁は、どこかで待たせてもらってなさい」

「なんで？　ここまで来たんだから僕も行くよ」

「まずはお母さんが、陽太郎と会ってくるから」

母が兄の名を出したのは、校長室を出てから初めてだった。そのことをどうとらえていいかわからないでいるうちに、母は「お願いします」と言って大江と一緒に廊下を進んでいく。追いかけようとした千暁の肩を、福沢がつかんだ。母の姿が、角を曲がって見えなくなる。

「僕も行かせてください」

「お母さんの言うとおり、少し待っていよう。座れる部屋に行こう」

「嫌です」

その後も押し問答を繰り返していると、廊下の先から悲鳴が響いてきた。甲高くひび割れて別人のようだが、間違いなく母の声だった。

陽太郎が死んだことを、初めて実感した。


千暁は、福沢に小さな部屋に連れていかれた。白い机を挟む形で、パイプ椅子《いす》が二脚ずつ置かれている。刑事ドラマでよく見る取調室と違ってマジックミラーはないし、窓も大きい。

勧められるがまま椅子に腰を下ろしてから考える。

陽太郎は、トラブルに巻き込まれて死んだという。なにが起こったのかはわからないが、これから警察が捜査を始めるので、いろいろ訊《き》かれることになるに違いない。そう思うと身構えてしまって、いたわるように話しかけてくれる福沢に生返事しかできなかった。

しかし一時間ほど経って部屋に入ってきた母は、気の抜けた声で言った。

「もう帰っていいって」

「僕はまだなにも訊かれてないよ。続きは明日ってこと?」

「続きもなにもない。もう終わり」

「終わりって、なんで？」

「犯人はもう捕まってるから、警察がやることはそんなにないんだって。裏づけ捜査に必要だからもう少しお兄ちゃんの身体《からだ》を調べるらしいけど、明日の夕方には終わるって」

意味がわからない千暁に、母は「千暁もお兄ちゃんに会いたいだろうけど、明日、お父さんが来るまで待って。今日はもう疲れた」と告げて部屋を出た。意味がわからないまま従い、大江の運転する車で駅前のホテルに移動する。警察が予約してくれたのだという。車内で母は、陽太郎の身に起こったことを途切れがちに説明してくれた。

今日、陽太郎は一限目が休講——授業が休みのことらしい——だったので、十時ごろ友だちと合流して大学に向かった。その途中、コンビニの駐車場で、中学生らしき少年四人組が喫煙しているところを見かけた。一度は通りすぎた陽太郎だったが、戻ってくると一番体格のいい少年にやめるよう注意した。すると少年は陽太郎の胸ぐらをつかみ、「死ね」と叫んで拳《こぶし》を突き出した。頬《ほお》を殴られた陽太郎は仰向《あおむ》けに倒れ込み、後頭部を強打して帰らぬ人となった。

「一緒にいた友だちと、周りで見ていた人たちの話から、これでたぶん間違いないって。お母さんや千暁に訊くことはなにもないみたい」

母の話を聞いても、犯人の素性についてまるでぴんと来なかった。未成年、それも自分と同じ、中学生だなんて。

平日の昼間にコンビニで煙草《タバコ》を吸っている時点で、自分とはかけ離れているが。

ホテルにチェックインした時点では、窓から見える街並みは夕陽《ゆうひ》で橙《だいだい》色に染まっていた。なのにいま窓外に広がっているのは、ネオンの灯《とも》る夜景だった。浴室からはシャワーの音が聞こえてくる。そういえば母に「先にお風呂をいただくね」と言われた覚えはあるが、なんと答えたのか記憶にない。

シャワーの音は延々と同じペースで続き、変化がなかった。母が倒れているのではと案じ、浴室に近づきドアに耳を当てると、シャワーの音に混じってすすり泣きのような声が聞き取れた。

小さいころ、陽太郎と三人で風呂に入り、母に合わせてアニメの主題歌を歌った記憶が蘇《よみがえ》る。

そっと踵《きびす》を返し、テレビをつけた。画面に映ったのは、知らない男性アナウンサーだった。スタジオのセットも初めて見る。そのせいで即座には理解できなかったが、ニュース番組のようだった。同じ時間帯でも、さいたまと仙台では放送される番組が違う場合があることを知る。

千暁がテレビをつけるのを待ち構えていたようなタイミングで、アナウンサーは語り出した。

〈次のニュースです。今日午前十時半ごろ、仙台市にあるコンビニの駐車場で男性が殴られて倒れたとの通報が――〉

陽太郎に関するニュースだ。咄嗟にチャンネルを変えようとした矢先、画面左上に表示されたテロップが目に飛び込んできた。

〈中学二年生の少年を傷害致死容疑で逮捕〉

犯人が中学生とは聞いたが、自分と同学年だなんて。

リモコンをベッドに投げ捨て、両拳を握りしめた。犯人をますます許せなくなった。中学二年生は、来年に迫った進路のことを考えないといけない大切な学年じゃないか。なのに煙草を吸った上に、人を殺すなんて。このアナウンサーも淡々とニュースを読み上げているが、最後には犯人に対する怒りを爆発させるはずだ。

〈続いては、お天気です〉

しかしアナウンサーはその一言で、次のコーナーに移った。仙台では「お天気」は怒りを意味する方言なのか？　混乱した頭でありえないことを考えているうちに、画面はビルの屋上に切り替わり、ウインドブレーカーを羽織った女性が映し出された。女性は笑顔でスタジオのアナウンサーとやり取りした後、ここ最近の天気や、明日以降の気温の傾向について解説を始める。その時点で既に、陽太郎のニュースより放送時間が長くなっていた。

女性は、小学二年生のとき陽太郎の部屋で見つけた雑誌の彼女と雰囲気が似ていた。お兄ちゃんは仙台に引っ越してからこの人を見る度に、あの雑誌を思い出していたのかもしれない。そう思うと、笑いが込み上げてきた。

一方で、掌《てのひら》には爪《つめ》が食い込んでいく。

浴室からは、シャワーの音が同じペースのまま聞こえてくる。

翌日。母が「少し風に当たってきたい」と言って散歩に出ている間に、朝の情報番組で陽太郎のニュースが流れた。放送時間は、昨夜のニュースより長かった。キャスターが意見を求めると、コメンテーターの中年女性は、陽太郎が勇敢ですばらしかったこと、犯人が中学生だからといって許されるべきでないことなどを声を震わせ語った。

しかし、仙台出身のアイドルが映画に出演するというニュースの方が、放送時間がずっと長かった。コメンテーターの声は、陽太郎の話をしたときより興奮していた。

夕刻。出張先の台湾から帰国した父とホテルで落ち合った。千暁は父に似て丸顔で、陽太郎は母に似て面長だ。家族四人でバランスが取れていると思っていたことを久々に思い出した。

タクシーで仙台中央署に移動する。案内してくれたのは、昨日《きのう》と同じく大江と福沢だった。今度は母にとめられることなく、一緒に霊安室に入る。

「きれいな顔してるだろ。嘘みたいだろ。死んでるんだぜ、それで」。ベッドに仰向けに横たわる陽太郎を見た千暁は、昔のアニメを特集したテレビ番組で知った台詞《せりふ》を思い出した。しかし陽太郎は、顔こそきれいなものの表情が硬く、白い化粧が薄く施された肌は見慣れていないため不自然で、眠っているようには見えなかった。

――化粧の下には、血の通っていない青白い肌があるんだ。

そう思っていると、千暁の双眸《そうぼう》から大粒の涙がぼろぼろこぼれ落ちた。父も母も意識から消えた。

いまこのとき、世界に存在するのは涙を流す自分と、永遠に流さない陽太郎の二人だけだった。

「こう言ってはなんですが、陽太郎さんをさいたままで連れ帰るのにはお金がかかります。ご希望なら、こちらで荼毘《だび》に付すこともできますよ」

大江は遠慮がちに提案してきたが、父は「連れ帰ります」と即座に断った。

「親戚《しんせき》も顔を見てからお別れしたいでしょうし、まだ気持ちの整理がついてませんから」

千暁も母も、父の決定に異存はなかった。仙台の葬儀業者に陽太郎の搬送を依頼してから、一家は新幹線に乗った。

「警察は火葬の提案もしてくれるんだな」

「東北新幹線に乗るのは久しぶりだよ」

車内で父は、普段は無口であることが信じられないほど饒舌《じょうぜつ》に話を振ってきた。しかし千暁は霊安室で目にした陽太郎の姿が頭から離れず、うまく応じることができなかった。母の返事もたどたどしい。

まともな会話を交わすことがないまま、午後九時すぎに大宮駅に着いた。そこからさらに電車を乗り継いで与野《よの》駅で降り無言で歩いていると、自宅が見えてきた。白壁の二階建ては近隣の家より少しではあるが大きく、庭も広い。千暁が二歳のころから十二年間住んでいる、見慣れた我が家だ。

周囲にはマスコミどころか、人っ子一人いない。

マスコミがマイクとカメラを握りしめ、被害者や遺族のコメントを取ろうと蟻《あり》のように群がる映像を見たことがある。あれがいいとは、もちろん思わない。

でも人が一人殺されたのに、誰《だれ》もいないなんて。

家に入る。リビングには、家族の写真がテレビの脇《わき》や食器棚などに飾られている。四人で写ったものもあれば、父と母、陽太郎と千暁、陽太郎だけ、千暁だけのものもある。

でもこの先、いまより年を取った陽太郎の写真が増えることはない。

なのに世間の人々は、そのことを知らない。

気がつけば千暁は叫んでいた。父に後ろから抱きとめられても、ただがむしゃらに。

しかし両手を顔で覆って膝を突く母の姿が視界の片隅に映ると、口を閉ざしてから絞り出した。

「ごめん、お母さん」


陽太郎の葬儀は、さいたまに戻ってから三日後に終えた。その翌日、「犯人や捜査の進捗《しんちょく》に関して警察から連絡があった」と両親に教えられた。

宮城県警によると、犯人は仙台市に住む十三歳の少年で、犯行は認めているものの、「胸ぐらをつかんだ手を振り払われそうになって身の危険を感じて殴ったら死んでしまった。あれくらいで死ぬとは思わなかった」と供述。それが本当なのかどうかも、少年がなんという名前なのかも、捜査中であることを理由に教えてもらえなかったらしい。

その夜。まだ自分のスマホを持っていない千暁は母のものを借りて、ＳＮＳを眺めるふりをしながら履歴が残らない設定にして少年に関する情報をネットで検索した。すると匿名掲示板で〈仙台の事件の犯人は田中参舵亜。中学二年生〉という投稿を見つけた。「参舵亜」は「さんだあ」と読むのだろうか。それとも「サンダー」？　どちらにせよ、そんな名前があるとは信じ難かったが、それ以外の投稿は少なく、真偽を確かめることはできなかった。事件の二日後を最後に、新たな投稿もない。

画面を何度もリロードしたが、投稿は増えなかった。

しかし、それから三日後。忌引きを終えて登校した千暁は、校内の方々で視線を感じた。「二年三組の雲竜千暁は兄を殺された。しかも犯人は自分たちと同じ中学生」というニュースは、どこからともなく広まったらしい。廊下を歩いていると、小突き合いながらはしゃいでいた男子が一斉に口を閉ざしたり、正面から近づいてきた女子の集団が神妙な面持ちになって廊下の端に寄ったりした。

ラノベ仲間の黒川と木野には、これまでどおり接してほしいと頼んだ。二人とも「わかった」「任せておけ」と即答してくれた。

しかし一週間もしないうちに、彼らが殺人事件が起こるミステリーや、敵味方関係なく死亡者が続出するバトル系のラノベを読まなくなったことに気づいた。アニメや漫画の感想を言い合うときも「死んだ」「殺した」といった類《たぐ》いの言葉は不自然なほど避ける。

忌引き明け直後ほどではないにせよ、相変わらず方々で視線も感じる。

自分が雲竜千暁ではなく「被害者遺族」という生き物に変貌《へんぼう》してしまった気がして、学校に行く足は日増しに重たくなっていった。

でも犯人に下される罰さえ決まれば、と何度も思った。

無論、たとえ犯人が死刑になろうと、陽太郎が生き返ることはない。自分たち家族が陽太郎が生きていたころに戻れるわけでもない。そんなことはわかっている。

しかし犯人がどうなるかさえ決まれば、もとの生活に戻れるとまでは言わなくとも、近づくことくらいできるのではないだろうか。

2

事件からおよそ二週間が経った、日曜日の昼下がり。

「お邪魔しました」

その声に続いてドアの閉まる音を聞いてから、千暁は一階に下りた。玄関では、両親が立ち尽くしている。

「やっぱり犯人は反省してないの？」

千暁の問いに、父は頷《うなず》いた。

「俺《おれ》たちの声が聞こえたのか」

「まあね」

正確には「俺たち」ではなく、母の声だけだが。

今日は犯人の弁護士が「少年の現状と今後について話をしたい」と訪ねてきた。千暁は二階に上がっていたが、弁護士の話は母の逆鱗《げきりん》に触れたようだった。

「犯人の子どもは逮捕されたとき、身の危険を感じて殴ったと言っていると警察から聞きましたよ。そんな子が、急に反省するはずない。せめて手紙くらい書いてきたらどうなんですか。親も親です。謝罪に来るべきでしょう！」。母が弁護士に食ってかかる声は、二階にまで響いてきた。母の言うとおりだと千暁も思った。弁護士としては少年が反省していることにして処分を軽くしたいのだろうが、説得力がまるでない。

母は、少しだけ落ち着きを取り戻して言った。

「犯人は、少年法に守られてると思って舐《な》めてるんだろうね」

少年——この場合は男女関係なく未成年——に「少年法」という法律が適用されることは千暁も知っていたが、人を殺したのなら無条件で裁判にかけられると思っていた。しかし少年が十四歳未満の場合、どんな凶悪犯罪を犯しても刑事責任能力がないと見なされ、家庭裁判所というところで通常の裁判ではなく「審判」にかけられるらしい。審判が始まるまで必要な調査が行われることはあっても、通常は四週間程度で終わる。審判自体は、事実関係が争われなければ一時間程度で済み、少年への処分が決定される。

通常の裁判に較《くら》べて手続きが迅速なのは、一日でも早く少年を更生させるため。処分によって少年院に送致されることになっても、目的はあくまで更生であって、罰を与えることではないのだという。

陽太郎を殺した犯人は千暁と同じ中二だが、まだ誕生日を迎えておらず十三歳。裁判ではなく、審判にかけられることは確実だ。

少年事件の被害者や遺族は、家庭裁判所に申請すれば審判を傍聴できるし、少年の処分などについて意見を述べることもできる。そんなのは当然の権利だと思っていたが、かつては被害者側は審判に参加することはおろか、少年がどのような処分を下されたのかすら教えてもらえなかったそうだ。

「加害者ばかり優遇されるのはおかしい」と声を上げた人たちのおかげで被害者側の権利が徐々に認められていったものの、いまも「少年は成長の途中なので立ち直る可能性がある」という理屈で名前や顔写真が報道されることは原則ないし、十四歳以上の少年が裁判にかけられても大人のように重い罰を与えられることはないようだった。

どうして少年というだけで、ここまで大事にされるのだろう。人を殺すような奴《やつ》は、ろくな大人にならないに決まっているのに。


両親は審判の傍聴を申請したものの、認められなかった。傍聴が認められるのは、故意に人を死亡させたり傷つけたりした事件などで、かつ、少年の健全な育成を妨げるおそれがない場合に限定される。陽太郎を殺した犯人は「死ね」と口にはしたものの、胸ぐらをつかんだ手を振り払われそうになったので、咄嗟に拳を突き出しただけと供述している。コンビニに設置された防犯カメラの映像により、陽太郎が手を振り払おうとしたことは確認されている。よって「故意」とは見なされない——雇用した弁護士を通じてこの知らせを受けた父は、母と千暁に説明した後でぽつりと呟《つぶや》いた。

「こんなことになる前は、少年法は子どものために必要だと思ってたんだけどな」

直後、父はごまかすかのように、慣れない笑みを浮かべた。

「傍聴はできなくても、家庭裁判所調査官という人に犯人をどうしてほしいか、意見を言うことはできるらしい。俺たちの気持ちをきっちり伝えよう」

「そうね。私たちにとって陽太郎がどんなに大切で、失って辛《つら》いか、調査官にも犯人にも犯人の親にも、ちゃんとわかってもらおう」

「僕にもできることがあったら言って。お兄ちゃんのためになにかしたい」

千暁が言うと、母は微笑《ほほえ》んだ。

「ありがとう。たった一人の弟の声は貴重だから、いろいろ聞かせてもらうと思う」

母は事件の前と較べると頬がこけ、面長の印象がますます強くなった。しかし笑顔は事件前と変わらないし、犯人の弁護士が家に来た日を最後に、声を荒らげることもなくなった。

お母さんはすごい。そう思っていた千暁が花瓶が消えていることに気づいたのは、翌日、学校から帰宅したときだった。今朝、学校に行く前は、リビングのテーブルにトルコキキョウを生けた白い花瓶が置かれていたのに。トルコキキョウはまだ、きれいなオレンジ色の花を咲かせていたのに。千暁の視線に気づいたか、母は言った。

「お水を入れ替えようとしたら、花瓶を落として割っちゃったの。ほかにちょうどいい容《い》れ物がなかったから、もったいないけどお花も捨てちゃった」

「そうなんだ」

それきり花瓶のことは忘れていたが、母が風呂に入っているときに換気のためリビングの窓を開けようとした千暁は、壁際に小さな白い物体が落ちていることに気づいた。拾い上げると、硬く、つるりとした感触だった。陶器の破片のようだ。すぐ傍《そば》のソファの側面には、よく見ると水飛沫《みずしぶき》を拭《ふ》き取ったような跡がある。

花瓶が割れたのは、お母さんが窓際の壁にたたきつけたから。状況的にはそう結論づけられるが、母がそんなことをしたなど信じられない。戸惑っているうちに、千暁は気づいた。

事件があってから、母の歌声を一度も聴いていないことに。

少年審判は、それから一週間ほどで終わった。両親は国が用意した制度で申請して、審判の結果を知らされた。犯人は少年院に二年入所することが決まったという。陽太郎を殺したにしては短すぎる。

犯人の名前が「田中参舵亜」であることも、この通知で初めて知らされた。匿名掲示板の投稿は本当だったということだ。読み方は「サンダー」らしい。

少年側の弁護士からは「田中は『一生反省し続ける。お詫《わ》びの手紙も書く。慰謝料も払う』と言っていた」と連絡があった——こうしたことを千暁が両親から教えられたのは、夕食後のことだった。千暁は実感を持てないまま言う。

「一生反省って、本気かな」

「せめて、そうしてくれると信じたいよね。処分が決まるまでは殊勝なことを言っておきながら、決まった後はなんの連絡も寄越さない犯人もいるらしいけど。でも、信じたいよね」

母は自分に言い聞かせるように「信じたい」と二度口にした。父は無言で、ビール缶をグラスに傾けた。黄金《こがね》色の水滴が二、三滴落ちただけだったが、父は同じ動作を繰り返す。

田中参舵亜の審判が終わった二日後、週刊誌の記者が事件について取材に来た。父は「とても話せる気分ではない」と事前に断っていたため、応対したのは母だけだった。千暁は自分の部屋にいたが、取材は二時間以上に及んだようだ。

「二回に分けて掲載してくれるって。陽太郎がどんな目に遭《あ》ったか、少年犯罪がいかに理不尽か、世間の人に少しでも伝わるといいんだけど」

記者が帰った後の母は、話し疲れた様子ではあったものの声に張りがあった。

しかし掲載された記事に、母の話は半分も使われていなかった。二時間以上も取材した割にスペースも小さい。次号以降に持ち越されたのかと思ったが、二回目が掲載されることはなく、そのことについて記者が連絡してくることもなかった。

「『遺族にとってやり切れない事件である』か。こんな一言で片づけられてもね」

記事を見て独り言《ひとりご》つ母にかける言葉が見つからない一方、千暁は頭の片隅で思った。

――これからはたくさん取材が来て、お兄ちゃんのことを話す機会が増えるかもしれない。

しかしその後、陽太郎の事件がマスコミに報じられることはなかった。

事件から一年がすぎた。この間、両親は田中参舵亜を相手取り損害賠償請求を行った。裁判で主張は認められたものの、まだ十四歳の参舵亜に支払い能力はないため、事実上、母親――田中琴音《ことね》という名前らしい――が返済を担うことになる。しかし一度も裁判に出廷しなかったことから予想したとおり、琴音はなんの連絡も寄越さなかった。

家族三人で、警察から紹介された被害者遺族向けのカウンセリングを受けたこともあった。最初の二回は、カウンセラーが親身に話を聞いてくれているように感じられた。しかし三回目で、カウンセラーは陽太郎の名前を「陽一郎《よういちろう》」と呼び間違え、最後までそれに気づかなかった。

「あの先生は、俺たちだけじゃない、ほかにもたくさんの人たちの話を聞いているんだよな」

診療所を出てから父が呟いたのを機に、家族の足は遠のいた。このカウンセラーからは、同じように遺族となった人たちが集まって経験を共有するセルフヘルプ・グループを紹介されていたが、そちらにも参加しなくなった。

それからすぐ、両親は「毎週日曜日の夜は、必ず家族三人で食事をする」という決まりをつくった。父が海外出張のときはどうするのかと思ったら、異動になったので今後は出張が減るのだという。

「異動になった」のか、「異動させてもらった」のかは訊けなかった。

日曜の食事の席では毎回、父と母が学校のことや最近読んだ本のことなどを千暁に代わる代わる訊《たず》ねてきた。だから通っていたカウンセリングは、千暁のためだったことがわかった。

そのくせ母は、リビングに飾った家族写真を見つめたまま動かなくなることが時折あった。父の方は海外出張の代わりのように、自ら希望して残業や休日出勤をしているようだった。どちらも、陽太郎が生きていたころにはなかったことだ。

相変わらず母の歌も、事件が起こってから一度も聴いていない。

田中参舵亜の処分が決まった後も、自分たちはもとの生活に近づくどころか、じわじわ遠ざかっている。

そして参舵亜からは、半ば予期していたとおりなんの連絡もない。

「お父さんとお母さんは、僕のために無理をしてくれている。なんとかしてあげたいんだ。どうしたらいいと思う?」

千暁はベッドに仰向けに横たわり、買ってもらったばかりのスマホに表示させた陽太郎に訊ねた。仙台に引っ越す前日、家具を運び出した後の部屋で撮った写真である。

ディスプレイの中の陽太郎は笑顔のまま、なにも答えてくれなかった。不意に涙が込み上げ、陽太郎の姿が滲《にじ》んで見えた。一階に両親がいるのに、声を上げて泣きそうになる。

やめろ。なんとかしてあげるどころか、心配をかけてしまうぞ。まずは深呼吸して、その後で目を閉じて――それでもだめなら、布団に潜り込んで声を殺して――よし、落ち着いてきた――こんな風に手順を踏んで考えられるのは、お兄ちゃんのおかげ――。

反射的に飛び起きた。

僕がお兄ちゃんのようになれば、二人もいまの僕と同じようになるかもしれない。この閃《ひらめ》きは、すばらしいアイデアに思えた。滲んでいた視界が鮮明になる。

「やってみるよ、お兄ちゃん」

翌日から千暁は、陽太郎の声質と口調を真似《まね》て話し、事あるごとに「なにからやればいいか、まずは手順を一つ一つ考えよう」と口にするようになった。以降、母は家族写真を見つめることがなくなり、父は定時に会社を出て帰宅するようになった。

母が家族写真を見つめないこと、父が残業や休日出勤をしないこと。両者が何日か続いたことが、これまでもなかったわけではない。しかし、いきなり効果が表れたのかもしれない。

こんな簡単なことでよかったのか、と浮かれかけたが、陽太郎を真似るようになってから二度目の日曜日の夕食の席で、母は言った。

「千暁は最近、お兄ちゃんと話し方が似てきたね」

テーブルの向こうから千暁を見つめる母の双眸は、いまにも涙の膜が膨れ上がりそうだった。その隣で父は、母の声が聞こえていないかのように黙々と箸《はし》を動かしている。

「えー、そんなことないと思うけどな」

できうるかぎり大きな声で笑った。

翌日から千暁は、毎日少しずつにぎやかな話し方をするようになり、一人称は「僕」に「俺」を交ぜ始めた。やがて「俺」の割合を少しずつ増やしていき、高校に入学してからは完全に「僕」をなくした。

高校では陸上部に入部した。運動は苦手だから文化系の部活に入るか、中学までと同じく帰宅部でいいと思っていた。しかし「一人称を『俺』にしたいまの俺なら、ラノベを読まず運動部に入るべき」という義務感に似た衝動に駆られた。とはいえ団体競技は煩わしいし、道具を使うスポーツはできる気がしない……と消去法で選んだ陸上部だったが、いざ入部すると、全力で足を前に出すこと以外なにも考えられなくなる感覚が心地よかった。毎朝毎晩走り込みを続けた甲斐《かい》あって、秋の地区大会百メートル走部門で優勝することもできた。

「すごいな。高校から陸上を始めたとは思えないぞ」

拍手してきた顧問に、千暁は真顔をつくって敬礼した。

「自分でも自分の才能がおそろしいです！」

それを聞いたほかの部員たちは、一斉に「調子に乗るな」「少しは謙遜《けんそん》しろ」などと笑顔で小突いてきた。

「やめろ。十年に一度の逸材に怪我《けが》をさせるつもりか！」

大袈裟《おおげさ》に痛がってみせながら、千暁は思った。

――優勝したことを報告すれば、今日くらいお父さんもお母さんもお兄ちゃんのことを完全に忘れられる。

大会終了後、打ち上げに参加せず帰宅した千暁は「ただいま」と言う前に、玄関に真っ赤なハイヒールが置かれていることに気づいた。母はこんな派手な靴を履《は》かない。

「お帰り」

リビングから聞こえてきた母の声は、どんよりしていた。優勝の興奮で熱くなっていた胸が冷たくなっていく。リビングに行くと、母の向かいに、黒いパンツスーツを着た中年女性が座っていた。女性はパンフレットらしき冊子を、慌てた手つきで鞄にしまっている。

「では、私はこれで――」

「どちらさまですか」

焦点が合っていない母の目を見て、千暁の口調はきつくなった。

「私は、お母さんの友だちで――」

「前世に問題があるんだって」

母が、千暁の方を見ないまま答えた。女性が視線で咎《とが》めたが、母は続ける。

「陽太郎があんな目に遭ったのは、お母さんが前世で悪いことをたくさんしたから。このままだと、お父さんも千暁も不幸な目に遭う。その運命《さだめ》から逃れるためには、この人の教会に行って、穢《けが》れを払うために財産を――」

「先ほども申し上げましたが、あなたが一人で考えて、決断しなくてはなりませんよ」

早口で母を遮る女性に、千暁はつかみかからんばかりの勢いで迫った。

「帰れ、失《う》せろ、消えろ、出ていけ、いなくなれ、二度と来るな、警察を呼ぶぞ」

「年上の人にそんな口の利き方をするなんて。心が既に不幸になってますね」

女性は捨て台詞とともに立ち上がり、足早にリビングから出ていく。

「いいから帰れよ！」

千暁は叫びながら女性を追いかけ、家の外に出るのを見届けてからリビングに戻った。女性の椅子は引かれたままだが、まだぬくもりが残っているかと思うと触る気になれない。

「いまの、明らかにヤバい宗教の人だよね。なんで家に入れたの？」

問いかける千暁の方は見ないまま、母は重たそうに口を開く。

「陽太郎のことで話がしたいと言われたから。遺族のところに来て、『事件が起こったのは祟《たた》りのせい』とか言って財産を巻き上げようとする宗教団体があると聞いたことはあったけど、本当だったんだね」

「聞いたことがあるなら、入れたらだめじゃないか」

「ごめん。玄関のドア越しに『いまとても不幸ですよね。このままではいけないということは、本当はわかってるんですよね』なんて言われて、つい。この年になるまで気がつかなかったけど、意外と洗脳されやすいタイプなのかも」

「自覚してるなら大丈夫だよ」

笑って太鼓判を押しながらも、後で父に相談しようと思った。

「そうだね。家族以外の口から陽太郎の名前を聞いたのは久しぶりだから、つい話を聞いちゃっただけかもしれないね」

「この前来た人も、お兄ちゃんの話をしていたじゃないか」

二週間ほど前、「わかば」という殺人事件の被害者遺族会の代表を務める初老男性がやって来て、講演の依頼をされた。

「あなたたちの話を聞くことで救われる人が必ずいます。差し出がましいですが、自分の気持ちと向き合う時間を持つことは、あなたたちのためにもなるのではないでしょうか」と熱心に語る男性からは、千暁たちのことを親身になって考えてくれていることが伝わってきた。父と千暁は人前で話すのが苦手、母は「どうしてもそういう気持ちになれない」という理由で断ったが。

「ああ、そうだったね」

母は他人事のように呟いてから、ようやく千暁を見た。

「千暁は今日、大会だったよね。どうだった？」

「なんと優勝した。まだ陸上を始めて半年なのに。才能あるわ、俺」

「すごいじゃない！」

母は勢いよく立ち上がると、千暁を抱きしめた。

「やめてよ。俺はもう高校生なんだぞ」

言葉とは裏腹に、頬が緩んでいく。

「千暁が走ってる写真とか動画はないの？」

「メダルをもらったときの写真を撮ってもらった」

「なら、送って」

「恥ずかしいな」

千暁は唇を尖《とが》らせながらも、写真を送信した。母は自分のスマホでそれを確認すると、にっこり笑う。

「いい写真じゃないの。打ち出しして飾っておくね」

「いや、それはマジで勘弁」

母の声は、もうどんよりしていなかった。先ほどの女性の気配が薄れていくのを感じていると、母の視線の先が不意に曖昧になった。

「千暁の足が速いのは、陽太郎に似たんだろうね」

「――そうだね」

うまく笑えている自信がなかったが、母は気づいていなかった。


一晩考えた末に、千暁は母に両手を合わせて拝んだ。

「お母さんに見られてるかと思うと、恥ずかしくて実力を発揮できない。俺のためだと思って昨日の写真を飾るのはやめてほしい。このとおりだ」

「ちょっと自意識過剰なんじゃゃない？」

母は苦笑いしつつも、「仕方ないなあ」と続けた。

自分から「飾っておくね」と言っておきながら、ほっとしているように見えたのは気のせいとは思えなかった。

――もっとしゃべり方を変える必要がある。見た目も変えるんだ。

その日の放課後。部活を休んだ千暁は、髪を染めるため美容院に向かった。しかし床屋以外に行ったことがないので、店に入ろうとしたところで足がとまる。迷った末に眼鏡屋に行って、フレームが細い、おしゃれなデザインのものを購入した。

眼鏡を変えてから、千暁はますますにぎやかな声で話すようになった。陸上部の友だちとはしゃぎながら帰宅する千暁を見た中学の同級生が「雲竜が高校デビューした」と揶揄《やゆ》していたと人伝《づ》てに聞いたが、誰にどう思われようと構わなかった。

相変わらず、母が家族写真を見つめたまま動かなくなったり、父が残業や休日出勤を続けたりすることはある。母の歌も、ずっと聴いていない。それでも二人が笑顔になる回数は着実に増えているし、日曜の夕食の席では会話が弾む。そちらの方が重要だった。

——俺はお父さんとお母さんの力になれている。

その自信は、高三になり、本格的に受験勉強を始めるころには揺るぎないものになっていた。

二月。千暁は二つの私立大学に合格した。一つは東京、もう一つは京都にあり、学部はどちらも心理学部である。表向きの志望理由は「犯罪被害者に寄り添ったカウンセラーになるため」だったが、本音は「陽太郎を失った両親のかなしみを少しでも軽くする術《すべ》を学びたい」だった。進学先は、もちろん実家から通える東京の方にするつもりだった。

両親から離婚することを打ち明けられたのは、そう伝えようと思っていた祝日の昼のことだった。

「離婚」

リビングでテーブル越しに両親と向かい合った千暁はその一言を口にした後、なぜか笑いが込み上げてきた。

両親と離婚、二つの単語をうまく結びつけることができない。父が勤務する商社はいわゆる一族経営で、母は傍流とはいえ、その関係者である。父が雲竜家に婿養子に入ったのは、ゆくゆくは会社の経営に携わる人材と目されてのことだと思っていたのに。それ以前に、父と母が喧嘩《けんか》しているところなど見たことがないのに。

父が千暁を、申し訳なさそうに見つめる。

「突然すまない。でも、お前が進路を決める前に言わなくてはいけないと思ったんだ」

「それはいいけど、離婚の原因はなに？」

椅子の背に身体を預けた千暁は、敢《あ》えて軽い調子で訊ねた。父と母は「お互い、嫌いになったわけじゃないんだけど」「二人にしかわからないことがあって」などと内容のない答えを返してくる。

「ごまかしてないで、ちゃんと教えてよ」

「そう言われても、これといった理由はないんだよ」

千暁が語気を強めても父は曖昧《あいまい》な答えでやりすごそうとしたが、母は違った。

「そうだね。千暁は私たちのために、いろいろ気を遣ってくれてたもんね」

悟られていたのか。どんな顔をしていいのかわからない千暁を、母は真《ま》っ直《す》ぐに見据える。

「二人でいると、どうしても陽太郎のことを思い出してしまうから。あの子のことだけじゃない、少年院を出てどこかでのうのうと暮らしている、田中参舵亜のことも」

「美月」

咎める父を、母は一顧だにしない。

「千暁には申し訳ないと思う。でもお父さんもお母さんも限界なの。本当にごめんなさい」

陽太郎のことを思い出してしまう

田中参舵亜のこと
お父さんもお母さんも限界
母が口にした言葉の中でも特にこの三つが、千暁の頭の中で大きく鳴り響いた。

じゃあ、自分がしてきたことは――思考が答えにたどり着く前に、千暁は無理やり笑い声を上げた。

「謝らないで。むしろ、ちゃんと話してくれてうれしいよ。そういうことなら仕方がない。大学に行く金は出してほしいけどね」

「その心配はしなくていい。千暁が卒業するまで、俺がちゃんと責任を持つ。それで、その、どっちの子になる?」

父は遠慮がちに、最後の一言を口にした。

「俺たちの勝手で振り回すことになるから、千暁の意志を尊重する。名字を変えるのが嫌なら、お母さんについていって構わない。時間はあるから、ゆっくり考えてほしい」

「いや、『佐藤』になるよ」

ほとんど間を置かず答えた。父の双眸が当惑で広がる。

「即答すぎないか」

「金を出してもらう以上、お父さんの名字になるのが礼儀だと思う。『雲竜』だと経営者一族のことを思い出して重たいし。もちろんお母さんには、これからも俺の母親でいてほしいけど」

口にした言葉に嘘はない。ただ、

——千暁の足が速いのは、陽太郎に似たんだろうね。

そう言ったときの母の姿を、目にしたのは二年以上前であるにもかかわらず鮮明に思い出していたことも事実だった。

「言われなくても、私はそのつもりよ」

「ああ、よかった。そういうことでお父さん、今後ともよろしく」

双眸が広がったままの父だけを視界に入れ、千暁は仰々しく一礼した。

「お父さんたちが離婚するなら、大学をどっちにするか考え直す」

そう言い残し、千暁は自分の部屋に戻った。後ろ手にドアを閉めた途端、視界が急速に滲んでいく。こんな風になるのは、陽太郎の真似をして話そうと決意したあの日以来だった。そのことに気づいた瞬間、脳の深いところに押し込めていた記憶が浮かび上がってくる。

「やめろ」

制しても記憶は瞬く間に広がり、はっきりと思い出してしまう。

霊安室で陽太郎の遺体と対面した、あの瞬間のことを。

両親の力になれていると自負している間は、一度も思い出さなかったのに。

視界が、ますます滲んでいく。

「お父さんとお母さんになんにもできなかったんだから、もう昔の僕に戻っていいか」

その一言を、昔の口調で口にしたつもりだった。しかし、いまのが本当に昔の口調なのかわからない。自分のことを「僕」と称することも、据わりが悪い。

3

母が京都に来たのは八月三日、千暁の二十歳《はたち》の誕生日のことだった。待ち合わせ場所は、千暁一人では近寄りもしない高級フレンチレストランである。どんな服装をすればいいのかわからないので、とりあえず襟つきのシャツにジャケットを羽織っていった。

店内は真紅のカーペットと豪奢《ごうしゃ》なシャンデリアに彩られ、一歩足を踏み入れただけで帰りたくなった。母は、一番奥のテーブルにいた。年末に会ったときより、わずかだが顔色がいい。なにかあったのかと思いつつ、向かいの席に座る。

「お誕生日おめでとう、千暁」

声も、年末より張りがある。

「ありがとう。しかも、わざわざ京都にまで来てくれて」

「少し観光もしたかったしね。でも、声をかけておいてなんだけどお母さんと一緒でよかったの？　お友だちとお祝いしたかったんじゃない？」

「この年になったら、わざわざ友だちとそんなことしないよ」

笑ってみせたものの、ジャケットの胸ポケットに入れたスマホに注意が行ってしまう。最後に家族と業者以外から着信があったのはいつだったろう？

あんなに一緒にはしゃいでいた陸上部の部員たちとは、高校を卒業してからまったくやり取りしていなかった。大学で知り合った人と学外で会うこともない。入学早々ファストフード店のアルバイトで知り合った女性とつき合いはしたが、四ヵ月で別れた。つき合い始めてすぐ「千暁くんっていつも明るくて、一緒にいて楽しい」と言われた時点で、長続きしないとは思っていた。

つい先日、夏休みが始まって最初の夜のことも思い出す。

することもないし、会う相手もいないので、なんとなく中学のとき一緒にラノベを読んでいた黒川と木野の名前をスマホで検索してみた。すると、二人が共同で運営するＳＮＳのアカウントが見つかった。コンビを組んで、人気のラノベを考察する同人誌をつくっているらしい。ラノベファンの間では好評で、完売することも珍しくないようだ。

千暁は、まったく知らなかった。

母がメニューを広げる。

「今日から千暁もお酒を飲めるね。あ、でも、大学の人たちとこっそり飲んでるか」

「飲んでないよ。みんな、まじめだからね」

本当は飲みに行く相手などいないが、父と母には「犯罪被害者の力になれるカウンセラーを目指して学部の仲間たちと切磋琢磨《せっさたくま》している息子」を演じている。

「ついでに言えば、煙草を吸ったこともない」

「陽太郎もそうだったみたい。千暁は今日で、陽太郎の年齢を追い越したんだね」

予期せぬところから、陽太郎のことを思い出させてしまった。別の話題を振るより先に、母は言った。

「陽太郎のことは忘れられないけど、いい加減、前に進まないとだめだよね」

「えっ」

高級感漂う店内に似つかわしくない、間の抜けた声を上げてしまった。

「驚きすぎでしょう」

母が苦笑していると、ウエイターがテーブルに来た。母はビールを、千暁は「いきなりアルコールを飲むのはこわい」と言ってジンジャーエールを注文する。ウエイターが離れてから、母は話を再開した。

「少し前に弁護士さんから、田中参舵亜が手紙を送りたいと言っていると連絡があったの」

「いまさら?」

「お父さんも同じことを言ってた。断ったよ、もちろん」

「『もちろん』なんだ」

「それはそうでしょう。事件から何年もしてから送られてきたって、読む気になれないよ。お金も送ると言ってきたけど、受け取りを拒否した。でも参舵亜は、その後も何度も弁護士さんを通して『手紙を送りたい』と言ってきたの。あんまりしつこいから、お父さんと相談して、弁護士さん経由でひとまず私に送ってもらうことにした」

離婚後、父は東京の会社に転職して家を出た。母の方はさいたまの家を貸しに出し、自身は神奈川県の相模原市に引っ越した。大学生のときに住んでいた街で、馴染《なじ》みがあるのだという。いまは親戚が紹介してくれた会社で事務職をしながら生計を立てている。

「手紙には、なんて書かれていたの？」

「持ってきたから読んでみて」

母が差し出してきた便箋《びんせん》を手に取る。書かれていた文字は、全体的に線が曲がり気味で、ひどい悪筆だった。しかし一文字一文字が丁寧に綴《つづ》られており、読みづらくはない。

〈大変遅くなってしまいましたが、自分が犯した罪の重さと向かい合い、ようやく手紙を書く決心がつきました〉

〈喫煙を注意してくれた陽太郎さんに感謝こそすれ、殴りかかるなど言語道断です〉

〈同封したお金はお詫びの気持ちです。少額ですし、こんなことで許されるとは思っていませんが、これからも送り続けます〉

陽太郎を殺した輩《やから》が、自分の意志でいまになってこれを書いたとは思えない。誰かに無理やり書かされたに違いない。そんなことをさせられた経緯も、金が同封されていた理由もわからないが……。疑問を抱きつつ訊ねる。

「手紙について、お父さんはなにか言ってた？」

「どうしても読む気になれないから任せる、だって。でもね」

母は、手紙の後半にある一文を指差した。

〈一度、直接謝罪にうかがわせてください。陽太郎さんのお墓参りもさせてください〉

「これについては、お父さんとも話して断ることにした。いまは参舵亜の顔を見たら、私はどうなってしまうかわからないしね」

自覚しているのか定かではないが、母は「いまは」と言った。

「何年も経ってから、犯人が謝罪の手紙やお金を送ってくるケースは珍しいみたい。だからといって、参舵亜を許せるわけがない。手紙を送ってくるのが遅すぎるし、反省するくらいなら陽太郎にあんなことをするなとも思う。許されるなら、この手で殺してやりたいよ」

最後の一言を母は、表情も声も変えず口にした。しかし次に続く言葉は、反動のように苦しそうに紡がれた。

「でも参舵亜の手紙を読んでから、『わかば』の——被害者遺族会の講演の依頼を受けてもいいかと思うようになったの。陽太郎を奪われた後のことも、お父さんと一緒にいるのが辛くて離婚したことも、話せることはみんな話すつもり」

千暁が高校生のとき、母はこの会の講演依頼を「どうしてもそういう気持ちになれない」と言って断っている。「そういう気持ち」になるまで、どれだけの葛藤《かっとう》を乗り越えてきたのか見当もつかない。

でも、乗り越えるきっかけをつくったものならわかる。

「すみません、ビールを追加でお願いします」

注文を運んできたウエイターに、千暁は言った。

「いきなりアルコールはこわいんじゃなかったの？」

「そんなこと言ってる場合じゃない、お母さんが変わろうとしているんだから。今日は俺だけじゃない、新生お母さんの誕生日にもしよう」

「……ありがとう」

母がよく歌っていたこと、また母に歌ってほしかったこと。二つを同時に思い出す声音だった。

千暁は微笑みを口許《くちもと》に貼《は》りつけ、母と乾杯してからジンジャーエールをゆっくりと飲む。ほどなく、ビールがジョッキで運ばれてきた。もう一度乾杯してジョッキに口をつけた千暁は、顔を大きくしかめた。

「苦いな、これ。大人はこんなものをおいしいと思っているのか」

「千暁だって、もう大人でしょ」

「それはそうだけど、信じられない」

もう一度口をつけた千暁は、さらに顔をしかめた。母が笑う。どうやら気づかれていない。

本当は、たいして苦いと感じていないことを。

母の変化を祝福する一方で、顔をしかめそうになっている。それをビールが苦いふりをして、覆い隠していることを。

なぜ顔をしかめそうなのか？　自分が三年以上かけてできなかったことを、参舵亜が手紙だけでやってのけたから。母が変わったところで、いまさら誕生日を家族四人ですごすことはできないから。陽太郎が帰ってくることはないから。思い当たる節はいくらでもある。そんな自分にうんざりするが、どうしようもない。

「本当に苦いな、ビールって」

千暁は顔をしかめたまま、のけぞるようにしてジョッキを呷《あお》った。

〈選択肢がなかったから〉

スマホのディスプレイに映った父は、短い答えを返してきた。千暁の肩から力が抜ける。

そろそろ大学四年生になるが、千暁は就職先をどうするか決めあぐねていた。心理学部を志望した目的は、入学前に無意味になった。それでもカウンセラーを目指すことも考えたが、身近な両親すらどうにもできなかった自分に務まる仕事とは思えない。体面を取り繕うため成績上位を維持し続けてきたものの、就職活動を始める段になって迷うのは当然だった。周囲には、相談できる友人も教授もいない。そこで思いついたのが父だった。

いまの父は、都内にある食品卸売会社に勤務している。転職先にこの業種を選んだ理由を訊けば、進路のヒントになるかもしれない。早速ビデオ通話をして、「当事者意識が強すぎてカウンセラーになることを迷っている」と前置きしてから転職について質問すると、返ってきた答えが〈選択肢がなかったから〉だった。

「本当にそれだけ？」

〈そうだ。母さんと離婚したから会社にはいづらいが、食っていくためには仕事を見つけないといけない。でも、そう簡単にいい仕事が見つかるわけがない。困っていたら、学生時代の友人にいまの会社を紹介してもらった〉

「そうなんだ」

〈随分がっかりした顔をしているな。でも、転職したことを後悔はしてないぞ〉

父の目力が増す。

〈人間は、なにがあろうと食べないことには生きていけない。うちの会社は食品の卸売を通して、その手伝いをしているんだ。自分の仕事が人様の人生に役立っていると思うと、自然とやり甲斐も出てくるよ――と、新卒向けの説明会では話している〉

最後の一言は早口で、取ってつけたようにつけ加えられた。

「やり甲斐か」

呟いた千暁は、仕事の内容についていくつか質問してからビデオ通話を終えた。

それから食品卸売会社に絞って就職活動を始めた千暁は、オオクニフーズから内定をもらった。本社が横浜市、支社が相模原市にある神奈川県の中堅企業である。

営業職として採用された千暁は、入社前の研修で部長以上の役職の社員たちと顔を合わせる度に「本社でも支社でも君をほしがっているよ」「明るいし、トークがうまいし、面接のときからみんな目をつけてたんだ」などと声をかけられた。その度におどけて敬礼し、「みなさん、実にお目が高い!」と返した。相手が笑うと、千暁も鏡になったつもりで同じ表情をしてみせた。

研修が終わって本格的に仕事が始まれば父が言うところの「やり甲斐」が生じ、意識することなく表情を変えられるに違いなかった。

田中心葉の存在は、研修初日に一人ずつ自己紹介させられた時点で意識していた。自分と同い年で名字が「田中」とあっては、参舵亜のことを嫌でも連想してしまう。高校や大学で周囲にいた「田中」同様、あちらにはなんの責任もなくても、話しかけづらかった。

田中の方も自分から声をかけてくるタイプではないらしく、休憩時間になるといつも一人で本を読んでいた。

オオクニフーズに新卒採用されたのは、千暁を含めて六人だった。田中以外の四人とは当たり障りなく接しているうちに迎えた、冬休み中の研修。今日は朝から夕方まで、幹部陣の話を大学の講義のように聞き続けなくてはならない。昼休みになり大きなあくびをしていると、隣に座った真島大翔《まじまひろと》が声をかけてきた。

「今夜、みんなで飲みにいかないか」

「いいね。でも、『みんな』じゃなくてもいいだろ。用事がある人も、研修で疲れている人もいるはずだ」

「用事はともかく、疲れの方はなんとかなるよ。結束力を高めるために、みんなで飲んだ方がいい。コミュニケーションを取れてない人もいるし」

真島が、一番後ろの席に座った田中をちらりと見遣《みや》る。これまでの休憩時間と同じように、田中は本を読み始めていた。やけに分厚い文庫本だ。傍らには、持参したと思われるおにぎりが置かれている。

「配属先が決まったら、みんな忙しくなるだろう。その前に、できるだけ来てほしいんだよ」

真島が言っていることは正論で、田中心葉を気にかけていることもわかったが、千暁は頷かなかった。

「飲み会が苦手な人だっているよ。結束力を高めたいなら、無理に誘わない方がいい」

「でも、まだ輪に入ってない人もいるだろう」

「心配しなくても、仕事をしていたら自然に結束力は高まるさ。そのとき『飲みに行こう』という話になったら行けばいい。それまでは俺が代わりに飲んでやるよ。お酒大好き人間だからさ」

初めてビールを飲んで以降、千暁は余計なことを考えたくないとき、スマホで動物動画を眺めながら晩酌することが習慣になっていた。

「全然代わりにならないだろ、それ」

「細かいことを気にしてはいけない」

千暁が両手を腰に当てて胸を張ると、真島は「細かくないぞ」とあきれたように言いながらも笑った。

結局この夜の飲み会は田中心葉だけ欠席だったが、とやかく言う者はいなかった。


研修を終えた千暁は、相模原市の支社に配属されることが決まった。

新居に選んだのは、勤務先と相模大野駅の中間辺りに立地するマンションである。間取りは2Kで、独り暮らしには充分すぎる広さだ。母の住むアパートまで南東に真っ直ぐ歩いて五分というのもよかった。

この支社には、田中心葉も配属された。本人の志望どおり、配達担当である。同期は彼だけ。

気まずいかと思ったが、挨拶《あいさつ》や業務連絡などで最低限の言葉は交わすし、千暁は営業、田中は配達で外出が多いのでいらぬ心配だった。会社にいるときの田中は、相変わらずほかの社員と話すことは少ないし、昼休みは一人で本を読みながらおにぎりを食べている。「田中くんって、佐藤くんと違って愛想《あいそ》がないよな」「もう少し輪に入ってこないと、この先やっていけないよね」などと周囲から話を振られる度に面倒に思ったが、一ヵ月ほどで笑って受け流せるようになった。

さらに一ヵ月がすぎ、梅雨入りの気配が漂い始めてきた日の朝。

「佐藤くんは見込みがあると聞いてるけど、気負う必要はない。少しずつ仕事を覚えていけばいいから」。千暁に何度かそう言ってくれた三年先輩の矢口《やぐち》が出社してこなかった。今日は新規の営業先に挨拶に行くと言っていたのに。体調不良かと思っていると、朝礼後、宇佐見と、営業課長の吉井《よしい》に会議室に呼ばれた。

「矢口さんになにかあったんですか？」

「とんでもないことをしようとしたんだよ。未遂で終わらせたがね」

宇佐見は顔をしかめ、説明を始める。フードバンクの利用者は、経済的に恵まれていない人もいる。矢口はそうした人たちの氏名や住所、電話番号などを名簿業者に売り払おうとしたのだという。

「昨日の夜、私はスマホを会社に忘れてしまってね。急いで戻ったら、矢口くんがパソコンにUSBメモリを挿しているところだった。それだけならいいんだが、やけに焦っているので問い詰めると、個人情報をコピーしようとしていたことを白状したんだ」

「どうして名簿業者が、そんな情報をほしがるんですか？」

「貧困ビジネスに利用するためだろう」

貧困ビジネス。聞いたことはある。困窮者に住居を提供するふりをして囲い込み、劣悪な環境で働かせたり、生活保護費をピンハネしたりすることだ。ひどいことをする連中がいると思っていたが、自分とは関係ないと思い込んでいた。

「矢口くんは、ばかなことをしたものだ。個人情報は、利用者が我々を信頼して預けてくれているものなのに。流出していたら、我が社はどうなっていたかわからない」

「確かに。それで、矢口さんはどうなるんですか」

「ひとまず自宅待機を命じた。このままやめてもらうことになるだろう」

「でも、矢口さんが担当していた仕事は？」

「そのことで佐藤くんに相談があるんだ」

宇佐見が目で促すと、吉井が頷いた。前髪が後退した額は、汗でてかっている。

「俺と佐藤くんで分担したい。ほかの営業社員にも少し負担してもらうが、みんな手一杯なんだよ。俺もがんばるけど、新人とはいえ、君にフル回転してもらうしかない」

「君ならやってくれると見越しての判断だ。すまないが、よろしく頼む」

上司二人にこう言われては、とても拒否できなかった。

千暁は、矢口が担当していた取引先をほぼ引き継ぐことになった。数はそれほど多くないが、場所が横浜市、相模原市だけでなく、近隣の町田市、大和《やまと》市など広範囲に点在しているため、移動するだけで一苦労だ。埼玉県や山梨県の農家も任されたので、遠出も多い。それらに定期訪問し、つき合いを継続してもらえるように挨拶したり、要望を聞き出したり、電話やメールの問い合わせに対応したりしなくてはならない。それ以外にも、新規顧客開拓のための飛び込み営業や、フードバンク事業を拡充するためのＮＰＯ法人との打ち合わせもある。

「目が回りそう」という表現が大袈裟でない日々が続き、体重が五キロ減った。

それでも、父の言う「やり甲斐」を感じられるのなら構わなかった。しかし仕事を続けているうちに、商談を一つ終える度に、自分が卸売した食べ物で団欒《だんらん》する家族の姿を思い描き、「それに較べて我が家は」と比較していることに気づいた。気づいてからは、商談をすればするほど頭が重たくなっていった。

実際に物理的に重たくなったのでは、と半ば本気で不安になってきた九月のある日、千暁は取引先のレストランで、シェフに笑顔で言われた。

「オオクニフーズさんが卸してくれたコンフィチュールでつくったパイが、めちゃくちゃ評判いいんですよ。この前お子さんの誕生日会をやってくれたご家族なんて、『これから毎年、家族全員の誕生日に、ここでアップルパイを食べる』と言ってくれました。ありがとうございます。会社の人たちにもよろしくお伝えください」

「ありがたいのはこちらの方ですよ。必ず伝えますね！」

顔面の筋肉に力を込めないと、笑顔をつくれなかった。会社に戻ってからもその笑顔で報告すると、宇佐見はごく自然な様子で顔を綻《ほころ》ばせた。

「うれしいね。そんなことを言ってもらえる機会はなかなかない」

吉井も、宇佐見と同じ顔をして続く。

「よかったな、佐藤くん。忙しくても、やり甲斐があるだろう」

「それ、あんまり言うとやり甲斐搾取で訴えられるやつですよ」

冗談であると思ってもらうため過剰に真剣な表情をすると、宇佐見と吉井だけでなく、オフィスの方々から笑い声が起こった。千暁も一緒に笑ってみせながら、壁にかけられた丸時計にそっと目を向けた。定時の午後五時に退勤するとしても、まだ二時間以上ここにいなくてはならない。長いと感じるのと同時に、家に帰ったら退職届の書き方を調べようと思った。

席に戻る。隣の島では田中心葉が、パソコンのキーボードを打っていた。配達のレポートをつくっているのだろう。先ほど笑い声が起こったとき、田中だけはにこりともしていないのが視界の片隅に見えた。よほど仕事に集中しているのか、同僚に興味がないのか。

五時になって帰り支度をしている最中《さなか》、人影が机に落ちた。顔を上げると、田中が立っていた。

「どうした、田中くん？」

「飲みに行こう」

あまりに唐突すぎて、その前に田中が口にした言葉を聞き逃したのかと思った。

しかし田中は、感情の読めない目で千暁を見下ろして繰り返す。

「飲みに行こう。ぼくは店に詳しくないから、どこにするかは任せたい」

研修で初めて顔を合わせてから約一年、仕事上のつき合いしかないのになぜ？　とはいえ、

「二人きりで飲む仲じゃない」という正論で断るのは気が引ける。退職届の書き方を調べようと思っていただけに、「用事がある」とごまかすのも後ろめたい。やむなく一緒に会社を出て、バスで相模大野駅前に移動した。その間、会話は仕事関係のものを少し交わしたくらいだった。気まずいと思いながらも、田中を連れて居酒屋に入る。味はそれほどでもないが、一品一品の量が多いことで有名な店である。食事に集中しているふりをして、会話のない時間を少しでもやりすごすつもりだった。

席に着くと、田中はドリンクのメニューを差し出してきた。

「ぼくの奢《おご》りだから、好きなだけ飲んでよ」

「奢りって、なんで?」

「研修のとき、佐藤くんが酒好きだと言っているのが聞こえたから」

「そういえば、そんなことも言ったね。でも俺が酒好きなことと君が奢ることには、なんの関係もないだろう」

「いろいろと溜《た》め込んでる様子だから、少しでも気分転換になればと思った」

店内を流れるBGMも、ほかの席から聞こえてくる喧騒《けんそう》も遠のいた。

いろいろと溜め込んでる——そんなことを言われたのは初めてだった。バイト仲間を皮切りに何人かの女性とつき合ってきたが、どの相手からも判で押したように「千暁くんは明るい」と言われてきた。先ほどだって、宇佐見たちはただ笑っていた。

田中は遠慮がちに言う。

「ぼくと二人きりで飲んでも話題がないことはわかる。でも、見ていられなかった。研修のとき気を遣ってくれたから、恩返しをしたかった。余計なお世話だったら申し訳ない」

「……そんなことはない」

差し出されたメニューを受け取った。


この一件を機に千暁は、田中と話をするようになった。一度昼食に誘ったら「読書の時間に充《あ》てたい」と断られたが、夜は時折、飲みにいくようにもなった。千暁が間に入り、田中がほかの社員と話をする機会も増えた。

同じ名字の人がいるので、二人そろって下の名前で呼ばれるようになったのは、その後しばらくしてからだ。家族と交際相手以外に「千暁」と呼ばれた記憶はほとんどない。最初こそ違和感を覚えたが、すぐに慣れた。田中とも、互いを下の名前で呼び合うようになった。

冬が近づいてきたある日、心葉と居酒屋で熱燗《あつかん》を飲んだときには、こんな会話を交わした。

「心葉って、やたら難しそうな本を読んでるよな」

「なんでも読みたいだけだよ。おもしろそうな本があるなら教えてほしい」

「俺は本を読まないからな。子どものころは、ラノベをよく読んでたけど」

「ラノベ？」

本をよく読んでいるのに知らないのか。意外に思いつつ、ライトノベルという、いわゆる若者向けのジャンルの小説であることを説明した。

「そういうジャンルがあるんだね。いまはもう読んでないの？」

「飽きちゃったんだ」

嘘をついた後は、子どものころ夢中になって読んでいたラノベ作品について語った。熱燗がいつも以上においしく感じられて、追加で注文もした。

四日後の昼休み、心葉は、千暁が語ったラノベ作品を読んでいた。

難しそうな本を読んでいる心葉には「くだらない」と一蹴《いっしゅう》されるかもしれない。ラノベ語りをしたことを後悔したが、さらに四日後、心葉は続刊を読んでいた。感想は一言も伝えてこないが、どうやら気に入ってもらえたらしい。

妙な奴だけど、同じ職場に配属されてよかった。その思いが日増しに強くなっていくうちに社会人になってから一年がすぎ、藤沢彩が配属されてきた。


「藤沢彩です。わからないことがたくさんあってご迷惑をおかけすることもあるかと思いますが、精一杯がんばります。よろしくお願いします」

配属初日の朝礼で彩は一息に言って、腰をへし折るつもりではと思うほどの勢いで頭を下げた。まじめそうな子だ、と千暁は思った。その印象が変わったのは、宇佐見の指示で、彩に社内を案内していたときである。

「この建物は、面積の大部分を倉庫が占めていて――」

説明しながら倉庫に入ろうとしたところで、スマホに電話がかかってきた。

「ごめん、ちょっと待ってて」

廊下の右隅に寄った千暁は、ディスプレイに表示された相手の名前を見つめる。昨夕、顔を見せたばかりの取引先からだった。おそらく急ぎの用件ではないから、ひとまず出て、なるべく早く電話が終わる方向に話を持っていこう。

応答をタップし、通話を始める。取引先の用件は、やはり急ぎではなかった。適度に相槌《あいづち》を打ち、事前に想定していた方向に話を持っていく最中《さなか》、廊下の左隅に寄った彩がメモ帳を取り出すのが見えた。

「なにかするときは——手順を一つ一つ考えるように——例えば、電話に出るときも——」

彩は独り言を口にしながら、ボールペンを動かしている。どうやら、先ほど千暁が何気なく口にした「なにかするときは、手順を一つ一つ考えるようにしている」という一言をメモしているようだ。

藤沢彩は「まじめそうな子」ではない、「まじめな子」だった。

でも、偉人の格言を後世に残すような顔をしながらメモするのはやめてほしい。恥ずかしくて、電話を終えた後も気づかなかったふりをした。

その後、無駄口をたたかず梱包《こんぽう》を続けたり、ほかの社員が帰ってからもパソコンに向かってデザインを考えたりする彩の姿を見ているうちに、千暁は、たいした用がなくても話しかけるようになった。

誰かと話をするときの彩は、しょっちゅう言葉に詰まるので、なにを言おうとしているのかわからなくなることも少なくない。それでも最後まで懸命に唇を動かし続ける。その様が好ましくて、話しかける回数は自然と増えていった。

ただ、異性として意識することはないと思った。彩は小柄な上に、メイクによっては中学生と見紛《みまが》うほどの童顔だ。人は見た目だけでないとはいえ、あまりに千暁の好みから離れている。これまで千暁がつき合ってきたのは、全員胸が大きく、色香にあふれる女性だった。陽太郎の部屋で見つけた雑誌の女性と同じタイプである。

女の趣味がそっくりだから、お兄ちゃんとこの手の話で盛り上がれたかもな。ある夜ベッドに入る前にそう思ったとき、こんな下世話な想像と陽太郎の記憶を結びつけたことは初めてだと気づいた。同時に、卸売した食べ物で団欒する家族と自分の家族を、最近は比較していないことに気づく。いつからだろう？　答えは、すぐに出た。

「心葉とつるむようになってからか」

自分の目が彩を追っている。

そのことを自覚したときは衝撃を受けた。最初は、職場にほかに若い女性がいないからだと思った。しかし彩を見ているとき、千暁の胸の中はあたたかなもので満たされる。女性に対し、こんな風になるのは初めてだ。

「好みのタイプじゃないのに？」と何度も自分に問いかけたが、目は彩を追うことをやめない。

一度食事に誘ってみようかと思案し始めた七月最初の金曜日、一緒に飲んでいると心葉が言った。

「最近、藤沢さんと昼休みにしゃべってるんだ。あんな風に一生懸命話す人はなかなかいなくて、すてきだと思う」

「へえ」

彩の話はそれだけで終わったが、翌日からさりげなく観察すると、配達に出るとき、心葉が必ず彩の横顔に目を遣っていることに気づいた。あまり表情を変えない男なので、どんな感情を抱いているのか判断に迷った。

しかし彩の包装紙にクレームを受けた際、らしくなく第三者として会話に後から参加して子ども食堂に行こうとする姿を見て、迷いは消えた。

彩を食事に誘おうと、真剣に考えていたわけではない。心葉がその気ならやめておこうと思っているうちに迎えた、翌日の昼休み。

千暁は、新規で顧客になってくれそうな食品メーカーからの問い合わせに、詳細な資料を添付したメールを書いていた。資料づくりに思ったより時間がかかり、ようやく送信ボタンを押してから休憩に行こうとすると彩が声をかけてきた。

「行ってらっしゃい、千暁さん」

——俺のことを下の名前で呼んでくれた。

自分でも驚くほど唇の両端が持ち上がったが、聞けば心葉が、自分だけでなく千暁のことも下の名前で呼ぶよう彩に頼んだのだという。

「なんだ、そういうことか」

唇の両端が一気に下がった。慌てて上げ直すと適当な言葉を並べ立て、空腹感はないのに両手で腹をさすりながら足早にオフィスを出る。廊下を進み、周囲に人がいないことを確認してから、右手で唇に触れた。

どうやら自分は彩を食事に誘ってみようかと、真剣に考えていたらしい。

「千暁さん」と呼んだ後、彩は心葉の方を見ていたから、この唇が上下したことには気づいていないはずだ。だが、心葉には見られた。オフィスから出ていく際も、背中に視線を感じた。なんとかするため、帰宅してから心葉にＬＩＮＥを送った。

〈彩ちゃんに『千暁さん』と呼ばれてうれしかったけど、彼女に報告したら怒られちゃった〉

このメッセージの後、目と口を大きく開き、額に黒い縦線が何本も入ったアニメキャラのスタンプを続ける。すぐに既読マークがつき、返事が来た。

〈彼女がいたの？〉

〈言ってなかったっけ？　遠距離恋愛中〉

そう返した後、学生時代につき合っていた彼女と肩を組んだ写真を送る。撮ったことすら忘れていたことが幸いして、スマホにデータが残っていた。ここまでして恋人がいるふりをするとはさすがに思っていないのだろう、心葉はこう送ってきた。

〈全然気づかなかった〉

スマホをロック画面にして呟く。

「ここから先は、彩ちゃん次第だな」

心葉と彩が親しいことも、心葉が彩に特別な感情を抱いていることも間違いない。しかし彩の方がどうかは、まだわからない。なんにせよ、食事に誘うかどうかはもう少し様子を見てからの方がいい。そう思っているうちに、八月も半ばをすぎた。この間、千暁は自分の本音を隠して彩に接し続けた。彩は見た目どおり——と言っては偏見だが——恋愛に鈍感らしく、千暁の気持ちを察している様子は微塵《みじん》もなかった。

とはいえ、このままの状態を続けるのは苦しいという思いが強まり始めていたお盆休み最終日、夕飯の支度をしていると心葉からＬＩＮＥが来た。

〈彩さんと三人で、どこかに遊びにいかないか〉

ガスコンロの火をとめて、心葉に電話をかける。

〈もしもし〉

「ＬＩＮＥを見たよ。いいねえ。彩ちゃんも誘って行こう行こう」

はしゃぎ声で言ったが、二人と長い時間を一緒にすごせば彩を食事に誘うべきかどうかの結論を出せると考えてもいた。

〈千暁が乗り気でうれしいよ。でも、どこに行けばいいのか見当もつかない〉

「三人ならどこに行っても楽しいと思うけど、夏だし、レンタカーで江の島なんてどうだ？」

〈江の島ということは、海で泳ぐんだよね。男二人と行って水着になることに、彩さんは抵抗があるんじゃないか〉

「この季節はクラゲがいるから泳ぎはなしだ。ドライブして海を見て、うまいものを食べるだけだよ」

〈なるほど。それなら彩さんも安心だね〉

顔が見えなくても、満面の笑みを浮かべていることがわかる声だった。心葉は〈千暁に相談してよかったよ〉と何度も繰り返して電話を切った。

だから翌日、心葉が彩に「千暁が、三人でどこか遠くに遊びに行きたいと言って聞かなくて」などと言い出すとは思いもしなかった。

「意外といい性格してるな、お前」

笑みを引きつらせて言っても、心葉は「どこ吹く風」という慣用句の見本のような顔をしている。遠回しに抗議してやったが心葉は動じないし、なにより彩が「わかりました、行きます」と答えてくれたので、どうでもよくなった。


「彩さんが車酔いしたら困る。なるべく揺れが少ない、大きな車を借りよう。座り心地も大切だ。長時間座っていても腰が痛くならない座席を搭載した車を選ぶ必要がある」

心葉が過保護なことを言うので、レンタカーショップに相談して高級車を借りることになった。それなり以上の料金を支払うことになったが、心葉が全額負担すると言い張った——ファミレスでの一時間以上に及ぶ話し合いの末、どうにか割り勘で納得させたが。

もちろん彩には、キャンペーン価格で安く借りられたことにした。

八月二十六日。江の島に行く日の朝。千暁は迷った末に、前日のうちに買っておいたスプレーで髪を金色に染めた。少し太めの眉《まゆ》は、敢えてそのままにしておく。これで違和感が生じて目立つ。八月の江の島は、相当な人混みのはず。彩がはぐれてしまっても、この髪と眉の組み合わせなら見つけやすいだろう。待ち合わせ場所に行くと、案の定、心葉にはあきれられ、彩には少々引かれたが構わなかった。

心葉の運転で江の島に向かう。行きの車内の時点で既に、こんなに笑ったのはいつ以来かわからないほど笑った。目的地に着いてからも笑い続けた。海水浴場の波打ち際ではしゃぐ彩のことは、ずっと見ていたいと思った。

今日はお兄ちゃんが死んでから、一番楽しい日になるかもしれない。その予感がはずれたのは、橋を歩いて江の島に渡った後、江島神社に向かう途中のことだった。人混みに揉《も》まれているうちに、気がつけば彩の姿が消えていた。

「彩さん、どこに行ったんだろう?」

「ちっちゃいから簡単には見つからないよな。とりあえず電話してみるか」

心葉と一緒に道の端に寄った千暁は、スマホを取り出しつつ背伸びした。心葉の方が長身だが、これでだいたい同じ身長になる。電話で居場所を伝えれば、金髪と眉毛の色の落差で、遠くからでも彩の目にとまるはず。

「心葉さん!」

千暁が彩の番号に発信する前に、人混みの中から細い腕が空に向かって伸びた。

「彩さん、こっち!」

心葉が手を振ると、腕が人波で前後左右に流されながらも近づいてきた。下ろせばいいのに、彩は自分が近づいていることを主張するかのように、上げたままの腕を振り続ける。

「すみません、はぐれちゃいました」

人混みを抜け出てきた彩は、額に汗を滲ませながら口を大きく開けて笑った。こんな風に笑う彩を、千暁は初めて見た。

「こっちこそごめん。ぼくたちも、もっとゆっくり歩けばよかったね」

「そんなことないです」

心葉が「ぼくたち」と言ってから、彩は千暁に顔を向けた。その時点でも笑顔ではあった。ただ、口を大きく開けてはいなかった。

彩が千暁の気持ちに気づいていないのは、鈍感だからではなかったようだ。

「千暁さんにも、ご心配おかけしました」

「──彩ちゃんは小さいから、観光客に踏まれちゃったんじゃないかと焦ったよ」

千暁の意志とは無関係に両手が動き、金髪を覆い隠す。そのまま髪をかき上げ、笑ってみせた。

帰りの車内で後部座席の彩は、出発してから一分もしないうちにがくりとうな垂れた。

「彩ちゃん、首が疲れるだろう？　横になったら？」

千暁が呼びかけても彩はうな垂れたままで、寝息しか返ってこない。シートベルトを締めていなかったら、前のめりに倒れてしまいそうだ。

「こりゃだめだ。ちょっとやそっとじゃ起きないな」

「疲れたんだろう。寝かせておいてあげよう」

「そうだな」

頷いた後、しばらく心葉と会話はなかった。このままなにも言わず、今日を終えてもいいかもしれないと思いはした。しかしこらえ切れず、千暁は声を落として切り出す。

「彩ちゃんが熟睡しているうちに提案だ。告白したらどうだ？　お前は彩ちゃんのことを、随分と気にしてるよな。彩ちゃんの方も、お前のことを気にしている。わかってるんだろう？」

胸に痛みが走っている割には、すんなり口にできた。彩を食事に誘いたい気持ちは、まだ完全には消えていない。一方で、心葉の傍で口を大きく開けて笑う彩をもっと見たい気持ちも芽生えていた。

この二人との関係は、これからもきっと続いていく。何十年も経ってしわだらけになってから、「実は昔、彩ちゃんのことが好きだったんだよ」と酒を飲みながら語るのも悪くない。

心葉はうな垂れたままの彩をバックミラー越しに見てから、千暁よりさらに声を落とした。

「彩さんがぼくをどう思っているのかわからないし、ちゃんと話すようになってまだ三ヵ月も経ってないんだ。さすがに告白するのは早いよ。手を握ろうとしたことならあるけど」

「あるのか」

「初めて二人で食事をして家まで送ったとき、勢いでね。土壇場で恥ずかしくなって、虫を追い払ったことにした」

「身体の割に小心者だな。四の五の言わないで告っちゃえよ。絶対うまくいく。俺が保証する」

「無責任に煽《あお》らないでくれ」

「無責任じゃない。迷子になった後でお前を見つけたときの彩ちゃんの顔を見ただろう。あんな風に笑うのは、お前に対してだけだ」

「そうだろうね」

「自信満々じゃないか」

「客観的に判断しているだけだよ。彩さんはぼくと話をするとき、肩の力が適度に抜けている。ぼくと会話することが楽しいんだと思う」

「……そこまで自信があるなら、さっさと告れば？」

惚気《のろけ》を聞かされているのかと思ったが、心葉は首を横に振った。

「迷子になった後の彼女の笑顔を見て、これ以上の関係を望むべきではないと判断した」

「なんだよ、それ？　どういう意味？」

心葉の声が、異様なほど低くなる。

「あんな風に笑う女性に、ぼくはふさわしくない」

心葉からは、ただならぬ雰囲気が漂っているように感じられた。千暁はたじろぎながらも、無理に笑う。

「なにを自虐的なことを言ってるんだよ？」

「別に自虐的なわけでは――」

「待った！」

心葉を制し、後部座席を覗き込む。彩の頭がゆっくりと持ち上がっていく――と思ったが、勢いよくうな垂れた。しかしその衝撃が刺激となったらしく、今度こそ頭が持ち上がった。彩の寝ぼけ眼《まなこ》と目が合う。

「おはよう、彩ちゃん」

「……おはようございます？」

「もう少し寝ててくれればよかったのに。いままさに、彩ちゃんの寝顔をスマホで撮ろうとしてたところなんだから――なあ、心葉」

千暁は心葉に話を振りつつ、わかりやすく慌てふためく彩に冗談を言い続けた。どうやら心葉との会話を聞かれずに済んだと思って安心したが、

「来年は、絶対に寝ないようにします」

彩がそう言ったときは、なんと返したらいいのかわからなかった。しかし心葉が「そうだね、来年もだね」と言うので同調した。

「来年もまた行こうな、海」

心葉が低い声で口にした言葉が気になり、フロントガラスの方に顔を向けてしまったが。

海に行ってから一ヵ月がすぎた。この間、心葉の様子は海に行く前と変わらなかった。彩に告白する気配もない。

心葉が妙なことを言ったのは、恋愛に臆病だからというだけかもしれない。さっさと彩とつき合ってくれた方があきらめがつくが、これぱかりは本人次第だから仕方がない。心葉の家に呼ばれたのは、そう思いかけていた九月二十六日のことだった。

心葉と二人だけで会うのは、海に行ってから初めてだ。家飲みかと思ったが、心葉は「千暁が飲むなら酒を買ってきてくれ。ぼくは飲まない」と言う。遂に彩に告白する気になって、その相談をしたいのか。だったら素面《しらふ》ではいられないので、五〇〇ミリリットルのビールとサワーを三本ずつ買った。どちらも、一人で晩酌するときより一本多い。

心葉の住むアパートは、千暁の家から徒歩三分もかからないところにあった。前々から場所は聞いていたが、行くのは初めてだ。狭いワンルームにはあまり物がなく、すっきりしていた。例外は壁際の本棚で、単行本や文庫本があふれんばかりに詰め込まれている。

心葉と座卓を挟んで座る。

「今日はお招きどうも。まずは乾杯と行こうか」

千暁が缶ビールを開けると、心葉はつくり置きの麦茶をガラスコップに注ぎ込もうとした。その手が宙でとまる。

「どうした?」

訊ねると、心葉は麦茶を座卓に置き、胡坐《あぐら》から正座に座り直して言った。

「ぼくは、人を殺したことがあるんだ」

「ゲームかなにかで?」

例え話でも「殺した」という言葉に不快感を隠せない。しかし心葉は否定した。

「現実だよ。十年前に、自分のこの手で」

陽太郎が殺されたのは、千暁が十四歳のとき。今年で千暁は二十四歳。つまり、十年前だ。

犯人は千暁と同い年で、名前は田中参舵亜。

目の前に座る男は千暁と同い年で、名字は田中。

血の気が引いていく千暁に気づくことなく、心葉は十年前に自分が犯した殺人について語った。

それは紛れもなく、陽太郎が殺された事件だった。そんなはずない、と声を張り上げて否定したかったが、間違いない。

いま目の前にいるこの男が兄を殺した、田中参舵亜。

「心葉」というのは、おそらく少年院を出た後で変えた名前。

話を終えた心葉は、うな垂れるように頭を下げた。

「すまない、急にこんな話をしてしまって」

千暁は返事をするどころか、声すら出せなかった。なのに、なぜか手だけは勝手に動き、心葉を見つめたままサワーのプルタブを引こうとする。しかし震えた手には力が入らず、何度も失敗した末にようやく炭酸が抜ける音がした。そのときになってまだビールに口をつけていなかったことに気づいたが、とにかくサワーを呷った。そうしながら、心葉の顔をおそるおそる盗み見る。

母に手紙と金を送ってきた田中参舵亜のイメージとは重なる。手紙は誰かに書かされたのだと決めつけていたが、この男が書いたというなら頷ける。しかし、陽太郎を殴り殺しておきながら反省の弁を一切口にしなかった田中参舵亜とは、まるで重ならない。

これは夢なんじゃないか？　心葉は、俺に趣味が悪すぎるドッキリをしかけているんじゃないか？　昔読んでいたラノベの主人公のように、パラレルワールドかなにかに迷い込んでしまったんじゃないか？

いくつもの可能性が浮かび上がって混乱しているうちに、自分の意思とは関係なくこんな質問を口にしていた。

「……お前は自分が……したことを、どう……思ってるんだ？」

いま訊くようなことではないと思う一方で、参舵亜にずっと訊ねてみたかったことだとも思った。

「後悔している」

心葉は即座に答えた。その後は、一言一言を絞り出すように言葉を紡ぐ。

「この手で殺した人にも、ご遺族にも……一生、償わないといけないと思っている。いくら償ったところで……許してもらえるはずがないけれど、でも……絶対に」

心葉の双眸は、見ている間にじわじわと充血していった。皮相的な言葉でないことは明らかだし、遺族が「こう言ってほしい」と願う見本のような反省の弁ではあった。

しかし千暁は、頭に血がのぼった。

——俺たちがどれだけ苦しんだのか知りもしないで、なにを言ってやがる？

胸ぐらをつかんで殴り飛ばしたかった。それは自分が雲竜陽太郎の遺族であると知られることを意味するが、どうでもよかった。

——こいつは心葉じゃない。参舵亜なんだ！

胸ぐら目がけて手を伸ばす直前、心葉は言った。

「こんなことを話せるのは、君だけだよ」

君だけ。

目にすることも耳にすることもあるが、自分に向けられたことは一度もない言葉だった。君だけ、と呟いてから、千暁は震えを帯びた声で問う。

「どういうことだよ？」

「言うまでもなく、人を殺したという話は誰かに簡単に打ち明けられることではない。打ち明けられた方を苦しめることにもなる。でも、千暁なら共有してくれるに違いないと思った。というより、ぼくが千暁と共有したかったんだ」

心葉は正座したまま、千暁に深々と頭を下げた。

「勝手を言っているのはわかる。でも、これが本心なんだ」

心葉が口にした言葉の意味が、ゆっくりと染み込んでくる。それにつれて、陽太郎が殺されてから現在に至るまでのできごとがとめどなく頭に思い浮かんだ。同時に、心葉と話をするようになってからのできごとも次々と思い出す。一つのスクリーンに二種類の映画が一斉に映し出されているかのようだった。

——心葉の本心を聞いて、こんな風になるなんて。

そう思ってから、自分が正面に座る男を「参舵亜」ではなく「心葉」と認識していることに気づいた。咄嗟にサワーの残りを、次いで、開けたままにしていたビールを呷る。ビールが喉《のど》を通る音が、普段より大きく聞こえた。酔いも急速に回っているようで、顔が熱くなっていく。

心葉は、苦しそうに眉根を寄せた。

「ぼくの話を聞いて、冷静でいられないのは当然だ。でも、もう少しわがままを言わせてほしい。千暁にはぼくの過去を知った上で、ぼくが彩さんと自然な形で距離を置くにはどうしたらいいか、一緒に考えてほしい」

ここに来る前の自分には、決して予想できなかった話だった。顔がますます熱くなっていく。

心葉は麦茶をコップに注《つ》いだものの、それには口をつけず続ける。

「海で迷子になった後、ぼくに向かってあんな風に笑ってくれた彩さんを見て、騙《だま》している気がしてならなくなった。そのくせ、この一ヵ月、人を殺したことを黙っていれば傍にいていいかもしれないという甘い考えも捨て切れなかった。でも、やはり――過去から逃れることはできない」

最後の一言は、千暁ではなく心葉自身に言っているように聞こえた。

「だから彩さんから離れるべきだという結論に至ったけど、どういうやり方が最適かわからない。ご遺族にお金を送らないといけないから、すぐに会社をやめるわけにもいかない。ひとまず二人で食事に行く回数は減らすつもりでいるけど、その先どうしたらいいか、いいアイデアはないか？」

――お兄ちゃんを殺したくせに、なにを偉そうに。

――お兄ちゃんを殺した過去を受けとめているからこそ、こんな相談をしてきたんだな。

今度は一つのスピーカーから二種類の音が、一斉に流れ出たようだった。こめかみを走る血管が激しく脈打つ。

「重たい相談ですまない。でもこんな相談をできるのは、千暁しかいないんだ」

「……そういうのはまず、彩ちゃんの気持ちを確認してからにしようよ」

これ以上は耐えられそうになくて、話を終わらせにかかった。

「お前は海の帰り、彩ちゃんが自分のことをどう思っているかわからないと言っていただろう。俺はそんなことないと思うけど、確実なことは言えない。離れるかどうか判断するのは、確認してからでも遅くない」

「それは、確かに」

「だろう？　じゃあ、そういうことで――」

立ち上がりかけたが、友人から過去の殺人を打ち明けられた後すぐさま帰宅することが自然な行動なのか、判断がつかなかった。座り直したものの、なにを話していいのかわからない。心葉の方も、コップに入った麦茶を見つめたまま動かない。咄嗟にパンツのポケットからスマホを取り出した千暁は、なんの通知も来ていないのに言った。

「ＬＩＮＥが届いてる。ちょっと待ってて」

「もしかして、彼女さん？」

「まあ、うん」

遠距離恋愛中だと嘘をついたことを思い出しながら、人差し指を適当に動かす。

「やばい、緊急事態だ。今夜はもう帰る」

「どうしたんだ？」

「俺が浮気したと勘違いして、彼女が怒ってる。この前、また彩ちゃんの話をしたことがまずかった」

出任せを並べた千暁は今度こそ立ち上がり、心葉の顔を見られないまま言う。

「慌ただしくて悪いけど、今夜はもう帰る。じゃあな」

心葉は、ああ、とだけ返してきた。


帰宅した千暁は電気もつけず台所まで歩くと、流し台の前で上半身を折り曲げ胃の中の物を吐き出した。暗がりの中、ステンレスに広がった嘔吐物《おうとぶつ》を見るともなしに見つめ続ける。そのうちに喉がひりついてきて、水を飲もうとコップを手に取った。硬く、つるりとしたガラスの感触が指先に触れる。その感触に理性を吹き飛ばされた千暁は、叫び声を上げてコップを窓際の壁に投げつけた。ガラスの砕け散る音が鼓膜に突き刺さる。

まださいたまの家にいたころ、窓際で陶器の破片を見つけたにもかかわらず、千暁は、母が花瓶を壁にたたきつけたことが信じられなかった。

「でも、そういうことをしたくなるときもあるよな」

呟いた声には、嘔吐物のにおいが漂っていた。涙があふれ出る。

どうして陽太郎を殺した男相手に、こんな思いをしなくてはならないのだろう。

嘔吐物を片づける気力もなくベッドに横たわった後は、まんじりともできないでいるうちに部屋の中が明るくなってきた。今日は得意先との打ち合わせがあるが、風邪を引いたので休みたいというメールを宇佐見に送ろう。ぼんやり思いながら窓外に目を向けると、暁の空は群青色と橙《だいだい》色、二つの色を起点とするグラデーションで上下に分割されていた。

「空なんて、青だけでいいじゃないか」

呟いた途端、再び嘔吐感が込み上げてきてトイレに駆け込んだ。

——心葉さえいなければ、少しは楽になれるんじゃないか？

便器に向かって嘔吐《えず》いているうちに、そのアイデアが魅力的に思えてきた。

そして簡単に心葉を排除できる方法が、自分にはある。

ふらつきながらトイレを出るとスマホを手に取り、メールを書いた。

〈田中心葉の本名は田中参舵亜（サンダー）です。十年前、仙台のコンビニで人を殺しました〉

タイミングを見て、このメールを職場の人たちに一斉に送信する。フリーアドレスを使うつもりだが、千暁に打ち明けた直後にこんなメールが出回っては、心葉はすぐに送信者が誰かわかるだろう。

まったく構わなかった。

翌日、九月二十八日。千暁が出社すると、既に席に着いていた心葉が訊ねてきた。

「おはよう、千暁。随分と目が赤いね。無理をしてるんじゃないか？」

心葉の眉間《みけん》には、うっすらとしわが寄っていた。千暁が会社を休んだ理由が、自分の告白のせいだと思っているに違いない。

「なんともない。三日くらい前から、ちょっと熱っぽかったんだ」

「三日」という日にちを使って本音を隠すと、彩も声をかけてきた。

「顔色もよくないですよ。まだ体調が快復していないのではありませんか」

「実はそうなんだけど、彩ちゃんに会いたくて来ちゃった――というのは、このご時世、セクハラになるのかな」

「そ、そんなことは……」

彩がわかりやすく口ごもる。

あのメールを見たらこの人はどんな顔をするだろう、とふと思った。

朝礼が終わると、メールを送信するタイミングを見計らいながら仕事をした。社員やパートができるだけ席に着いているときの方がいいと思ったが、今日は朝から人の出入りが激しかった。千暁も午前中は顧客に会うため車で外出したが、メールを送った後のことを想像していたら信号が赤から青に変わったことを何度か見落とし、その度に後ろからクラクションを鳴らされた。

午後になって会社に戻った千暁は、顧客からの問い合わせについて確認するため倉庫に行った。注文と納品の数が違っていたというので、配達を担当した田中道隆に話を聞かなくてはならなかった。

倉庫に入る度にいつも千暁は、建物の外から見た印象より狭いと思う。しかし段ボール箱が随所に積まれていたり、棚がいくつもあったりするからそう見えるだけで、実際には学校の体育館ほどの面積はあるだろう。左手奥の扉の向こうにある冷凍室も、それなりの広さを誇る。

田中道隆は冷凍室の手前で、台車に段ボール箱を積んでいた。隣では心葉も、同じ作業をしている。千暁が近づくと、田中の声が聞こえてきた。

「この前、神奈川食品の高橋《たかはし》さんが心葉くんのことをべたほめしてたよ。『マスクで顔が半分しか見えないし、無口なのに感じがいい。あんな好青年は滅多《めった》にいない』だってさ。あの高橋さんが若い人をあんなにほめるのは、初めて聞いた」

千暁は咄嗟に、棚の陰に身を潜めた。心葉と田中は、千暁に気づくことなく話を続ける。

「光栄です」

「もっとうれしそうにしろよ。きっと、そういうところがいいんだろうけどさ」

心葉は小さく頭を下げると、台車を押してガレージに移動する。

「クールすぎるぞ」

笑いながら後に続く田中を、千暁は追いかけることができなかった。

神奈川食品の高橋なら、千暁も知っている。ことあるごとに「これだから最近の若者は」と不機嫌そうに言うことで知られている初老男性だ。

なぜ人殺しの分際で、そんな人に絶賛される？

スマホを取り出し、メールの下書きを表示させた。送信先には、既に会社の人全員のアドレスを設定してある。もうタイミングなんて関係ない。いますぐ送信ボタンを押してやる！

そう思っていながら、千暁はスマホをジャケットの胸ポケットにしまった。

席に戻ってからはほとんど上の空だったが、体調が快復し切っていないと見なされたのか、周囲からなにか言われることはなかった。彩の心配そうな視線を時折感じたが、気づかないふりをした。

定時に会社を出て帰宅すると、着替えもせず洗面所に入った。鏡に映った顔を見ても、自分がいまどんな感情を抱いているのかわからない。

「きっと、そういうところがいいんだろうけどさ」という田中の声が蘇る。そういえばパートの佐藤紀美子も、心葉のことを「まじめな仕事ぶりがすばらしい」と称賛したことがあった。でもそれは、心葉が人殺しだと知らないからだ。教えてやれば、二人の評価は一変する。

「いまからでも遅くない。早くメールを送れ！」

鏡の中の自分に命じたにもかかわらず、千暁はスマホを取り出すと、下書きしたメールを削除した。

「なにしてるんだよ、俺？」

あきれ声で言い終える前に、一昨夜に続いて嘔吐した。それは一度では終わらず何度も繰り返され、胃に残っていた物すべてに加えて、胃液まで吐き出した。

顔に飛び散った嘔吐物を拭《ぬぐ》えぬまま、肩で大きく息をする。心葉さえいなければ、と思ってい

た。しかし、

「俺がいなくなった方が、早そうだ」


今度こそ退職届の書き方を調べようとした千暁だったが、矢口の突然の退職で自分が強いられた苦労を思い出すと躊躇《ちゅうちょ》した。退職するのは進行中の仕事に区切りをつけ、引き継ぎを済ませてからにした方がいい。

心葉のことを両親に話すべきかは迷ったが、話さない方に気持ちが傾いていった。兄を殺した男が千暁と同じ職場にいると知ったら、特に母は、どれだけ取り乱すかわからない。

その母から電話がかかってきたのは、九月二十九日の夜だった。

〈参舵亜の友だちだったという男の人から、『わかば』を通して連絡があったの。『参舵亜について遺族が知らされていない話をしたい』だって。気になるから、会いにいこうと思う〉

「本当に参舵亜の友だちかわからないし、怪しくない？」

〈そうかもしれないけど、陽太郎のためにはどんな話でも聞いておきたい。早速だけど、明後日《あさって》、横浜で会うつもり。千暁も一緒に行ってくれない？〉

「そこまで言うならいいけど、お父さんはどうする？　声をかけてみる？」

〈お父さんは、こういうことは嫌がると思う。まずは、私と千暁で聞こう〉

母からすれば、参舵亜の手紙を読むことも避けていた父は巻き込みたくないのだろう。十月一日午前十一時に相模大野駅の中央改札口で待ち合わせをして電話を切った。

当日、千暁は、敢えてカジュアル寄りのジャケットとスラックスを服装に選んだ。色は上下とも明るめのブラウン。眼鏡は、仕事ではかけることがない、レンズにうっすら青が入ったもの。退職を決意した後も嘔吐を繰り返しているが、このファッションならやつれたことに気づかれずに済むと踏んだ。

「少しやせたんじゃない？　具合が悪いの？」

改札口で千暁を見た母の第一声は、それだったが。

「仕事が忙しくて暴飲暴食しまくってるから、ダイエットを始めたんだよ」

笑いながら言うと、母は釈然としない顔をしながらも「そう」と頷いた。ひとまず安堵《あんど》したが、電車に乗ってから話を聞いているうちに、やはりこの会合自体やめさせるべきだったと後悔した。

相手が待ち合わせ場所に指定してきたのは横浜駅の近くにある高級中華料理店で、代金は「情報提供料」として母が払うと聞いたからだ。

相手はろくな奴ではないのでは、と思っているうちに店に着いた。母が予約した個室で待っている間に、約束の正午を十分すぎる。先方からはなんの連絡もない。ろくな奴ではないのでは、という思いがますます強くなっていく。そして、

「どうもー。赤井紅太郎でーす」

二十分近く遅れたのに謝罪一つせずどかりと座る赤井を見て、ろくな奴ではないと確信した。

赤井は、背が高く、鼻筋の通った顔立ちをしてはいた。しかし拗《す》ねた子どものような眼差《まなざ》しが、恵まれた容姿を台なしにしている。

「じゃ、俺はビールを飲みますわ。ジョッキで」

赤井は椅子にふんぞり返って言った。千暁はテーブルの下で拳を握りしめながら、ウエイターを呼んで注文を済ませる。ウエイターが離れると、赤井は母に向かってわざとらしく拝んだ。

「本日はご馳走《ちそう》になります。ところで雲竜さんは、こちらの男性とはどういうご関係で？」

「息子の千暁です」

「あ、息子さんなんだ。全然似てないから若い愛人かと思っちゃいましたよ」

なに一つおもしろくないのに、赤井は大笑いした。千暁は丸顔、母は面長と外見が似ておらず、親子であることを知ると驚く人は多い。しかし愛人と言われたのは、もちろん初めてだ。母は曖昧に笑っている。

「母から聞きましたよ。田中参舵亜のことで、我々が知らない話があるそうですね」

一分一秒でも早く切り上げたくて本題に入ったが、赤井はへらへら笑った。

「急《せ》かさないでくださいよ。まずはせっかくの料理を楽しんでください」

全額こちらに払わせるとは思えない言い草だ。

それから赤井は、運ばれてきた料理のすべてに一言の断りもなく最初に口をつけ、自身の半生を語り始めた。高校に入学したが、教師も同級生もクソばかりで中退したこと。仙台から上京してイベント会社に就職したが、上司がカスでやめたこと。転職しようとしたが、どこの会社もゴミだったこと。

「で、いまは無職ってわけです。女の家に転がり込んで、細々とやってます」

そう言って赤井は、何杯目になるかわからないビールをうまそうに飲み干した。何度も話を遮ろうとした千暁だったが、一方的に捲《まく》し立てられるばかりなので途中から聞き流した。わかったのは、赤井がどこでなにをしても不平不満を抱いてきたことだけだ。

「俺がこんなに苦労しているのは、野党の政治家どものせいですよ。政府の批判ばっかり――」

耐えかねたか、母が強引に質問をねじ込んだ。

「それで、参舵亜に関する話というのは?」

赤井はアルコールで赤くなった顔を露骨にしかめたが、ウエイターに追加のビールを注文してから、組んだ両手に顎《あご》を載せた。

「参舵亜が陽太郎さんをぶっ殺したとき、周りに仲間がいたことは知ってますか?」

遺族である自分たちに「ぶっ殺した」とは。表情が凍りつく母に代わって、千暁が応じる。

「知ってます」

「その仲間の一人が、俺です。あのときはびっくりしましたよ。参舵亜が陽太郎さんを殴ったら仰向けに倒れて、なんかすごい音がして、頭の後ろからぶわーっと血が出たんですもん。人間の頭って、思ったよりたくさん血が流れてるんですね」

「それがどうしたんですか?」

語気を強めると、赤井はさすがにばつが悪そうに目を逸らした。

「言っておくけど、俺は参舵亜をとめたんですよ。でも、あいつは無視したんです。陽太郎さんを助けてあげられなくて悪かったと思ってますよ」

一緒にいた仲間は笑っていただけだと聞いているが、指摘したところで無意味だ。

「だから。それがどうしたんですか?」

「参舵亜って、むかついたらすぐに『死ね』って言ってたくせに、相手をちょっと小突くだけで、それ以上はしたことなかったんですよね。だから俺たち、『どうせ殺す根性なんてないくせに』って、煙草を吸いながらからかってたんです。参舵亜は『そんなことない。本気で死ねと思っている』『死ねと思ってることを、ちゃんと見せてやる』なんて言い返してきました。陽太郎さんが注意してきたのは、ちょうどそのときだったんですよ」

まさか……。

赤井の視線が、千暁の顔に戻ってくる。

「参舵亜は、自分に殺す根性があることを見せるチャンスだと思って陽太郎さんを殴ったんですよ。胸ぐらをつかんだ手を振り払われそうになったから咄嗟に殴ったとか言ってたらしいけど、そんなのは嘘。あいつは陽太郎さんが抵抗するかどうかに関係なく、殴るつもりだったんです。要は、最初から殺す気満々の殺人だったってことです」

「参舵亜は逮捕された後、そんなことは一言も言ってなかったはずですが」

「雲竜さんって育ちがいいんですねえ」

「世間知らずのお坊ちゃん」と小ばかにしているようにしか聞こえない言い方だった。

「参舵亜が話すわけないでしょ。そんなことをしたら裁判で判決が重くなって、死刑になっちまうんだから」

参舵亜がかけられたのは裁判ではなく少年審判だし、十三歳なので死刑になることもなかった。十四歳の千暁でも得られた知識をこの男は知りもせず、鼻の穴を膨らませている。たとえ赤井の言うとおりだったとしても、それだけで殺意があったと法律的に認定されるかどうかは疑わしいように思う。

しかし、遺族である自分たちの心情となると話は別だ。最初から陽太郎を殺すつもりだったことを参舵亜が黙っているのだとしたら、少年審判にも反省の手紙にもなんの意味もなかったのではないか。十年も経ってからそんな風には思いたくない衝動に駆られ、千暁はテーブルに両手を突いて身を乗り出した。

「十年前、赤井さんはその話を教えてくれませんでしたよね。いまさら言われても、説得力がありませんよ」

「教えられるわけないでしょ。俺らが煽ったせいで陽太郎さんが殺されたことにされたら、参舵亜と一緒に警察に捕まっちゃうんだから」

遺族の前で、よくもこんなことを平気な顔をして言えるものだ。

「もう自分にはなんの関係もないから、ずっと黙ってるつもりだったんです。でも最近、久しぶりに参舵亜に会って飲みにいきましてね。これは、そのときの会話です」

赤井はスマホを取り出すと、ボイスメモを再生させた。飲み屋の店内と思われる喧騒が流れてくる。そこに、赤井の声が交じる。

〈もう一度聞くぞ。十年前、お前は俺らに、本気で人を殺せるところを見せようとしたんだよな。

最初からあの兄ちゃんを殺すつもりだったんだよな〉

〈ああ、まあ……その気持ちも、ゼロではなかったよな〉

〈そのこと、あの兄ちゃんの家族には言ったの？〉

〈言ってない。言うはずがない〉

背筋が凍りついた。酔っ払い特有の高音になっているが、心葉の声に聞こえた。控え目に言っても、似てはいる。

動揺を隠して目を向けると、母の唇は色を失っていた。

「参舵亜は手紙を書いたり、金を送ったりしているらしいけど、肝心なことは話してない。上っ面だけの反省ごっこをしているってことですよ。余計なお世話かもだけど許せなくて、ご家族に教えた方がいいと思ったんです」

本当に余計なお世話だ。赤井の緩み切った頬を見ていると、心の底からそう思う。

「結局、人を殺すようなクズは何年経ってもクズのままってことですね。そんな奴が真っ当な仕事について、俺よりいい暮らしをしているなんておかしいんだ。俺はあいつと違って、誰も殺してないのに」

「随分と私情が混じっているようですね」

「あん？」

強い口調になった千暁を、赤井は声を荒らげ睨《にら》みつけてきた。怯《ひる》みかけたが目を逸らさずにいると、赤井は一転して媚《こ》びた笑みを浮かべた。

「参舵亜がクズなのは、事実ですから」

「俺がちくったことを、参舵亜には言わないでくださいね。あいつなら、俺を殺そうとするかもしれないんで。じゃ、ご馳走さまでした。料理、おいしかったです。俺はほかの店でもう少し飲んでから帰ります」

破顔する赤井と店を出たところで別れ、千暁と母は相鉄線横浜駅に向かった。母の唇には、依然として色がない。駅に着いてからも、色は戻らない。

「少し休んでから電車に乗ろうか」

ホームで千暁が提案すると、母はベンチに腰を下ろした。千暁は自販機で緑茶のペットボトルを買ってきて隣に座り、母に差し出す。母は受け取ったものの、キャップを開けることなく言った。

「参舵亜はね、あの後も何度か手紙を送ってきたの。毎日後悔している、陽太郎を忘れたことは一度もないって……そう書いていたのに……」

「赤井さんの話が本当なら、確かに参舵亜を許せないよね。でも、鵜《う》呑《の》みにしていいのかな」

一旦《いったん》同調してみせてから、疑問を呈する。

「鵜呑みもなにも、録音を聞かされたじゃない」

「参舵亜は、だいぶ酔っているみたいだった。意識が朦朧《もうろう》として、思ってもないことをしゃべってしまったのかもしれない」

「酔ったからこそ、本音が出たのかもしれないでしょ」

「そんな本音を隠しているなら、そもそも手紙を送ってこないんじゃないかな」

「さすがに少しは罪悪感があって、それを軽くするために手紙を書いてきたのかもしれない。要は、私たちは参舵亜の自己満足につき合わされていたんだよ」

「あいつはそんな奴じゃない」

否定してから、まずは心葉をかばった自分に驚き、次いで失言に気づいた。母の目つきが険しくなる。

「まるで参舵亜と知り合いみたいな言い方ね。どういうこと？」

「……同僚なんだ、あいつと」

ホームに、電車到着のアナウンスが流れてきた。その後すぐ電車の走行音が迫ってきて、会話ができなくなる。その間も母は、険しい目で千暁を見据え続ける。呼吸を整えた千暁は、電車がホームにとまって乗客の流れが収まってから、心葉のことを話した。千暁の話が進むにつれ、母の顔はみるみる赤くなっていく。

「どうして早く教えてくれなかったの？」

「俺も驚いて、どうしていいかわからなくて」

本当は母を動揺させたくなくて黙っていたのだが、正直に告げない方がいいと思って、咄嗟に嘘をついた。母は、不審そうな顔をしながらも訊ねてくる。

「それで、どうだった？　さっきの録音は、参舵亜の声だった？」

「……似てはいた」

迷ったがすなおに答えると、母は勢い込んで立ち上がりかけた。それを制するため、千暁は急いで「でも」と言葉を継ぐ。

「あいつの声だったとしても、酔っていただけで、本気で言ったわけではないと思う。お兄ちゃんにしてしまったことを後悔して、反省していることは間違いないんだ。俺に十年前のことを打ち明けてきたとき、確かにそう感じた」

母の目つきが険しくなった。

「いくら酔っていたからって、心にもないことを言う?」

「あいつは酒に弱いから。お母さんだって、あいつの手紙を読んで反省しているとは思ったんだよね」

「思ったけど、赤井さんの話が本当なら別よ」

「だから、本当にそうだったのかはわからないんだってば」

「やけに参舵亜の肩を持つのね」

「そんなはずないだろう」

相手が母でなければ、声を荒らげていた。陽太郎を殺した男の肩など持てるはずがなかった。

しかし、心葉の現状を伝えずにはいられなかったことも事実だった。

どう説明したら母にわかってもらえるのだろうか。いまの自分の、この心情を。

千暁の思いを一顧だにせず、母は白けた顔になった。

「でも千暁は、さっきから参蛇亜のことを『あいつ』としか言ってないよね。『参蛇亜』と呼んでないよね。友だちの話をしているみたいに聞こえるよ」

「そんなことは――」

ない、と言い切ることができないでいるうちに、再び電車到着のアナウンスが流れてきた。母が立ち上がる。

ペットボトルのキャップは、最後まで開けなかった。

4

赤井が心葉と再会したのは「最近」らしいが、心葉が普段から感情を表に出さないので、そんな気配は感じ取れなかった。いつ、どういう形で赤井と会ったのか、録音されていた会話は本心からのものなのか、心葉に確認するべきだとは思った。

だが、いざ本人に話を切り出そうとすると声を出せなくなる。スマホでＬＩＮＥを送ろうとすると、指が動かなくなる。

心葉に確認したら、自分が雲竜陽太郎の遺族であることを知られてしまうから。赤井の言っていることがすべて正しかった場合、心葉になにをしてしまうかわからないから。たとえ心葉が否定しても本当か確かめる術はないから。理由はいろいろあげられるが、詰まるところ一つに集約された。

心葉に確認することが、こわい。

「大丈夫ですか」

彩に声をかけられたのは、赤井と会ってから十日ほど経った、十月十二日の午前中だった。心葉は配達でオフィスにいない。

「大丈夫って、なにが？」

「千暁さん、ここ何日かずっと具合が悪そうですよ。ますますやせたようにも見えます。ちょっと前に風邪でお休みしてましたけど、まだ治り切っていないいんじゃありませんか」

「心配かけて悪い。忙しくて、ちょっと疲れてるんだよね」

退職するために担当案件を一日も早く終わらせようとしているので、あながち嘘ではない。今日もこれから、町田で打ち合わせが一件入っている。それでも不安そうな顔をする彩に「クライアントのところに行ってきまーす」とできるだけ明るく言ってオフィスを出た。

社用のバンを運転しながら母のことを思う。母からは、赤井と会った日以降なんの連絡もない。千暁の方から連絡しても応答がない。父に相談したところ「俺からも連絡してみる」と言ってくれたが、音沙汰《おとさた》はないらしい。相当思い詰めているのかもしれない。家まで様子を見にいった方がいいだろうか。

午後になって会社に戻ると、廊下をモップがけする清掃スタッフを見て足がとまった。母と違って眼鏡をかけているが、雰囲気が似ている。こんな清掃スタッフがいただろうかと思いながら近づくと、目が合った。

似ているどころではなく、母本人だった。

母がばつの悪そうな表情になったことが、マスクで顔の下半分が覆われていてもわかった。

「なにしてるんだよ？」

「アルバイト。少しは身体を動かさないと運動不足になるからね。千暁は営業で外に出ていることが多いと聞いてたから、まさか会うとは思わなかった」

「事務の仕事は？」

「都合でお休みさせてもらってる」

「都合って、どんな？」

母の声が、開き直ったように大きくなった。

「千暁には関係ないでしょう」

「関係ないなら、俺の会社にいるはずない」

「たまたまだよ」

「信じられないし、それは伊達《だて》眼鏡だよね。変装してるんだよね」

母は千暁と違って視力がよく、両目とも一・五だ。しかも胸元の名札には「石原」とあった。

「偽名まで使ってるなんて普通じゃないよ。どうやったんだ？　身分証明書を偽装したの？　そういうのって犯罪なんじゃないの？」

「清掃会社には、ちゃんと本名で登録してあるよ。ここに来てから、見つからないようにこっそり違う名札に変えてるだけ。安心して」

「そんな話を聞いて安心できるわけがない」

廊下を曲がった先にあるオフィスから、話し声が近づいてくる。母は早口に言った。

「私が母親だってことは、ほかの人たちには内緒にして。特に参舵亜には、絶対に言わないで」

「そんなお願いをしている時点で、なにか企《たくら》んでるってことじゃないか」

「いいから内緒にして。変に心配されたくないから、お父さんにも言わないで。参舵亜が同僚だったことを黙ってたんだから、それくらいはしてくれてもいいでしょ」

それこそ関係ないはずだが、心葉と同僚であることを打ち明けたときの母の顔を思い出すとなにも言えなかった。

「黙っててね」

母は念押しして、モップがけしながら千暁から離れていった。廊下を曲がってきた社員二人には、千暁と母が赤の他人に見えたことだろう。

母が自分の――いや、心葉の職場に現れたことが偶然のはずはない。必ずなにかしてくる。しかしどうしたらいいのかわからないまま迎えた、十月十六日。朝礼で唐突に前に進み出た心葉は、千暁たちの方を振り返って言った。

「ぼくは人を殺したことがあります」

なにが起こっているのか理解できないでいるうちに、心葉は十年前の罪を淡々と語り始めた。

傍らの彩を横目で見ると、両目が見開かれ、唇は戦慄《わなな》いていた。

――俺はこの人に、こんな顔をさせるところだったのか。

きつく目を閉じた。

〈あんな風に十年前のことを話すなんて、どういうつもりだ？　簡単に人に打ち明けられないんじゃなかったのか？〉

仕事をしているふりをしながら心葉にＬＩＮＥを送ったが、〈すまない〉という返信があっただけだった。直接問い詰めようにも、心葉は朝から配達に出てしまっているし、千暁も打ち合わせが立て続けに入っていた。彩がなにか知っているかもしれないと思いタイミングを見て廊下で声をかけようとしたら、「清掃スタッフの石原」を演じる母と話をしているところだった。

母が去ってから、彩に声をかける。

「彩ちゃんは、いまのオバサンと仲がいいの？」

彩がらしくなく顔をしかめたのを見て、自分が母への不快感を隠し切れなかったことに気づいた。慌てて言い訳していると、心葉が配達から戻ってきた。目が合うと、心葉は首を横に振ってから彩の後頭部を見遣る。

「じゃあ、また」

千暁は一方的に告げて、彩に背を向けた。心葉は会社が終わった後にでも、彩に十年前の事件について話すつもりなのだろう。今夜は心葉にも彩にも連絡しない方がよさそうだ。

そうなると、行くべき先は。

午後八時すぎ。千暁は母の住むアパートをアポなしで訪れた。カーテンから明かりが漏れているので、おそらく在宅している。玄関ドアの脇《わき》に備えつけられたインターホンを押してしばらくすると、母の声が流れてきた。

〈え？　どうしたの？〉

「話したいことがある」

〈話したいこと？　なに？〉

「言わなくてもわかるだろう。開けてくれ」

ぷつり、とマイクが切断された。すぐにドアが開かれると思ったが、母はなかなか顔を見せない。出てこないつもりでは、という懸念が強くなる前にドアチェーンをはずす音がして、ドアが開かれた。

「どうぞ」

「お邪魔します」

母が引っ越した直後に一度訪れたきりだから、足を踏み入れるのは四年半ぶりだ。さいたまのあの家が信じられないほど殺風景で、飾り気がなに一つない部屋だった。ワンルームの室内にはテーブルやベッドなど、生活していく上で必要最低限の家具しか置かれていない。前回訪れたときもこうだった。あのときは、引っ越しを終えたばかりだからだと思ったのだが。

キッチンの隅に置かれた小型の冷蔵庫の扉には、千暁と父の電話番号が書かれたメモが磁石でとめられている。母はどちらの番号もスマホに登録しているが、故障した場合に備えて昔からこうしていた。さいたまの家の面影を感じさせるものは、これだけだ。

室内を見回す千暁の視線を見て取ったか、母は言った。

「とてもさいたまにいたころのことを思い出す気にはなれないのよ、ずっとね」

心葉から反省の弁が綴られた手紙が送られてきた後も、被害者遺族会で講演した後も、母は一人でこの部屋で暮らしていたのか。

「そんなことより、話というのは参舵亜のことよね」

母の問いかけに、感傷を振り払って頷いた。

「今朝、あい——参舵亜に十年前のことを言わせたのは、お母さんだよね」

「あいつ」と口にしかけて、「参舵亜」と言い直した。母はそのことに気づく様子もなく、ベッドに腰を下ろしてあっさり認める。

「そうだよ」

「この前言っていた、俺の勤務先で清掃スタッフをしているのが『たまたま』という話も嘘か」

「もちろん。そんなこと、千暁にだってわかっていたでしょう。眼鏡は、参舵亜に正体がばれないようにするための変装」

「参舵亜と顔を合わせたことがないんだから、変装する必要なんてなかっただろう」

「合わせたのよ、赤井さんと会った日の夜に。ビデオ通話でね」

ビデオ通話？

「あの日は家に帰ってからもずっと、赤井さんの話が頭から離れなくてね。参舵亜に直接確かめるしかないと思って、ビデオ通話をかけたの。参舵亜は驚いていたけど、真っ先に自分のしたことを謝ってきた」

ディスプレイ越しとはいえ、母が心葉と顔を合わせていた――その事実を完全には受けとめることができないまま言う。

「謝ったなら、反省してるってことじゃないのか」

「最初から殺すつもりだったことを黙っているなら、話は別でしょう。赤井さんに口止めされたから、まずは陽太郎の件でなにか隠していることはないかさぐりを入れてみた。でも参舵亜は『なにもないです』の一点張り。だから『最初から陽太郎を殺すつもりだったんじゃないの？』とストレートに訊いてみた」

母に気づかれないよう、唾《つば》を飲み込んだ。

「参舵亜はなんて？」

「『なんのことですか？』だって。あんまり表情を変えないから、本当にわかっていないようにも、惚《とぼ》けているようにも見えた。確かめようがないから、ひとまず電話を切った」

わからずじまいか。力が抜けてから、いつの間にか全身が強張《こわば》っていたことに気づいた。

「で？　どうしてお母さんが清掃スタッフにまでなって、うちの会社に？」

「参舵亜の様子を観察するため。間近で仕事ぶりを見ていれば、本当に反省しているのか、赤井さんの話が本当かどうか、わかるかもしれないと思ったの」

「職場でちょっと観察しただけで、そんなことわかるわけない」

「仕事をしているときって、その人の人間性が出るからね」

「そんなの、人によるだろう」

とはいえ千暁も、熱心にメモを取る彩を見て「まじめな子」という印象を受けた。田中道隆から称賛を受ける心葉を目の当たりにして、自分の方がいなくなる決意もした。

「まあ、お母さんの言いたいこともわからなくはないよ。でも、よく都合のいい仕事を見つけられたね」

「どこも人手不足だからね。採用面接なんてあってないようなものだったし、研修も三日で済んだ。もともと担当していた人はオオクニフーズの清掃を面倒くさがっていたから、相談したら喜んで替わってもらえた。千暁の会社の人たちは、清掃スタッフが私に替わったことに全然気づいてなかったね。社会人に見えない若い女の子だけは、声をかけてくれたけど」

彩のことに違いない。だから夕刻、廊下で話をしていたのか。

千暁は詰問口調にならないように注意しながら、最も訊きたかったことを訊ねる。

「それで？　首尾よく入り込めたのに、どうして参舵亜に十年前のことを告白させたの？　まだ観察を始めて何日も経ってないだろう？」

「平然と社会人をしている参舵亜が、許せなくなったから」

「……なにを許せなくなったって？」

ちゃんと聞こえたのに、問い返してしまった。

「陽太郎は参舵亜のせいで、働くどころか、就職活動もできなかったんだよ。なのに参舵亜の方はのうのうと仕事をして、周りから信頼されているみたいだった。さっき言った女の子と、楽しそうにおしゃべりもしていた。どれもこれも、陽太郎が経験していたかもしれないことなのに。なんだって、人殺しの参舵亜が」

最後の一言は、低く冷たい声で吐き捨てられた。

「だから参舵亜を試してやることにしたの。自分がしたことを会社の人たちの前で、洗いざらいしゃべるように言ってやったの。殺人者だと告白しても周りに受け入れられるなら、ちゃんと更生したということ。そんな人間なら、最初から陽太郎を殺すつもりだったのかと私が訊ねたときすなおに認めたはずだから、赤井さんに聞かされた録音は偽物だったことになる。本物だったとしても、酔った勢いで言っただけで殺意がなかったことは私も認めるしかない。周りに受け入れられなかったら、すべて逆」

「……なんだよ、それ」

千暁が愕然としながら言っても、母はとまらない。

「参舵亜が更生したかどうか、陽太郎への殺意があったかどうか、二つがまとめてわかる一石二鳥の方法でしょう。最初、参舵亜は拒否してきたけど、従わないなら私が職場の人たちにばらしてやると言ったら──」

「だから！　なんだよ、それ！」

母が言い終えるまで待てず叫んだ。

「どんなにまじめに働いていて評価されていても、犯罪者だったことを知られたら職場にいられなくなる。そんな話はいくらでも聞いたことがあるだろう。お母さんがしたことにはなんの意味もない」

「もし参舵亜が会社をクビになるなら、それはそれでいい。陽太郎にしたことを思えば、それくらいの報いは受けて当然よ。まじめに働く気があるなら、またどこかでやり直せるでしょう」

「言ってることがめちゃくちゃ――」

「めちゃくちゃでなにが悪いの？　あいつは陽太郎を殺したんだよ！」

今度は母が叫んだ。たじろぐ千暁に、母は立ち上がって捲し立てる。

「私に言わせれば、千暁の方がめちゃくちゃだよ。どうして参舵亜と同じ職場で働いていられるの？　十年前のことを会社の人たちに教えてやろうと、一度も思わなかったの？」

「……いいや」

「だったら、どうしてお母さんを責めるの？　参舵亜の肩を持つの？」

「この前も言ったけど、そんなつもりはない」

「説得力がないよ」

そのとおりだと自分でも思う。先日同様、自分の心情を説明できる言葉を見つけられない。

母は射貫《いぬ》くような眼差しで千暁を見上げてくる。目を合わせていられなくて、視線を逸らした。

室内の様相が視界に入り込む。殺風景な部屋だと改めて思った。

考えてみればさいたまの家も、陽太郎が死んでからはそれほど華やかではなかった。

理由は、新しい写真が増えなかったことと、花が飾られなくなったことだろう。リビングにあった花は、母がおそらくは花瓶ごと壁にたたきつけたトルコキキョウが最後だ。窓際で陶器の破片を拾い上げたときの記憶が、手にしたときのつるりとした感触に至るまで蘇る。

あれを思うと、こんな風に心葉を試すやり方は母らしくない。オフィスに乗り込んで十年前のことを洗いざらい言い立てる方が、まだ理解できる。赤井の余計な情報提供によって、母の中に別の人格が生じたかのようだった。そして母はいま、その人格に支配されているのかもしれなかった。

——俺も別の人格に支配されて心葉を憎むことだけできたら、どんなに楽だろう。

そう思ってしまった自分に反吐《へど》が出そうになって、吐き捨てた。

「最低だな」

「最低って、なに？　私のことを言ってるの？」

「違うよ」

慌てて否定して母に視線を戻す。その顔を見て、いまさら気づいた。

心葉を思いどおりに動かしたはずなのに、母が少しも笑っていないことに。

それどころか、真っ青で、いまにも嗚咽《おえつ》しそうな顔をしていることに。

一体いつから、こんな表情になっていたのだろう？　わからない。少なくとも今夜最初に顔を合わせた時点では違った気がする。千暁と話をしているうちに変わっていったのだろう。

なのに、楽だと決めつけてしまったなんて……。

「千暁？　どうしたの？　なんで泣いてるの？」

「……なんでもない。いろいろ考えちゃっただけ」

右拳で目許を拭う。

「今夜はもう帰るけど、また来るよ。せめてそれまでは、心葉になにもしないでくれ」

言い終えるのと同時に背を向けた。いまは自分も母も真っ当な精神状態ではない。しかし、決意は固まった。

どんな手を使っても必ずお母さんを救ってみせる、と。


母を救うことを決意した千暁だったが、具体的になにをどうすればいいのか、まったく思いつかなかった。帰宅した後はベッドに横たわったり、室内を歩き回ったりしているうちに、気がつけば窓の外が白み始めていた。心葉に十年前のことを打ち明けられた翌朝と同じだ。しかし今日は一人きりになりたくなくて、身体を引きずるようにして出社した。

得意先とのオンラインミーティングをなんとかこなし、昼休みにたどり着く。昼食を食べにいく気力もなくぼんやりしていると、向かいの席から彩が声をかけてきた。

「千暁さんは、昨日、わたしに教えてほしいことがあると言ってましたよね」

なんのことかすぐにはわからなかったが、心葉が十年前のことを告白した理由に心当たりはないか、彩に訊ね損ねていたことを思い出した。しかしなにがあったのかは、既に母から聞いている。適当に話を合わせていると、心葉の配達先リストを確認することになった。深く考えることなくノートパソコンにリストを表示させた千暁だったが、赤井紅太郎の名を見つけて目を瞠《みは》る。

日付は九月二十七日。千暁が心葉に十年前のことを告白された翌日、会社に行けなかった日だ。

奥歯を噛みしめた。

赤井は、この日初めてオオクニフーズのフードバンクを利用して、配達員が田中参舵亜であることに気づき声をかけたのだろう。そして、その日か後日かはわからないが心葉を飲みに連れ出し、千暁と母に聞かせた会話を録音した。

赤井の住所は、相模原市の南にある大和市内にあった。大和市には仕事でよく行くが、赤井が住んでいる辺りには縁がないので土地勘がない。それでも、心葉のアパートから車で三十分近くかかることはわかった。普通に生活する分には意識しないで済む程度に距離がある。

しかし赤井は、毎月末に食料を受け取るコースに申し込んでいた。オオクニフーズのフードバンク事業は個人宅への直接配達の期限は原則として最大三ヵ月だが、経済状況によっては延長も受けつけている。心葉はこの先も定期的に、赤井と顔を合わせるかもしれないということだ。

——過去から逃れることはできない。

心葉が十年前の殺人を打ち明けてきたとき口にした言葉の裏にあったものを理解した。

おそらく心葉は、あの時点で配達先リストに赤井紅太郎の名前を見つけていて、翌日、顔を合わせるかもしれないと覚悟していた。帽子とマスクで顔を隠していても、赤井に田中参舵亜だと見抜かれてしまうおそれは充分ある。ほかの社員に配達を替わってもらったとしても、一度や二度ならともかく、何度も続けるわけにはいかない。遅かれ早かれ、赤井と接触することは避けられない。

だから心葉は、彩と距離を置く方法を相談してきたのだ。

心葉の不安は的中し、参舵亜であることは赤井に気づかれてしまった。それなのに心葉は、以降もこれまでと同じように振る舞い続けていた。

精神力が強すぎるだろう――心葉の席を睨みつけそうになったが、彩が傍にいるので辛うじて堪《こら》えた。

とはいえ、母によって十年前の殺人まで告白させられたのだ。さすがにこのままオオクニフーズで働き続けられるとは思えない。

心葉が退社したら、母は「周りに受け入れられなかった」と決めつけ、赤井の話を全面的に信じるはずだ。そうなったら、母はどうなるのだろう？　「参舵亜に復讐《ふくしゅう》を果たした」と満足するのだろうか。そうなった母を想像しようとしても、思い浮かぶのは昨夜目にした顔だけだった。

「千暁さん？　どうしたんですか？」

彩の言葉で我に返った千暁は、出任せを並べて話を終わらせた。


午後七時。帰宅した千暁は「手順を一つ一つ考えてごらん」という陽太郎の教えを胸に、母のためにできることをするしかないと決意を新たにした。

父からスマホに電話がかかってきたのは、午後十一時すぎである。千暁が「もしもし」と言い終える前に、知らない誰かが父のスマホからかけてきたのではと思うほど狼狽《ろうばい》した声が聞こえた。

〈さっき……警察から、電話で……お母さんが……し……し……しん……〉

その後に続いたのは、獣の咆哮《ほうこう》を思わせる雄叫《おたけ》びだった。

父ははっきり言ったわけではないのに、霊安室のベッドで眠るように横たわる母の姿が、目にしたかのように思い浮かんだ。

警察によると、お母さんは事件に巻き込まれた可能性があるらしい。本人かどうか確認するため、相模原警察署に来てほしいと言われた――父からなんとかそれだけ聞き出した千暁は同行を申し出て、相模原警察署の前で待ち合わせることになった。

相模原警察署までは、タクシーを使ったら割合すぐ着いた。肌寒い夜だったが一人で入る気にはなれず、外で待つ。父が到着したのは、日付が変わってからだった。両目が充血してはいるものの、物腰は落ち着きを取り戻している。

「遅くに悪かったな」

「うちからそんなに遠くなかったから」

場にそぐわない呑気《のんき》な会話だが、ほかになにを話していいのかわからない。

署に入る。事前に指示されていたらしく、父が受付で名前を告げると、すぐに刑事が二人階段を下りてきた。どちらも体格のいい男性で、渡された名刺には尾田《おだ》信一《しんいち》、上杉《うえすぎ》律《りつ》とあった。深夜だというのに、二人とも少しも眠たそうではない。警察は「二十四時間営業」という当たり前の事実に気づかされた。

「こちらへ」

尾田に先導され廊下を進んでいるうちに、陽太郎の遺体を確認しに行ったときの記憶が蘇った。あのときは母が一緒で、霊安室に向かっている最中、残るように言い渡されたのだった。今回は誰にとめられることもなく、遺体と対面することになる。喉の渇《かわ》きを覚えたが、通されたのは革張りのソファが用意された部屋だった。尾田に勧められ、父と並んで腰を下ろす。

「美月に会わせてくれないのですか」

「現在捜査中なので、ご本人かどうか、まずは写真でご確認いただきたいんです」

父の問いに、尾田は事務的な口調で答えた。

捜査中。そうか。十年前は千暁たちが駆けつけた時点で、犯人は捕まっていたのだ。

今回は違う。

尾田が向かいのソファから、写真を表示したスマホを差し出してきた。父と二人でそれを覗き込む。数秒の後《のち》、父の肩が震え出した。急いで口を開こうとした千暁だったが、父は存外しっかりした口調で言う。

「雲竜美月です。私の、元妻です」

尾田と上杉の視線が、千暁にも向けられる。

「間違いありません。母です」

「元妻」とは言うけど「元母」とは言わないな、というどうでもいい考えが頭をよぎった。尾田が頭を下げる。

「ご愁傷さまです。ですが、美月さんは事件に巻き込まれた可能性があります。個別に、いろいろお話をうかがいたい」

「個別ですか？　できれば、父と一緒がいいのですが」

いまは落ち着いている父だが、一人で刑事を相手にしたらどうなってしまうかわからない。しかし尾田は、事務的な口調のまま言った。

「お二人には別々の部屋に移っていただき、個別にお話をうかがいます」

「しかし、父は――」

千暁が言い終える前にドアが開き、尾田と上杉以上に屈強な男性が入ってきた。見たところ、中年といっていい年ごろだ。

「相模原警察署刑事課の大久保と申します」

差し出された名刺を受け取った千暁に、大久保は目でついてくるよう促してきた。自分たち家族も容疑者ということか。それとも殺人事件の捜査では、遺族でもこういう扱いを受けるものなのか。いずれにせよ、十年前のことは参考にならない。

父が淡々と言った。

「俺のことなら心配ない。美月のためにも、警察に協力しよう」

「わかった」と返すしかない。大久保に誘われ部屋を出た。

連れていかれたのは、会議室のような小部屋だった。さすがに遺族を取調室に連れていくような真似はしないらしい。ただ、部屋の奥にはノートパソコンに向かう女性がいた。千暁の供述を記録するのだろう。

机を挟んで向かい合って座るなり、大久保は切り出した。

「こんなことになって、さぞお辛いことと思います。ですが、どうかご協力いただきたい。まだ事件性があると断定されたわけではありませんが、仮にそうだった場合、初動捜査で犯人が見つからなければ捜査本部が立つことになる。我々としては、そうなる前に解決したいのです。それが亡くなった方のためになるはず」

千暁がなにも言っていないのに、大久保は続けざまに訊ねてくる。

「まず、今夜どこでなにをしていたか教えてください」

千暁の語気は、意識することなく強くなった。

「質問の意図がわかりません。まさか、私が犯人だと言いたいんですか？」

「失礼は承知しておりますが、関係者のみなさんにこういう質問をする決まりでして」

「ですが」

「我々としては、ご遺族にこれ以上の負担はかけたくありません。どうかお答えください」

裏を返せば、答えなければ負担をかける、即《すなわ》ち、疑うということか。呼吸が荒くなっていく千暁を、大久保は観察するように凝視している。

腕組みをした千暁は冷静になるよう自分に言い聞かせてから、口を開いた。

「今日は少し残業してから、家に帰りました。時刻は、午後七時です」

「やけに正確に覚えてらっしゃるんですね」

「テレビをつけたら、ちょうど七時のニュースが始まるところでしたから」

「トップニュースはなんでした？」

そんなことまで確認してくるのか。

「着替えたりしていたから、ちょっと思い出せません」

「私もそういうことがよくあります」

大久保の言葉を信じてよいのかわからなかった。

「では、その時間にあなたが帰宅したことを証言してくれる人は？」

「いませんよ。独り暮らしですし、マンションのほかの住人ともすれ違いませんでしたから」

その後なにをしたかについても、大久保は矢継ぎ早に質問を重ねてきた。何度も口ごもりながら答えたものの、「証言してくれる人はいますか」という問いには「いません」と首を横に振るしかなかった。

「ありがとうございます。いろいろお訊ねしましたが、我々はあなたを疑っているわけではありません。どうかご安心を」

にこりともせず言われても説得力はない。おそらく、明日にでも裏づけ捜査が行われるのだろう。裏が取れなければ「再確認」の名目のもと、容赦なく質問が繰り返されるのだろう。

大久保の質問は続く。

「ご両親は離婚しているそうですが、最近、お母さんに会いましたか？」

遅かれ早かれ言わなくてはいけないと思っていたことだ。息を整えてから頷く。

「会いましたよ。会社でね」

「会社？」

怪訝そうな大久保に、十月一日に赤井紅太郎と会ってからの母について話した。成り行きで、心葉から十年前の事件について打ち明けられたことも教えた。

最後に見た母の顔が脳裏をよぎり何度も話が途切れかけたが、どうにか最後まで語り終えた。

話を聞いた大久保は、千暁の顔をまじまじと見つめる。

「不躾《ぶしつけ》な質問ですが、お兄さんをそんな目に遭わせた人と同じ職場で働けるものですか？」

「そんなわけないでしょう！」

反射的に強い口調で否定してしまったが、すぐに言い直した。

「さすがに無理ですよ。いま担当している仕事を終わらせたら、退職するつもりでした」

結論に至るまでの過程は割愛したが、大久保は納得したようだった。次いで席を立ち、ノートパソコンに向かっている女性になにか耳打ちする。女性は駆けるように部屋から出ていった。千暁は思わず立ち上がりかける。

「ひょっとして、いまの話を父にするつもりですか。なにも知らないと思いますよ。あまり負担をかけないでやってください」

「実は千暁さんに、お伝えしなければならないことがありましてね」

席に戻った大久保は、千暁を無視して話を進める。

「ショックを受けるかもしれないから、タイミングをうかがっていたんです。ですが、田中さんが十年前にしたことをご存じなら言っても構わんでしょう。実はお母さんが亡くなっているのを発見したのは、彼なんですよ」

「……どういうことです？」

それだけ絞り出すのが精一杯だった。

「本人から事情を訊いている段階なので、まだ詳しいことはわかりません。ただ、美月さんから電話がかかってきて、家に来るよう言われたと供述しているらしいです。で、行ってみたら美月さんが亡くなっているのを発見したそうですよ。田中さんの供述を信じるなら、ですがね。どうでしょう？　信じていいと思いますか？」

大久保の双眸が鋭さを増す。明らかに、心葉の供述を信用していない。千暁も、心葉が赤の他人であれば「信じられません」と即答していたことだろう。

しかし心葉はこの一年あまりの時間を一緒にすごし、これからもずっと関係が続いていくと思っていた男なのだ――参舵亜だったと知るまでは。

さまざまな感情を内に封じ、千暁は一言だけ口にした。

「わかりません」


大久保との話を終えた千暁は、最初に通された部屋に戻された。しばらくすると、尾田に連れられ父も戻ってきた。相変わらず両目は充血したままだが、足取りはしっかりしている。

それから大久保が、母の今後について説明を始めた。事件性があるため司法解剖が不可欠で、千暁たちのもとに帰れる時期は不明。数週間かかる場合もあるという。陽太郎も殺人事件の被害者だから、おそらく司法解剖はされただろう。それでも、翌日には帰ることができたのに。

たまらず、千暁は言った。

「解剖は勘弁してもらえませんか。ただでさえ母は、痛い思いをしたんですから」

「お母さんの無念を晴らすために必要なことなんです」

「ですが」

「事件性がある場合、ご遺族の承諾がなくても裁判所の許可があれば解剖できるんですよ」

そこまで言われては、従うしかなかった。


深夜二時すぎ。警察の車で、千暁のマンションまで送ってもらった。父は、今夜はここに泊まることになっている。

「なかなかいい部屋じゃないか」

父は室内を見回して言った。妻を失ったばかりとは思えない、のどかな口調だった。そのままの口調で、父は続ける。

「田中参舵亜はお前の同僚で、お母さんは彼に復讐しようとしてたんだってな」

父に伝えるべきだった――後悔に胸をかきむしられる思いで、千暁は頭を下げた。

「黙っていてごめん。口止めされていたんだ。でもお母さんは、復讐しようとしたわけじゃない。参舵亜の昔の仲間から変な話を聞かされたせいで、なにかせずにはいられなくなっていただけなんだよ」

「それを復讐と言うんだろう。美月が俺に相談してくれればよかったのにとは思うが、難しかっただろうな。ちょこちょこ連絡は取っていたけど、深刻な話をする関係ではなかったから」

「離婚してたんだから仕方ないよね」

「離婚する前からだよ」

離婚する直前からという意味かと思ったが、父はこう続けた。

「陽太郎が仙台の大学に合格したとき、俺はあいつに言ったんだ。『千暁をかわいがったように、大学に行っても後輩を導いてやれ』ってな。そのせいで――」

「参舵亜に喫煙を注意して、事件が起きたと言いたいの？　そんなの、お父さんが責任を感じることじゃない」

「お母さんはそう思っていなかった」

「被害妄想がすぎる」

「直接言われたんだ」

「嘘だろう？」

信じられなかったが、父は首をゆっくりと横に振った。

「陽太郎の葬式が始まる直前、お前がトイレに行って、お母さんと二人きりになったときにな。『あなたが余計なことを言ったせいで陽太郎はこんなことになった』と、はっきり言われた。お母さんはすぐに謝ってくれたし、二度とそんなことは言わなかった。でもお互いに忘れられなくて、ずっと気詰まりだった」

陽太郎の葬儀のとき、千暁はほとんどずっと涙を流していた。だから、父と母の間のそんな空気に気づかなかったのも無理はない。

しかし葬儀の後もずっと気づかないままで、両親の力になれていると信じ込んでいた。

自分があまりにも「ガキ」だったことを思い知らされ、足許がふらつく。

「美月から離婚を切り出されたときは、こう言ってはなんだけど、ほっとしたよ。でも、こんなことになるなら」

その先を、父は口にしなかった。

朝になると、父は母の親戚に電話をかけ、事件のことと、葬儀の予定は未定であることを伝えた。次いで会社にも電話をかけ、元妻に不幸があったので何日か休ませてもらえないかと相談を始める。

「四河《よつかわ》商事さんとの協議が大詰めを迎えているのに、申し訳ないのですが」

〈そんなことは――こちらは気にしないで――連絡も無理にしなくていいので――〉

漏れ聞こえてくる声からは、父への気遣いが伝わってきた。

千暁の方はメールで、休みたい旨を宇佐見に伝えた。理由は、体調不良とした。結局なにもできなかったのに、母の死を理由に休むことは後ろめたい。それに警察は、オオクニフーズの社員にも話を聞きにいくだろう。殺された清掃スタッフと千暁の忌引きを誰かが結びつけ、親子だったと気づいたら面倒だ。大久保にも、職場の人たちには雲竜美月が母親だったことを秘密にしてほしいと頼んである。「捜査上、必要でないかぎり善処します」としか言われなかったが。

電話を終えた父は、スマホを手にしたまま千暁に顔を向けた。

「着替えもないし、家に戻ろうと思う。お前はどうする？」

「なかなかない機会だから、お父さんの家に行ってみようかな」

「そうか」

期待されているであろう答えを返すと、父は安堵の息をついた。千暁も、しばらくの間は一人になりたくなかった。

互いに食欲はなく、パンとハム、牛乳を胃に流し込んだだけで家を出た。品川にある父のマンションに着いたのは昼前だ。

その後、気がつけば千暁はソファに座っていて、時計の針は午後九時を回っていた。

この間、自分がなにをしたかわからない。流しに食器が積まれているから食事はしたのだろうし、髪が湿り、ジャージに着替えているから、風呂に入ったことも確かだが、なにも思い出せない。兄が死んだことを知った日も、ホテルの窓から見える街並みが、瞬時に夕焼けから夜景に切り変わっていた。家族を失った人は、皆こうなのだろうか。自分だけの特性なのだろうか。

同じ「家族を失った」でも十年前とは状況がまったく異なるから、比較はできないが。

捜査はどうなっているのだろう。第三者の視点から見て最も疑わしいのは、母によって十年前の罪を告白させられた上に、遺体の第一発見者でもある心葉だろう。しかし警察が、状況だけで犯人と決めつけるほど軽率とは思えない……いや、それなら世の中に冤罪《えんざい》は存在しないか。

こんなことばかり考えているから、気がついたら何時間も経っているのかもしれない。しかも考えている割に、なんの答えも出せていない。自嘲《じちょう》する千暁を現実に引き戻すように、スマホの着信音が鳴った。電話がかかってきた。

ディスプレイに表示された名前は「田中心葉」だった。

父の姿をさがすと、ベランダで紫煙をくゆらせていた。そういえば先ほど、「千暁は煙草を吸わないんだよな。ベランダで吸ってくるよ」と言われた記憶がおぼろげにある。

父に聞かれることなく話ができるのに、指が動かない。しかし、このタイミングで心葉が電話をかけてきた理由が気にかかる。なにより、心葉は第一発見者なのだ。事件に関する有益な情報を得られるかもしれない。出るべきか？　迷っているうちに、着信音が鳴りやんだ。しかし、すぐにまた鳴り始める。肘《ひじ》ごと指を動かすようにして、応答をタップした。

「もしもし」

狙《ねら》ったわけではないのに、一日中寝込んでいたような気怠《けだる》い声が出た。

〈もしもし。急にごめん〉

心葉の方は、いつもどおりの落ち着き払った声だった。遺体の第一発見者で、警察の聴取を受けたはずなのに。

「いや、いいよ。熱っぽくて寝てたけど。しばらく会社を休むことになるかも」

〈休む理由はそれじゃない。お母さん——雲竜美月さんが亡くなったからだろう〉

スマホを握る手に力がこもった。

「誰からその話を……って、警察に決まってるか」

〈そうだよ。この度はご愁傷さまです。それから〉

心葉の声が途切れた。間を置かず、喘鳴《ぜんめい》を思わせる呼吸音が断続的に聞こえてくる。千暁が黙っていると、今し方まで落ち着き払っていたとは思えない、心葉らしからぬ途切れがちで、震えを帯びた声が聞こえてきた。

〈ぼくは……君のお兄さん……を、この手で……そうとも知らず……君の……君に……〉

心葉の声が、母の死を伝える電話をかけてきた父の声と重なる。次の瞬間、全身を流れる血液が熱くなった。そのくせ口から出たのは、寒気がするほど冷え冷えとした声だった。

「お前に泣く資格があると思うか？」

心葉に抱く心情を説明する言葉をずっと見つけられないでいたのに、この一言に込められたものは容易に表現できそうだった。

受話口から音が消える。通話が切れたわけではない。無音でも、心葉が電話の向こうにいる気配を感じる。

どれだけ時間が経過したかわからない。しばらくすると、息を深く吸い込む音がした。次いで、これまでと変わりのない心葉の声が聞こえてくる。

〈そうだね〉

あまりにこれまでと変わりがないので、聞き違いかと思いかけた。しかし心葉は、同じ声で続ける。

〈君の言うとおりだ。ぼくに泣く資格はない〉

この声も言葉も、強いたのは自分だ。それなのに、一刻も早く電話を切りたくなった。

「じゃあ、いろいろ立て込んでるから――」

〈昨日の夜、君はどこでなにをしていた？〉

千暁が電話を切る口実を言い終える前に、心葉は唐突に訊ねてきた。

「なんだってそんなことを？」

〈気になって〉

「なんだよ、それ。アリバイの確認？　まさか、俺のことを疑っているのか？」

質問を装って語気を強めても、心葉は繰り返す。

〈気になるんだ〉

なぜ、そんなに？　答える義務などないはずだったが、ここまで食い下がられて言わないのは不自然だ。やむなく千暁は、取引先に状況を報告するときの口調で、最小限の情報だけを提供することに決めた。

「七時に会社から帰った後は、ずっと一人で家にいた」

〈そうか〉

心葉は受け流すように応じてから続けた。

〈大変なときに妙なことを訊いて悪かった。じゃあね〉

「え？　ああ」

千暁が戸惑っている間に、心葉はあっさり電話を切った。訳がわからない。まさか、本当に千暁を疑っているのか？　動揺しかけたが、そんなはずないとすぐに思い直した。心葉に疑われる覚えはないし、自分が殺した相手の弟が、今度は母親を殺されたのだ。疑うという発想すら抱かないはずだ、よほどのことがないかぎり。

では、なぜ心葉はあんな質問を？　考えようにも、その糸口すら見つからない。

「この一年、つるんできたのにな」

その一言が合図となったかのように、心葉とすごしたこの一年あまりのできごとが、あふれんばかりの勢いで思い浮かんだ。一方で、「お前に泣く資格があると思うか？」と言い放った自分も消えていない。この先も消えることは、おそらくない。

スマホを床にたたきつけそうになったが、ベランダにいる父の背中が視界の片隅に入り込み、辛うじて思いとどまった。

「先に休ませてもらうよ」

父がその一言を残し寝室に入った後も、千暁は少しも眠たくならなかった。

こういうとき、いつもなら晩酌をしながら動物動画を観《み》るが、とても酒を飲む気になれない。せめてもと思いイヤホンをつけ、スマホで動物動画を眺めた。しかし今夜にかぎっては、円《つぶ》らな瞳《ひとみ》をした猫も、舌をだらりと垂らした犬も、軽やかに跳び回る兎《うさぎ》も能天気すぎて笑えなかった。

それでも動画の視聴や検索を続けているうちに、どこをどうたどったのか、「被害者遺族の慟《どう》哭《こく》シリーズ13」というタイトルの動画に行き着いた。再生数はかなり多い。その数に惹《ひ》かれて観てみると、首から下だけが映った男性が話し始めた。

〈僕の妹は、九年前に殺されました。学校でいじめに遭っていて、川に突き落とされたんです。前の日に大雨が降って増水していたのに、妹をいじめていた連中は気にもとめませんでした。未《いま》だに謝罪の言葉一つありません〉

動画は、事件のあらましが解説された後、この男性が妹との思い出の場所を巡りつつ、現在は家庭を築いているいじめの首謀者に九年前のことをどう思っているか訊ねにいくドキュメンタリーだった。

男性の口調は、被害者遺族とは思えないほど穏やかだった。

〈ここは妹が自転車に乗る練習をしていた公園です。乗れるようになるまで何度も転んで、大泣きしてたっけ〉

〈いまはコンビニになってますけど、昔ここは和菓子屋だったんですよ。あの店のみたらし団子が、妹は大好きでした〉

そんな風に語る様だけを切り取れば、ただのホームビデオにしか見えなかった。しかし、いじめの首謀者が住む家に到着し、顔にモザイクがかかった女性が出てきた瞬間だった。

〈あんた、いまは結婚して、子どももいるんだって？　同級生を殺しておいて、よく産めたね〉

それまでとは一転して刺々《とげとげ》しい口調で男性が言うと、女性は逃げるように駆け出した。男性はその後を追いかける。

〈待てよ〉

〈やめてください。警察を呼びますよ〉

〈呼べるもんなら呼んでみろよ。近所にあんたがしたことを全部知られてもいいならな〉

〈私は悪くないもん！〉

〈なんでそんなことを言えるんだよ。俺たちがどんな思いをしてるかわからないのかよ〉

カメラは二人のやり取りを追いかけ続ける。しかし女性の方が男性より足が速く、距離は徐々に開いていった。遂に遠ざかっていく女性の背中に、男性は絶叫する。

〈ふざけんなよ。なんでお前が幸せになってるんだよ！〉

そこで画面が暗転した。次に映し出されたのは、黒を背景にした、男性の首から下のアップだった。

〈なぜ今回、取材に協力してくださったんですか〉

撮影者の質問に、男性は女性に迫る前の口調で答える。

〈殺人事件の裏で苦しみ続けている遺族がいることと、反省もせずのうのうと暮らしている殺人者がいることを、一人でも多くの人に知ってもらいたかったからです。マスコミって、昔の事件には興味を示さないし、きれいごとしか流さないから。ネットがある時代で本当によかったと思います〉

動画は、そこで終わった。時間にすれば十分程度。それだけとは思えないほど濃密で、一秒たりとも目が離せなかった。

ＹｏｕＴｕｂｅは、硬派な動画の再生数は少ない傾向にある。このチャンネルもその例に漏れず、マスコミの報道ミスや、政治家の言動を解説する動画の再生数は少なめだった。特にチャンネル開設当初の動画は注目度が低いこともあってか、再生数が二桁にとどまっているものも少なくない。

しかし「被害者遺族の慟哭シリーズ」と銘打たれた一連の動画の再生数は群を抜いて多かった。シリーズ内の、ほかの動画も再生してみる。駅でトラブルになった相手に殴り殺された男性の娘、妻を轢《ひ》き逃げされた男性、少年グループ同士の喧嘩で息子を失った母親……彼らは一様に殺人者に会いにいき、怒りをぶつけていた。殺人者は謝罪を拒否したり、開き直ったりするばかりで反省の色を一切見せず、遺族の声は激しさを増す一方だった。

確かに遺族、殺人者ともにここまで感情を剝《む》き出しにした動画は、少なくとも大手マスコミでは流せまい。もしも心葉が手紙一つ寄越さない参舵亜のままだったなら、自分たち一家もこの動画のように取材を受けたいと思っていたかもしれない。

その「もしも」の世界であれば、俺はお母さんの望む息子でいられた――無意味は承知でそう想像することをやめられないでいると、今日の午前中にアップされた動画のタイトルが目に入った。

「神奈川県相模原市女性殺害事件の被害者に関して」

アップされた日時とタイトルからして、母に関する動画だろう。これだけ攻めた動画をアップするチャンネルなら、大手マスコミが報じていない警察の捜査情報をつかんでいるかもしれない。

震える指で再生をタップする。

しかし動画は「雲竜」という名字をきっかけに、十年前に紹介した事件の被害者と、今回の事件の被害者が親子であることに気づいたというだけの内容だった。肩を落としたところで、画面中央に映る男性は言った。

〈この一家が強い絆《きずな》で結ばれていたことは確か。ご遺族の心中を思うと、胸が痛みますね〉

——絆か。

父と母は憎しみ合って別れたわけではないから、離婚後も連絡を取り合ってはいた。しかし千暁が知らないところで生じていたわだかまりを、遂に解消することはできなかった。

千暁は陽太郎が死んだ後、母にまた歌ってほしかった。そのために自分なりに力を尽くしてきた。しかし両親が離婚すると知らされたときは、迷うことなく父についていくことを選んだ。

それでも母が心葉に十年前の罪を告白させた後、どんな手を使ってでも救いたいと本気で願った。

このYｏｕTｕｂｅチャンネルの名称は「角南創介のトゥルース・リポート」だった。過去の事件の犯人の所在を突きとめるだけではない、遺族の生々しい声をあそこまで引き出せるのだから、優秀なジャーナリストなのだろう。本当に真実《トゥルース・リポート》の報告をしているのだろう。

「でも、俺たち一家の『真実』はなんだろう」

答えてくれる人は誰もいない。ただ、「真実」と言えそうなことは二つ。

兄とも母とも、二度と会えないこと。

自分が、母の望む息子にはなれなかったこと。

涙が頬を伝い落ちた。母の遺体を目にしてから泣くのは初めてだ。最初の一滴が呼び水となったか、涙は次から次へとこぼれ落ちる。どうやら「真実」は、もう一つあった。

母が死んで、かなしいこと。

ソファに置かれたクッションに飛びつき、顔を埋《うず》めた。

父の寝室からは、なんの物音も聞こえてこない。さいたまの家では寝ているときいつも、大きな鼾《いびき》をかいていたのに。昨日の夜も、いびきは聞こえてこなかった。

そのことに気づいた千暁は、クッションをきつく噛みしめた。


ほとんど一睡もできないまま迎えた十月十九日。千暁は母のことが絶えず頭にあるのに、母の話題を口にできなかった。父の方も「お前とは同業者なんだよな」「オオクニフーズのフードバンク事業は採算が取れているのか」などと仕事の話ばかり振ってくる。しかも会話は続かず、父は千暁に話しかけた後で「いまの話題は問題なかっただろうか」と言わんばかりに視線をさまよわせる。千暁はそれに気づかないふりをする。会話が途切れた後は、特になにかするわけでもなく気がついたら何十分も経っている、それが繰り返されるうちに一日が終わった。

翌二十日になると、会話はさらに減った。父は「おはよう」「いただきます」と口にした後すら、視線をさまよわせるようになった。

父と一緒にいるべきだし、いたいとも思っているのに千暁からも話しかけられないでいると、昼前に大久保からスマホに電話がかかってきた。父に知られたくない話かもしれないので、ベランダに出て応答する。

「もしもし」

〈相模原警察署の大久保です。大変なときにすみません〉

「構いませんよ。どうしたんです？　母のことで、なにかわかったんですか？」

〈それに関しては、まだなにも。ただ、田中心葉さんと連絡が取れなくなりましてね〉

用件は母のこと以外に考えられないと思い込んでいただけに、予想外の話だった。

「なにかあったんですか？」

〈我々にもわかりません。昨日の夜、藤沢さんと電話で話したそうですが、その後の消息が不明なんです。千暁さんに心当たりはありませんか〉

「そう言われましても……あまり自分のことは話さない奴でしたから」

それでも心当たりを伝える。

〈そうですか〉

大久保の返事は、その一言だけだった。既につかんでいる情報だから無関心なのか、情報には素っ気なく接する流儀なのかはわからない。

〈事件の後、田中から連絡はありましたか？〉

「ありました。一昨日《おととい》の夜、電話がかかってきたんです」

〈用件は？〉

「十年前のことの謝罪です。私が雲竜陽太郎の弟だと知って、かなりショックを受けていたようですね」

アリバイについて訊かれたことは言わないでおいた。余計な詮索をされては面倒だ。

〈わかりました。田中からなにか連絡があったら、どこにいるか訊いてみてください。我々にも報告してください〉

電話が切られる。大久保は、途中から「田中」と呼び捨てにしたことに気づいていない様子だった。心葉のことを、最有力容疑者どころか犯人と決めつけている。

ベランダの手すりに背を預けて顔を上げる。人の母親が死んだというのに、空は眩暈《めまい》がしそうなほど青く、雲が少なかった。

心葉は「雲竜美月に十年前の殺人を告白するよう強要された」という動機がある上に、遺体の第一発見者なのだ。警察に怪しまれるのも無理はない。とはいえ、明確な証拠が見つからないかぎり捜査は膠着《こうちゃく》状態に陥り、逮捕されることはなかったはず。なのに失踪《しっそう》しては、元も子もない。

なぜ、逮捕されない可能性に賭《か》けなかったのか？　周囲から向けられる疑惑の目に耐えられなかったのか？　十年前のことがあるから犯人と決めつけられると怯《おび》えたのか？

スマホに心葉の連絡先を表示させる。しばらく見つめていたが、なにもせず部屋に戻った。

「悪いけど、何日か一人にさせてほしい」

父が切り出したのは、その日の夕食の席でのことだった。一人にしたらなにをしでかすかわからないと思ったが、父は「葬式のこともあるから近いうちに連絡する」「お母さんと陽太郎の墓参りには、毎年二人で一緒に行こう」と未来の話を続ける。

そして「お前も少し一人になった方がいいだろう」とは一言も言わない。千暁から父に話しかけていないことに、気づいていないはずがないのに。

「わかったよ」

答えた直後、自分がほっとしていることがわかり、父の顔を見ていられなくなった。

翌日、十月二十一日。千暁は朝食をとらずに父の家を出て、自宅マンションに戻った。冷蔵庫に残っているもので少し遅めの朝ご飯にしようと思ったが、胃袋が裏返るような感覚に襲われ、口を押さえる間もなく嘔吐した。

「いきなり吐くなんて、ちょっと疲れてるのかもな。タオル、タオル……ちょうど捨てようと思ってたやつがどこかにあったはず……」

敢えてあっけらかんと言いながらクローゼットからタオルを引っ張り出し、床を拭いた。

その後も、千暁は数時間おき、時には数十分おきに嘔吐を繰り返した。とても食べ物を口に入れられる状態ではない。父と一緒にいたときは食欲がないながらも食事をして、吐き出すことなどなかったのに。

嘔吐した後で決まって思い出すのは、最後に見た母の顔だった。記憶の中の母は、千暁を責めるように睨みつけている。そんな事実はなかったから妄想だ。それとも、本当はあったのに忘れようとしているだけなのか？

トイレや洗面所に駆け込んで嘔吐する、母の顔を思い出す、食欲はないが喉の渇きは覚えて水を飲む、しばらくすると胃が裏返るような感覚に襲われる、トイレや洗面所に駆け込んで嘔吐する……その繰り返しから抜け出せず、家から一歩も出られないでいるうちに、二十二日の夜になった。

「お父さんと離れることにほっとしておきながら、一人きりになったらこれかよ」

ベッドに横たわって自嘲する。その拍子にまた吐き気が込み上げてきたが、唾を何度も飲み込んでやりすごした。明日も同じ一日が続くのかと思うとどうにかなってしまいそうだった。それならば、いっそ明日は会社に行こう。

元気だと思わせるため、朝礼ではできるだけ能天気に挨拶しようと思った。

十月二十三日。まだ昼休みにもなっていないのに、千暁は「会社になんて来るんじゃなかった」と心の中で何度も繰り返しながらトイレに駆け込んだ。

今朝は始業時間の九時をすぎると、オフィスに置かれた八台の電話が競うように鳴り始めた。用件は、ほとんどが心葉を殺人犯と決めつける者たちによるクレームだった。母の遺体が発見され、インターネット上で「犯人は田中心葉」という情報が出回ってから、ずっとこんな調子らしい。

宇佐見の指示で、非通知の着信は番号を通知してかけ直すようメッセージを流し、それ以外はワンコールで留守電につなげてよいことになったものの、今度は佐藤紀美子と田中道隆が心葉に対する不平不満を言い立てた。耳にしているうちに胃が裏返るようなあの感覚が生じてうなり声を漏らし、彩に心配されてしまった。咄嗟に心葉を言い訳に使い、結果的に佐藤紀美子たちを黙らせることはできた。しかし以降も彩は、心配そうな目で千暁をちらちら見ている。彩が普段よりファンデーションを濃いめに塗っているのは、顔色の悪さをごまかすために違いないのに。

トイレの壁に背を預けているうちに彩の顔を思い出した千暁は、スマホを取り出しＬＩＮＥを送った。

〈どうだった、俺の迫真の演技？　あそこまでされたら、心葉のことを誰もなにも言えなくなるよね！〉

このメッセージに続いて雄叫びを上げるアニメキャラのスタンプを送ると、敬礼している猫のスタンプが返ってきた。スマホを額に当てて息をつく。

「ばかだな、本当に」

クレームの電話が鳴らなくなっても、社員たちが心葉の話をしなくなっても、最後に見た母の顔は一時《いっとき》たりとも千暁の頭から離れない。なんの前触れもなく嘔吐しそうにもなる。これなら叫んだり、ベッドに倒れ込んだりできる分、家に一人でいた方がよかった。出社したことへの後悔の念が増していった夕刻、得意先と電話している最中のことだった。

「すみませーん」

オフィスの入口から聞こえてきた声に、ひやりとしながら目だけを向ける。不貞腐《ふてくさ》れたような物言いから察したとおり、赤井紅太郎だった。なにをしに来た？

ほかに誰もいないので、彩が赤井に応対する。

「あ、ごめん。ちっちゃくて気づかなかったわ」

その一言を皮切りに、赤井は彩を小ばかにする発言を繰り返した。すぐにでも助けに行こうとした千暁だったが、得意先の話はだらだら続いている。適当に相槌を打ちながら赤井の方に聞き耳を立てる。どうやら、心葉が失踪したという情報の真偽を確かめに来たらしい。

「では、詳細は後日うかがったときに教えてください」

話が途切れたタイミングで一言ねじ込み、電話を切った。しかし、立ち上がろうとしたところで気づく。

自分が陽太郎の弟であるとわかったら、赤井は間違いなくそのことを彩に話す。彩が受けるショックは計り知れない。そうなったとき、自分が赤井になにをしてしまうかわからない。

彩にそんなところは、絶対に見せたくない。

動けないでいると、彩の視線を感じた。明らかに、千暁に助けを求めている。頑《かたく》なに振り返らずにいると、「うん？」という赤井の声が聞こえた。まずい、横浜で会った相手ではないかと疑っている。千暁の服装があのときと雰囲気が違うので確信を持てないでいるようだが、ばれるのは時間の問題だ。

赤井にはいまの名字を教えていないことを思い出した千暁は、胸ポケットからスマホを取り出し耳に当てた。

「もしもし、佐藤です」

その後も名字を繰り返し口にして、自分が「佐藤」であることを強調する。しかし赤井は釈然としない様子で、彩に訊ねた。

「あそこの兄ちゃん、『佐藤』っていうの？　殺されたおばちゃんと、どういう――」

ひやりとしたが、配達担当の社員が二人戻ってくると、赤井は捨て台詞に似た一言を残し出ていった。千暁としては助かったが、屈強な男性が現れた途端に退散するとは。

自分より強い者には、媚びへつらうタイプなのだろう。


終業時間になると、彩は即座に帰っていった。千暁も適当に切り上げて帰るつもりで報告書をまとめていると、彩からＬＩＮＥが届いた。

〈お話ししたいことがあるので、今晩お時間をいただけないでしょうか？〉

彩から誘われるのは初めてだ。了承の返事をすると、待ち合わせ場所を指定した返信が来た。千暁が心葉と行ったことがある、個室つきの居酒屋「祭り三昧《ざんまい》」だった。彩の趣味に合う店ではない。心葉に連れていかれたことがあるに違いないと思っていると、今度は赤井からメールが届いた。一応アドレスを教えていたが、いまのいままで忘れていた。

〈この前、あんたを近くで見た気がするんだけど？〉

不躾な上に、疑問符で終わっておきながらなにを求めているのかわからない文面だった。「この前」がいつかも曖昧だ。先ほど会社で見かけたことを「この前」と表現しているのだろうか。

いや、さすがにそれは不自然か。

少し考えて、無視しようと思いかけた。しかし、機嫌を損ねられては面倒だ。

〈よくわかりませんが、気のせいではないでしょうか〉

シンプルな返信をして「祭り三昧」に行った。個室に入ると、彩は既に腰を下ろしていた。

「ごめん、遅くなって」

「そんなに待ってませんよ」

彩は笑みこそ浮かべたものの、忙《せわ》しなく瞬《まばた》きを繰り返したり、黙りこくったりと明らかに普通の様子ではなかった。適当に水を向けつつ用件を訊ねると、彩は烏龍茶に勢いよく口をつけた。

乾杯くらい、させてほしかったのに。

苦笑する千暁に気づくことなく、彩は切り出した。

「さっき赤井さんが会社に来たとき、千暁さんは電話がかかってきたふりをしましたよね」

思わぬ一言を入口に、彩は千暁と赤井に面識があったことだけでなく、千暁が雲竜美月の息子であることまで指摘してみせた。証拠はなに一つなく、憶測でしかない。そんなことは彩にだってわかっているだろう。そもそも彩自身、自分の指摘に確信を持てていないことは明らかだった。それなのにこんな指摘をしてきたのは、心葉の居場所に関する情報が少しでもほしくて、必死になっているからとしか思えない。

呼吸が乱れそうになった千暁は、ごまかすため機嫌よく見えるように笑って拍手をして、自分が雲竜美月の息子であることを認めた。

「興味本位で俺と雲竜美月の関係を暴きたかったわけじゃないよね。理由があるはずだ。それはなに？」

訊ねると、案の定、彩の答えは「心葉さんに会いたいからです」だった。彩は心葉が無実であると、心の底から信じている。

しかし——。

彼のこと

1

「心葉は、俺《おれ》の母――雲竜美月を殺したから逃げてるんだよ。全部、俺のせいだ」

千暁は空になった青リンゴサワーのジョッキだけを見つめて、十年前のできごとや、赤井と会ってからの美月の様子、美月が心葉に十年前の罪を告白させた目的を落ち着き払った口調で語った。千暁の話が進んでいくにつれ、彩の頬《ほお》は熱くなっていく。自分のすぐ傍《そば》で、そんなことが起こっていたとは思いもしなかった。

最近、心葉に避けられているように感じたのは、気のせいでもなければ被害妄想でもない。赤井のことで悩んでいて、彩と話をする気になれないでいたのだ――表面上は、まったくそんな風には見えなかったのに。

――心葉さんは、赤井さんの話を否定していました。最初から陽太郎さんを殺すつもりだったなんてありえません。

彩がそう主張したところで、きっと千暁には通じない。

しかし、これに関しては言わなくてはならない。

「どうして心葉さんが、千暁さんのせいで逃げていることになるんですか」

千暁は、ジョッキに視線を向けたまま答える。

「客観的に見れば、怪しいのは心葉だろう。十年前のことを打ち明けるよう強制されたという動機がある上に、事件の夜、母に呼び出されたんだ。しかも、遺体の第一発見者。怪しい条件がそろっていることは、彩ちゃんも認めるしかないはずだ」

理屈の上ではそうだが、千暁がこんなことを言うなんて。千暁さんは冷たすぎる、と思ってしまったが、直後に自分が心底嫌になって烏龍茶《ウーロンちゃ》を喉《のど》に流し込んだ。千暁は十年前、心葉によって兄を奪われているのに。

「もちろん、あくまで『怪しい』だけであって、あいつが犯人だと確信していたわけじゃなかった。それだけに、いなくなったと聞いたときは自分の考えに自信がなくなったよ。逃げたら、自分が犯人だと宣言しているようなものだからね。実は犯人は別にいて、なにか事情があって失踪《しっそう》した可能性もあるかもしれないと思った」

「それは、わたしと同じ考え――」

彩を制するように、千暁は手を振った。

「彩ちゃんは四日前の夜、心葉と電話で話したんだったよね。そのとき、あまり会話は弾まなかったんだよね。次の日、心葉はいなくなった。彩ちゃんと話しているうちに後ろめたくなるようなことがあったとは考えられないか」

彩が「過去は過去、いまはいま」と言った後すぐ、心葉が電話を切ったことを思い出す。電話を切った理由が、心葉にとって過去といまは別になっていない、つまり、過去のせいで美月を殺《あや》めたからだとしたら。

なにも言えないでいると、千暁の視線がジョッキから彩へと移った。

「心当たりがあるみたいだね」

「心当たりというか、その……」

「いいよ。具体的になにがあったのかは訊《き》かない。故意ではないと信じたいけど、心葉は十年前に殺した相手の母親を手にかけてしまった。しかも警察から、同僚である俺の母親でもあると知らされた。相当なショックだったと思うよ。それでも白を切り通そうとしたけど、彩ちゃんと電話しているうちに後ろめたさに耐えられなくなって逃げ出した。こう考えれば、なにもかも辻褄《つじつま》が合う——もちろん、彩ちゃんが悪いと言ってるんじゃないからね」

最後に慌ててフォローの言葉がつけ加えられた。千暁の気遣いは充分伝わってきたが、彩は曖昧に頷《うなず》くことしかできなかった。千暁も黙りこくる。しばらくの間、店内のＢＧＭとほかの客の声だけが聞こえていたが、千暁は前触れなく呟《つぶや》いた。

「お母さんを救いたかった」

その一言に違和感を覚えたわけは、すぐにわかった。これまでと違って、千暁が美月のことを「母」ではなく、「お母さん」と言ったからだ。

彩は両親を、病気で立て続けに失った。だから親を失った人の気持ちはわかるつもりでいる。しかしいまの千暁の気持ちは、決してわからない。

彩が見つめることしかできないでいると、千暁はぎこちなくではあるが笑ってみせた。

「ごめん、彩ちゃんにはどうしようもないことを言ってしまって。俺が母のためにもっとなにかしていれば、こんなことにはならなかったのに。だから事件が起こったのも、心葉が逃げているのも『俺のせい』なんだ」

千暁の言いたいことはわかったが、彩は首を横に振った。

「千暁さんのせいではないと思います。それに、わたしは……心葉さんが犯人だとは、やっぱり思えなくて……」

「だったらどうして、心葉はいなくなったの？」

「わからないですけど、事情があるのかもしれないから……とにかく、心葉さんと話したくて……もしもどこにいるか心当たりがあるなら、教えてほしくて……」

「俺が教えたところで――」

なにか言いかけた千暁だったが、一度口を閉ざしてから言い直した。

「彩ちゃんが必死なのに、なにも言わないのは悪いよな。心葉が立ち寄りそうな場所を一つだけ知っている。もう警察にも伝えてあるから、無駄足になるかもしれない。それでも構わない？」

「もちろんです」

我ながら口ごもっていたことが嘘《うそ》のように、はっきりと言った。

「どこですか？」

「墨田区にある、恩田《おんだ》印刷工場」

千暁の双眸《そうぼう》が、わずかに細くなる。

「心葉は自分のことをあまり話さないタイプだけど、酔ったとき、一度だけこの工場について熱弁を振るったことがあるんだ。社長に随分とお世話になって、ここで働きながら高卒認定試験に合格して、オオクニフーズに入社したらしい。高校には通ってなかったのかと訊いたら、露骨に話を逸《そ》らされた。いま思えば十年前のことがあるから、逸らして当然だよな。あいつは少年院を出た後、たぶんこの工場にいたんだ」

「心葉さんがいた工場……」

呟いた後、「ありがとうございます」か「ごめんなさい」、どちらを口にするべきか迷った。いまの話は、千暁と美月が親子であることとはなんの関係もない。彩があまりに必死だから教えてくれただけで、二人が親子だと指摘する必要は一切なかったことになる。

でもいまは心葉を見つけること以外は考えられなくて、ただ千暁に頭を下げた。

2

千暁と居酒屋で話をした次の日、十月二十四日の午前十時。彩は恩田印刷工場に行くため身支度を整えていた。会社には、今日は休むと電話で伝えてある。

アポを取るため工場にも何度か電話をかけたが、呼び出し音が鳴るだけで留守電にすらつながらなかった。直接足を運ぶしかない。少しでも印象をよくするため、スカートスーツを引っ張り出し、スマホで美容サイトを参考にしながら品がよさそうに見えるメイクをしているとＬＩＮＥが届いた。心葉かもしれないと飛びついたが、送信者の名前は「かんな」だった。大学で一緒だった宮下環奈だ。彼女がいつも纏《まと》っていたかわいい服やアクセサリーを思い出しながら、メッセージを表示させる。

〈久しぶり。彩の会社の人がトラブルを起こしてるっぽいけど大丈夫？　随分ひどい男だよね。親がこんな毒親だったら仕方ないかもだけど〉

メッセージの最後には、ＹｏｕＴｕｂｅへのリンクが貼られていた。タイトルは「【毒親】いま話題の田中参舵亜の母親に会ってきた【閲覧注意】」。

咄嗟《とっさ》にスマホをロック画面にした。おしゃれ以外には無関心だった環奈すら心葉のことを知って、こんな動画を送ってくるなんて。それ以上は考えたくなくてメイクに戻ろうとしたが、動画をアップした人物は、心葉ですら知らなかった母親の居場所を突きとめたのだ。なにか有益な情報を聞き出しているかもしれない。鼓動の加速を感じながらスマホを操作して、動画を再生させた。

〈はいはい、どーも。あなたの好奇心をがっちり満足させる『タカピーの突撃チャンネル』でございまーす！〉

動画が始まった途端、フレームがハート型の、パーティーグッズ風の眼鏡《めがね》をかけた若い男性

──おそらくはタカピーが、甲高い声で早口に捲《まく》し立てた。

〈今日はですね、なんとなんと！　いまネットでヤバい野郎として大人気の！　あの！　参舵亜のお母ちゃんの居場所について！　視聴者さんからタレコミをいただいたので！　会いにいってみようと思いまーす！　ひゅーどんどんどんどんどんどん！〉

タカピーは屋外にもかかわらず、大袈裟《おおげさ》な身振り手振りを交えてはしゃいでいた。背後には街並みがぼかしをかけずに映っていて、見る人が見れば場所が一目でわかるだろう。「参舵亜のお母ちゃん」に対する配慮は一切ない。美月の事件について取り上げたチャンネル──「角南創介のトゥルース・リポート」という名前だったか──とは、まるで雰囲気が異なっていた。

画面が切り替わり、古いアパートが映る。

〈お、ちょうど出てきましたよ〉

カメラが右に動く。二階の真ん中の部屋から外廊下に出てきた女性が、ドアを閉めているところだった。髪を銅色に染めた、メイクの濃い女性だった。えらの張った顔つきが、どことなく心葉の顔を思わせる。

階段を降りてきた女性に、タカピーは無遠慮にマイクを突きつけた。

〈田中参舵亜のお母ちゃんですよね？　田中琴音さんですよね？〉

女性はわずかにたじろいだものの、すぐに早足で歩き出した。

〈参舵亜クン、また人を殺したっぽいじゃないですか。人を二人も殺す生き物を産んじゃって、ぶっちゃけどんな気分です？〉

〈うっせーな、クソが。警察を呼ぶぞ〉

いきなりこんな風に話しかけられて、心葉の母が苛立《いらだ》つのは当然だ。それを差し引いても、耳を塞《ふさ》ぎたくなるような毒々しい口調だった。

〈呼びたいなら勝手にどうぞ。でもオバサン、十年前に参舵亜がやらかした事件で遺族に慰謝料を払ってないっすよね。警察が来てその辺りの話になったら、困るのはそっちじゃない？〉

〈私は参舵亜とは関係ねーんだよ〉

〈え？　世間に迷惑かけるヤバい生き物を産んどいてそんなこと言うの？〉

画面の下の方に「草生えるｗｗｗ」という大きなテロップが表示された。

〈あー、うるさいうるさいうるさいうるさいうるさい！　あんなクソ、産まなきゃよかった！〉

あとはタカピーがなにを言っても、心葉の母は〈産まなきゃよかった！〉と連呼して歩き続けるだけで、動画は終わった。

観《み》なければよかったと思う。

タカピーは再生数目当てで過激な動画をアップする、いわゆる炎上系ＹｏｕＴｕｂｅｒなのだろう。時間を無駄にしてしまった。すぐにメイクに戻ろうとした彩だったが、手に力が入らない。

――あんなクソ、産まなきゃよかった！

心葉の母が吐き捨てた一言が頭の中で繰り返し鳴り響いている。たぶん、環奈も同じだろう。だからタカピーの態度が不愉快であるにもかかわらず、心葉の母を毒親呼ばわりしたのだろう。あんな母親では、心葉が連絡を取れないでいるのも無理はない。

家を出たのは十時半すぎだった。社会人になってから会社を休むのは初めてだ。小柄なせいかよく誤解されるが、身体《からだ》は丈夫なので学校を休んだこともほとんどない。だから平日の昼間、時間に縛られず街を歩いたり、電車に乗ったりするのは妙な感じがした。

相模大野駅から小田急線、東京メトロ、東武スカイツリーラインと乗り継ぎ、目的地のとうきょうスカイツリー駅で降りた。恩田印刷工場は、この駅から徒歩五分ほどのところにあるようだ。地図アプリを見ながら、東京スカイツリーを背にして歩く。

スカイツリーのお膝元《ひざもと》というから大都会を想像していたが、古いビルや昔ながらの商店が目につく街並みだった。そのせいで、新しいマンションが景観から浮き上がって見える。

千暁からは「心葉に会いにいくと思って、警察が彩ちゃんをマークしているかもしれないよ」と忠告されたが、時折振り返っても尾行はされていないようだった。もっとも警察がその気になれば、素人に気づかれず後をつける方法などいくらでもありそうだが。

恩田印刷工場は、築何年経《た》っているかわからない、箱を積み重ねたような形をした二階建ての建物だった。軒下では黄緑色の作業衣を着た青年が束にした段ボールをトラックの荷台に載せている。青年は見た目こそ目つきが鋭く、粗野な雰囲気だったが、段ボールを扱う手つきはやわらかだった。

邪魔にならないよう少し離れたところを通って工場に入ろうとした彩に、青年は声をかけてきた。

る。

「なんだよ、あんた」

敵意が剝《む》き出しにされた言い方だった。足がとまってしまった彩に、青年は大股《おおまた》に近づいてく
「なんの用だよ」

「突然すみません。藤沢彩と申します。田中心葉さんの会社の同僚で――」

「帰ってよ。どうせマスコミか野次馬でしょ」

訊かれたから答えようとしたのに、一方的に決めつけられた。

「どっちでもないです。いま申し上げたとおり、わたしは心葉さんの同僚で――あ」

「田中さん」と呼び続けるつもりだったのに、つい「心葉さん」と言ってしまった。

「なに、『心葉さん』って？　兄貴と親しい人アピール？　やめて、そういうの」

工場の中から「どうした？」「長野《ちょうの》がなにか騒いでる」などと言いながら、男性が三人現れた。

全員まだ若く、長野と呼ばれた青年と同じ作業衣を着ている。

「兄貴のことで来た新手ですよ、先輩」

長野の言葉に、男性三人は面倒くさそうに顔をしかめた。

「またかよ」

「マジで暇人だな」

「仕事にならないだろうが」

三人は口々に言いながら見下ろしてくる。彩は踵《きびす》を返しそうになりながらも、足を踏みしめた。

「信じてもらえてないみたいですけど、違うんです。私は本当に、心葉さんの同僚で……どこに行ったのか知りたくて……うちの会社に就職する前は、こちらで働いていたんですよね。だから、その……わたしの知らないことを、なにか……どこに行ったのか……」

自分でもなにを言いたいのかわからなくなっていると、長野は腰を屈《かが》めて彩に顔を近づけてきた。ひっ、という情けない悲鳴が喉から漏れ出る。それでもなんとか足を踏みしめていると、長野は彩の目の前で舌打ちした。

「なんなんだよ、お前。いい加減にしやがれ」

「いい加減にするのはお前らの方だ」

大きくはないが、威圧感のある声が聞こえてきた。振り向くと工場の入口に、初老に近い年ごろの男性が立っている。眉間《みけん》には、深いしわが寄っていた。

「お前ら、それがお客さんに対する態度か。いますぐ謝れ。それから仕事に戻れ」

男性に言われた長野たちは一転してしょんぼりした顔になり、「すみませんでした」と彩にこぞって頭を下げてきた。

「いいえ、別に……謝っていただかなくても……」

「入りなさい」

初老男性は彩の声など聞こえていないかのように、工場に入っていった。彩は慌てて後に続く。通されたのは、大人が四人も入れば一杯になりそうな部屋だった。中央に白い長机が置かれている。ミーティングルームだろうか。

男性と名刺を交換する。名前は、恩田惣一郎《そういちろう》。肩書きは社長だった。

この男性が、心葉が世話になったという人。

恩田は彩を座らせると一旦《いったん》部屋を出て、ミネラルウォーターのペットボトルを二つ手にして戻ってきた。一つを彩の前に置いてから、斜め向かいの席に座る。

「さっきはすまなかったね。事件があってからというもの、あいつがここで働いていたことを嗅《か》ぎつけたマスコミやら野次馬やらが何人も来ているんだ。あいつの仕事ぶりを知りたいというならいくらでも話してやるが、『人殺しっぽいことを言ってましたか』『人殺しらしいトラブルはありましたか』なんて質問ばかりしてくるから鬱陶《うっとう》しくなってね。ここ数日は相手にしないで、電話にも出ないようにしている」

だから何度電話をかけてもつながらなかったのか。

「さっき、うちの連中と話しているのを聞かせてもらったよ。藤沢さんはあいつの同僚で、行方《ゆくえ》をさがしているわけだね。だが、今日は平日だ。会社を休んでここに来たことになるな。本当にただの同僚なのか?」

「仲がいいとは思いますけど、特別な関係ではありません」

「そんな人が、あいつを見つけてどうしたいんだ?」

「心葉さんが雲竜美月さんの事件の犯人だとは、どうしても思えません。いなくなったのには、なにか事情があるはずなんです。ですから心葉さんを見つけて、力になりたいと思っています」

「なるほどな。だが、私はあいつの行方についてはなにも知らないよ。ここをやめた後はメールのやり取りくらいしかしてないから、どこにいるのか心当たりもない。この前ここに来た警察にも、同じように答えた」

「そうですか」

肩を落としかけたが、すぐに気を取り直す。

「心葉さんが好きな場所でも見たがっていた景色でも、なんでも構いません。とにかく教えてもらえませんか。居場所に関するヒントになるかもしれない」

「それも既に警察に話した」

「警察にはヒントにならなくても、わたしにはなるかもしれません」

恩田の眉間のしわが深くなる。

「特別な関係でないという割に自信満々だな」

「……すみません」

思わず謝ったが、恩田はそのままの表情で首を横に振った。

「なぜ謝る？　私は喜んでいるんだ。あいつに、こんなことを言ってくれる女性が現れるとは思わなかったからね」

とてもそうは見えず、どんな顔をしていいのかわからない。

「あいつは十年前のことを、会社の朝礼でいきなり話したらしいね。藤沢さんもその場にいたんだよね。それでも、あいつを信じられるのかな？」

「はい」

迷うことなく頷いた。

「心葉さんのしたことは、決して許されることでないとは思います。でも、もう罪は償ったのだし、いまの心葉さんは犯罪者ではありません。それに……」

──あんなクソ、産まなきゃよかった！

心葉の母が口にした一言が鼓膜に蘇《よみがえ》る。

「こう言ってはなんですけど……お母さんがあまりいい親ではなかったみたいですよね。週刊誌にも、家庭環境がひどかったと書かれてましたし。だから……子ども時代の心葉さんだけが悪かったわけではないはずです」

恩田は、ゆっくりと腕組みをした。

「それが藤沢さんの考えか。ただ、あいつがどう悪くないのか、具体的にわかっているのかな」

「どういうことですか？」

恩田は答えず立ち上がると、奥にある金庫からなにかを取り出した。

「私が『見せていい』と判断した相手には好きにしていいと、あいつから許可をもらっている」

彩に差し出されたのは、作文用紙だった。

「十年前の事件に関する、あいつの手記だよ。会社をやめる前に、私に渡してきた。自分が犯した罪の記録を誰《だれ》かに保管してもらうことで、永遠に忘れないようにするためだそうだ」

罪の記録。つまりは、雲竜陽太郎を殺したときのことが書かれているということ。

「読むかどうかは、藤沢さんに任せる」

恩田は作文用紙を差し出したまま、彩をじっと見つめる。彩は目を逸らすことすらできなかったが、なんとか手を伸ばして作文用紙を受け取った。たったこれだけの動きで、掌《てのひら》が汗ばんでいる。鼻から何度も息を吸い込んでから、勢いをつけて作文用紙に視線を落とした。

そこにはお世辞にも上手とは言えないが丁寧な文字で、陽太郎の胸ぐらをつかんだこと、手を振り払われそうになった拍子に頭に血がのぼって殴ったこと、仰向《あおむ》けに倒れた陽太郎が頭を打って動かなくなったことが綴《つづ》られていた。

どのタイミングでも参舵亜だった心葉は「死ね」と言っていた。

最後まで読んだ彩は、もう一度冒頭から読み返した。読み違いや読み落としはない、信じられないことに。

「心葉さんはこうやって千暁さんのお兄さんを……何度も『死ね』と言いながら……」

これでは「殺すつもりはなかった」という主張に説得力はない。赤井の話が正しいとしか思えない。

「確かにそうだが、どの『死ね』も意味が違っていたそうだよ」

「違うもなにも……『死ね』の意味は一つしかないじゃありませんか」

彩が戸惑いながら言うと、恩田は作文用紙が手許《てもと》にあるかのように流暢《りゅうちょう》に語り出した。

「胸ぐらをつかみながら言ったのは『偉そうにするな』。殴りながら言ったのは『むかつく』。陽太郎さんが倒れてから言ったのは『冗談はやめろ』。それらを全部、当時のあいつは『死ね』の一言でしか表現できなかったんだ」

「どういうことです？」

「怒りや不満を表現する言葉を、ほかに知らなかったんだよ。当時のあいつにとっては、少しだけ腹が立つことも、いらいらすることも、本気で頭に来たことも、全部『死ね』だった」

意味がわからない彩に、恩田は続ける。

「世間一般の基準で『普通』とされる家庭で育った子どもは、親と話していれば自分の感情を表現する言葉を自然に身につけることができる。だが、あいつの家庭は違ったんだ」

「そういう言葉を教えてもらえなかったということでしょうか」

「教えてもらう以前に、そもそも親との会話がほとんどなかったそうだ。父親はどこの誰かわからず、あいつの家には母親しかいなかった。その母親も、昼間はずっと寝ていて、夜は仕事に出たり、男とデートしたりと留守がちだった。あいつは小さいころから、一人で放《ほう》っておかれていたんだよ。これで勝手に遊んでなさい、とスマホだけ与えられてたな」

相模湖湖畔《こはん》の家に引っ越して荷ほどきをしている間、父は会社の人に彩の面倒を見てくれるよう頼んでいた。あれが心葉の親だったら、どうなっていたのだろう。

「家にテレビがなかったから、あいつはスマホでＳＮＳやＹｏｕＴｕｂｅを眺めてすごしていたそうだ。そういうところには他人の注目を集めるために、単純に言い切った言葉があふれているだろう。それはそれで大事だし、結構なことだ。だがそういう言葉しか知らないと、自分と違う相手のことを『ばか』だの『無能』だの『クズ』だのと単純化することでしか理解できなくなる。もしかしたら誤解しているだけで、相手の言い分の全部とは言わないまでも、自分と相容《あいい》れるところがあるのかもしれないのにな」

「……そうですね」

心葉を殺人犯と決めつけるSNSの投稿の数々を思い出しながら、彩は頷いた。

「単純化してしまうのは他人だけではない、自分自身に対してもだ。結果としてあいつが自分の不満を表す言葉は、すべて『死ね』になった。それ以外の言葉を知らなくて、なにかあるとすぐに『死ね』と連呼するようになった。そんな状態で逮捕されたんだよ、あいつは」

あの母親のもとで育てられたなら、心葉がそんな風になってしまったのも無理はない。そう思いかけた彩だったが、すぐに疑問が浮かんだ。

「でも心葉さんは、わたしが仕事でアイデアに詰まっていると、話を聞いて、なにに悩んでいるのかうまくまとめてくれました。そんな子ども時代をすごした人が、どうしてそういうことができるようになったのでしょうか」

「少し待ってなさい」

恩田は再び部屋から出ると、今度はノートパソコンとタブレットPCを持って戻ってきた。

「うちでは、あいつみたいな子どもを何人か預かっていてね。その子たちのことを日記につけているんだ。あいつに関するものは——これか」

恩田は慣れた手つきでノートパソコンを操作してから、タブレットPCを差し出してきた。

「あいつのことを書いた日記だけ、これで読めるようにした。パソコンより読みやすいだろう」

*

二〇××年

十月十四日

仙台の三原《みはら》から、田中参舵亜という少年を預かってくれないかと打診あり。喫煙を注意してきた青年を殴打して殺害、昨年まで少年院に入っていたという。安請け合いはできないので、後日、詳細を聞くことにする。

十月二十二日

三原から参舵亜の話をいろいろ聞く。そんな家庭環境では事件を起こすのもやむなし。現在は児童養護施設で暮らしているが、なにをするでもなく終日ぼんやりしているらしい。預かるのは吝《やぶさ》かではないが、本人と直接会ってからでないと判断できないので回答は保留。

十一月三日

仙台のホテルにて記す。田中参舵亜と会って話をした……と言ってよいのか微妙。参舵亜はこちらの質問に答えはするが、目の焦点が合っていなかった。うちの工場で働くか訊《たず》ねると、「はい」との返事。一応は預かることになったが、本人がどれほど真剣に考えているのか不明。とても人を殺したようには見えないと思う一方、殺したからこそなにかがこわれてしまったのかもしれないとも思う。

十二月一日

参舵亜、上京。我が家に住み込みで働くことになる。妻が歓迎会でつくった大量の飯を残さず食べた。話を振れば返事もする。が、あちらから会話が始まることはなし。表情も乏しい。

十二月三十一日

本年最後の日記。今年は年末に参舵亜を預かるという大仕事を担うことになった。参舵亜は、仕事の覚えが早い。いまは梱包《こんぽう》作業が中心だが、いずれ生産ラインの管理も任せられるかもしれない。が、相変わらず目の焦点が合っていない。現状のままでよいはずがないが、参舵亜は自分の話をほとんどしない。どうしてよいのかわからないまま年を越すことになりそうだ。

二〇×△年

五月二十一日

接し方に悩む日々が続いたため、参舵亜についてしばらく書けずにいたが、本日、大きなできごとがあった。以下、参舵亜の言葉を残すため、記憶しているかぎり正確に会話を記す。

午前三時すぎ、参舵亜の叫び声が聞こえてきた。慌てて妻と駆けつけると、参舵亜は布団を撥《は》ねのけ、肩で大きく息をしていた。どうしたのか問うても、参舵亜はなんでもないと繰り返す。

「なんでもないわけないだろう。話せ」

妻を寝室に帰してから迫ると、参舵亜は目を何度もしばたたいた末に言った。

「少年院の夢を見たんです。これまでも何度か見たんですけど、今夜のは、やけにはっきりしていて……」

少年院では、周囲の少年や教官からいじめを受けることも、残念ながら珍しくない。最初は参舵亜もいじめられていて、そのトラウマが蘇ったのだと思った。

ところが事情を聞くと、そうではないことがわかった。

参舵亜が入所した少年院は矯正《きょうせい》教育の一環で国語教育に力を入れており、小学一年生の基礎から勉強を教えられ、作文を書かされたのだという。

近年、語彙《ごい》力が貧困な子どもが非行に走るケースが増えているという指摘がある。自分の思考や置かれた状況を言葉にして理解できないため、大人から見ると短絡的な行動に走ってしまうのだという。そのことに危機感を持つ教官が、参舵亜の少年院にいたのだろう。

「俺が一番勉強になったのは、他人の話を聞いて、そいつがなにを考えていて、なにをしたいのか言葉にする授業でした。最初はなんにもわからなかったけど、やってるうちに段々とコツをつかめてきました。そのうちに、自分がちょっと頭に来ただけのときは、別に相手に『死ね』とまでは思ってないいんだって気づいたんです。それまではいつも『死ね』だったから、びっくりしちゃって。少年院の先生たちには、すげーありがとうって思ってます」

「だったら、どうしてさっきはあんな悲鳴を上げたんだ？」

「少年院で勉強しているうちに、なんで雲竜陽太郎に『死ね』なんて言ったのか、わからなくなったから」

そう答えた参舵亜の顔は、青白くなっていた。

「雲竜陽太郎は偉そうでむかついたし……ていうか、いまもむかついてるけど、あっちの言ってることが正しいのは間違いないわけで……別に殺したいほどむかついたわけでもなかったし。あのときの俺がいまの俺なら、あの人は死なずに済んだかもしれなくて……仕事に慣れてきたら、少年院の夢をよく見るようになった気がします。あの少年院で国語の勉強をさせてもらったことがよかったのか悪かったのか、わからない……」

「そんなのは、これからのお前次第だ」

私が両肩をつかんで言い切ると、参舵亜は大粒の涙を流し始めた。

六月二十九日
今日も一日雨。梅雨寒《つゆざむ》が続いている。五月のあの日以降、参舵亜はこれまで以上にぼんやりしていることが多くなった。「そんなのは、これからのお前次第だ」という一言だけで人間が変わるはずがない。そんなこともわからず効果を期待した己の浅はかさを猛省。

七月三日

参舵亜に読書を勧めてみる。書斎の蔵書、クライアントからサンプルでもらった本。量だけはあるので好きなものを読んでいいと言うと、意外と食いついてきた。少年院で興味を持ったのかもしれない。

八月十五日

終戦記念日。参舵亜が戦争に関する本はないかと訊ねてくる。日本がアメリカと戦争したことも、ドイツ、イタリアと同盟を結んでいたことも知らなかったという。無知を責めるのは簡単、知識を次世代に伝える方法を見つけるのは困難であることを痛感。

九月十七日

参舵亜は昼休憩の間も、終業後も本を読むようになった。外界をシャットアウトしているわけではなく、同僚が話しかければ返事もする。それも、これまでと違って相手の目をしっかりと見て。よい傾向。

十一月十日

本日も、参舵亜との会話をできるかぎり正確に記す。

先ほど、交番に参舵亜を迎えに行った。関係者の話を総合すると、概《おおむ》ねこういうことがあったらしい。

仕事が終わってから参舵亜が長野たちと定食屋に行ったところ、酔っ払いに絡まれた。気の短い長野が怒鳴り返すと、酔っ払いが殴りかかってきた。すると参舵亜が、間に入って殴られた。いきり立って反撃しようとする長野たちに、参舵亜は叫んだ。

「恩田さんに迷惑がかかるから動くな！」

その一言に長野たちが怯《ひる》んでいる間にも、酔っ払いは参舵亜を何発も殴った。それは店主が慌ててとめに入るまで続いた。通報で駆けつけた警察官は、事情を聞くため参舵亜と酔っ払いを交番に連れていった——。

参舵亜の顔にはいくつも痣《あざ》ができており、見るに堪《た》えなかった。酔っ払いはすっかり素面《しらふ》に戻り、しきりに謝ってきた。示談については後日話すことで決着がついたが、気になったのは相手の体格だった。参舵亜より、はるかに小柄で貧相である。私のためを思ってくれたことはありがたいが、相手を押さえつけることくらいはできたはず。帰路の途中で私がそう指摘すると、参舵亜は答えた。

「俺に殴られたとき、陽太郎さんがどんな気持ちだったのか知りたいとずっと思ってたんですよ。追体験ってやつです。本を読んで少しは難しい言葉もわかってきたから、いままで気づかなかった気持ちにも気づけるかもと思って。だから今日のことは、ちょうどよかった」

「それで、どうだった？」

私が問うと、参舵亜は目を伏せた。

「殴んなきゃよかった」

難しい言葉がわかってきた割にシンプルな一言だったが、充分だった。
この子は着実に変わってきている。とはいえ、追体験するのはいいが、自分を傷つけては元も子もない。今後は絶対このようなことはしないよう、きつく言い含める。

十一月十三日
参舵亜が深刻な顔をして相談に来る。長野から「兄貴」と呼ばれて困っているとのこと。「俺たちをかばって殴られた田中さんに痺《しび》れました。漢《おとこ》の中の漢《おとこ》です！」と感激されたらしい。「俺は自分が殴った相手の気持ちを追体験したくて殴られただけだ」と説明しても、聞く耳を持たないそうだ。
心底困り果てている参舵亜には悪いが、無論、私から長野になにか言うつもりはない。

二〇×□年
三月二十四日
参舵亜のことを書くのは久しぶりである。すっかり落ち着いたのと、昨年末からほかの子を預かり始めたことが理由。ただ、今日はおもしろいことがあった。
最近、参舵亜がやけに硬い言葉を使うことが気になっていた（「仕事の熟練度が上昇してきたことを実感しています」「インクの種類を把握すれば、有用な人材になれそうですね」など）。昼休憩の最中も、出前のラーメンのことを「昼餉《ひるげ》」と言い出したのでさすがに理由を問うと、本から学んだ言葉をできるだけ使いたいとのこと。それにより、言葉が自分のものになる気がするらしい。そういうことなら好きにさせる。

ただ、一人称が「わたくし」なのはさすがに堅苦しすぎるので、「ぼく」にさせる。

六月二十日

「話したいことがある」という参舵亜と夕食に行く。「遺族に慰謝料を送りたいと思っている。少しずつ金額を増やしたいので、ゆくゆくは給料のいい会社に転職したい。そのために、高卒認定試験を受けたい」と打ち明けられる。怒鳴られることを覚悟しているようだったが、巣立つことはうれしいので応援すると約束した。

ただ、さみしくはある。

十月二十七日

参舵亜はすっかり手離れしたので日記に書くことが減っていたが、今日は久しぶりに問題を起こした。

ぼんやりしていてミスを連発、注意しても生返事しかしない。不可解に思って話を聞くと、ご遺族に送った手紙が未開封のまま送り返されてきたので、落ち込んでいるのだという。間に入った弁護士によると、ご遺族は「事件が起こった直後はなんの連絡も寄越さなかったくせに」と不快感を示したらしい。

当時の参舵亜には、手紙を書けるほどの語彙力がなかった。だが、それをご遺族に理解してもらうことは難しい。そもそも、ご遺族には理解する必要などない。一方で、参舵亜の気持ちもわかる。
私には、参舵亜の話を聞いてやることしかできない。

二〇×●年
三月三十一日
年度末を機に、久々に参舵亜について書く。仕事をしながら高卒認定試験の勉強中。ご遺族への手紙も定期的に書いている。ただ、受け取ってはもらえないらしい。そのせいか、勉強にいまひとつ身が入っていない様子。

七月三十日
夕食の席で、参舵亜が一言。
「ご遺族に手紙を受け取っていただきました」
安堵《あんど》しているわけでも笑っているわけでもない、「これが最初の一歩」という決意が伝わってくるような目をしていた。参舵亜の巣立ちが近いことを感じる。

八月十九日

いよいよ参舵亜が高卒認定試験の勉強を本格化。それに先んじて、家庭裁判所に改名の申請をするつもりだという。「参舵亜」では過去の事件と結びつけられる可能性が高いので、やむをえない判断である。ただ、犯罪歴を隠すための氏名変更は認められないケースがあるため、難読につき社会生活を送ることに支障を来《きた》すことを理由にするそうだ。ご遺族に改名のことを伝えるか迷っていたので、「ご遺族にとってお前はいつまでも田中参舵亜だから、やめた方がいい」とアドバイスする。

なお、改名後の名前は「心葉」にするつもりらしい。姓名判断で大吉になる名前にしたらどうかとアドバイスしたが、こちらは断固拒否された。理由は「ぼくは言葉を学ぶことで、人の心を知りました。そのことを忘れない名前にしたいんです」。

追記・改名が認められた。以後、彼のことは「心葉」と記す。

十二月三日

心葉、高卒認定試験に合格。

二〇×▼年

六月十一日

前回、心葉のことを書いてから一年半以上間が空いてしまった。この間、取引先から一方的に契約を打ち切られたり、預かった子に金を持ち逃げされたりと、精神的に余裕がなかった。前者はともかく、後者に関しては己の未熟さゆえである。心葉が「仕事が一区切りするまで」という理由で就職活動をしなかったのも、偏《ひとえ》に私のせいである。心葉がいて本当によかった。
が、いつまでも甘えているわけにはいかない。会社はだいぶ落ち着いてきたし、これからは好きにしていいと心葉に告げてある。

六月二十日
心葉、就職活動中。履歴書やエントリーシートに過去の殺人についてすなおに書くべきか最後の最後まで悩んでいたが、賞罰欄が設けられていないかぎり、書かないという決断を下した。現実問題、殺人の前科があると知られては採用されることは難しいのでやむをえない。高校に行かずうちの会社で働いていたのは、親との関係が悪かったことを理由にすることとした。嘘をつくことが後ろめたそうだったが、「その分、採用されたらしっかり働きなさい」と言い聞かせた。

十月六日
心葉、神奈川県にあるオオクニフーズから内定をもらう。来春からあちらの社員。めでたくはあるが、もっと高給の角紅《かくべに》建設からも内定をもらっていたし、食に興味があるようには見えなかったので意外だった。どうやら、フードバンク事業をしていることに惹《ひ》かれたらしい。
「自分が子どものころ母親と食卓を囲むことができなかった分、ほかの家族の食事の手伝いをしたいんです」

もはや私が心葉について書くことはほとんどない。そのことを改めて実感した日だった。

二〇×■年
三月三十一日
心葉の最終出社日。有給も代休も溜《た》まっているし、オオクニフーズの研修もあるので無理に会社に来なくてもよかったのに、結局ぎりぎりまで勤務してくれた。終業のチャイムが鳴ると、皆、心葉の傍に集まり拍手した。心葉は当惑しつつも涙ぐんでいた。ここに来たときとはもはや別人である。
ただ、外の世界の人たちは、この工場の者たちのようにはいかない。心葉の過去を知れば怯える者も、憎む者も、離れる者も出てくるだろう。受け入れてくれる人は容易には見つかるまい。
そういう相手に出会えるかどうかはお前次第だ、心葉。

*

恩田の日記を読み始めた直後から、彩は眩暈《めまい》を覚えていた。それは読み進めるにつれ激しくなり、読み終えたころには座っていることすら辛《つら》くなっていた。
机に、タブレットPCを置く。
十年前の殺人は、ほとんどの人にとって「不良少年によるありふれた殺人」だったかもしれない。しかし被害者とその遺族だけではない、加害者とその周囲にいる人たちも、これだけの思いを抱えていた。心葉が罪を犯した後の葛藤《かっとう》も、「心葉」という名を選んだ理由も、就職先にオオクニフーズを選んだ動機も、彩にとってはなにもかも想像の外だった。

少年院ですごした時間がなければ、心葉が彩のしどろもどろの話をまとめることはできなかったことも。

なのに。

「わたしはなにも知らなかったくせに、心葉さんに言ってしまいました。『過去は過去、いまはいま』と……言ってあげないといけないと思ったんです」

でも、それは。

「ただの自己満足でした。単純に割り切れるわけでないとわかっているつもりで、なにもわかってませんでした。だから心葉さんは、あんな言い方をして電話を切ったんだと思います。心葉さんがいなくなったのは、わたしのせい……わたしがあんなことを言わなければ……そのせいで、警察に疑われて……心葉さんが戻ってきてくれるかどうか、わたしにはもう、どうしようもない……」

恩田は肩にそっと手を置くような、優しい声で言った。

「どうしようもない、か。だがあんたは、あいつのためにここまで来てくれた。それだけで充分だよ」

「全然充分ではないです」

彩は首を強く横に振る。

恩田の言葉に、心底驚いていた。

「心葉さんと会って、話をしないと」

「あんたには、どうしようもないんじゃなかったのか?」

「はい、心葉さんが戻ってきてくれるかどうかは。でもそれは、わたしが心葉さんに言うべきことを言ってからです」

「言うべきこともなにも、あいつがどこにいるかわからないんだろう?」

「確証は持てませんが、可能性のある場所を見つけました。恩田さんの日記のおかげです」

3

大きく息を吸い込むと、口の中にほんのり甘味が広がった。湿り気を帯びたこの地の空気が舌に触れると、彩は子どものころからなぜか「甘い」と感じていた。その感覚は、社会人になってからも変わっていなかったらしい。

いま住んでいる辺りにはあまりない急な坂を、バランスを取りながら下る。心葉がいるとしたらこの辺りだとは思う。でも、本当にいるだろうか。いたとしても、声をかけられるだろうか。向こうは声をかけられることを望んでいないのではないだろうか。

不安が頭の中を駆け巡り、いっそ逃げ出してしまった方が楽だと何度も思った。

でも縦に長く、肩幅ががっしりした後ろ姿を目にした瞬間、そんな思いは吹き飛んだ。

ついこの前まで毎日当たり前のように見ていて、この先も見続けると思っていた――いや、そんなことすら意識していなかった後ろ姿が、すぐそこにある。

「心葉さん！」

心葉の後ろ姿は、ぴくりとも動かなかった。自分と心葉、二人だけしかいなくて、こんなにも静かなのに聞こえなかったのだろうか？　もう一度呼びかけようとしたが、今度は声を出せない。動くこともできず、ただ静寂が流れる。

しばらくしてから心葉は、彩に背を向けたまま、握った右拳《みぎこぶし》を顔に当てて上下左右に動かした。それから、ようやくこちらを振り返る。その表情を見て、彩は目を疑った。

直線定規だけで描《か》かれたような心葉の顔からは力という力が完全に抜け去り、輪郭が曖昧《あいまい》になって見えた。まるで、震える手で引かれた線のよう。両目は充血して、赤く濁っている。

外見とは裏腹に、心葉はいつもと変わりない声で言った。

「彩さん、どうしてここに？　しかもスカートスーツなんて珍しいね」

どうやら、彩とこれまでどおり話をしようとしているようだ。彩は、少しの間だけ目を閉じてから答えた。

「心葉さんに会いにきたんです。いるとしたら、ここだと思ったから」

そう言いながら、心葉の向こうでどこまでも広がる湖――相模湖に目を向けた。

相模湖の最寄り駅はJR中央本線相模湖駅だが、隣の藤野駅からも湖畔まで行けなくはない。彩が両親と暮らしていた一軒家は藤野駅の方が近く、電車に乗るときはそちらを利用していた。家から駅まで徒歩三十分近くかかるので自転車が不可欠だったが、就職するときに処分してしまったので今日はタクシーを使ってここまで来た。

「どこか落ち着ける場所で話をしたい。手ごろな場所を知らないかな?」

心葉にそう言われたので、リクエストに応《こた》えられそうなカフェを目指して湖畔を歩いた。左隣の心葉をそっと見上げる。頬には、涙が流れた跡がうっすら残っていた。顔つきが弱々しくなったという印象が余計に強くなる。

いなくなってからの四日間、一人きりになった心葉はなにを思ってすごしていたのだろう?考えるとたまらない気持ちになって、相模湖を見つめた。

陽光の白や空の青、水際に群生した植物の緑——薄い霧が漂う湖面には多様な色が映り込み、一言では言い表せない色に塗られていた。もう少し季節が進めば紅葉が映り込み、湖面の色はさらに複雑さを増す。

この湖は日本で初めてつくられた人造湖で、湖底にはかつて存在した村が沈んでいる。建設にあたっては反対運動も起こった。いざ建設が始まってからは工事の最中、犠牲になった人が何人もいるのだという。

こうした負の側面がある一方で、完成後は神奈川県内の重要な水源として活用されている。視界に映っている湖面は、きれいなだけではないこの湖の、ほんの一部にすぎない。

「彩さん？　どうかした？」

少し先から聞こえた心葉の声で、自分の足がとまっていることに気づいた。

「なんでもありません。行きましょう」

目的地のカフェは、そこから少し歩いたところにあった。何度か前を通ったことはあるが、大人びた雰囲気とどこの国の言葉かわからない店名に気圧《けお》され、入ったことは一度もない。ただ、奥のテーブル席は隠し部屋のようになっていると母から聞いたことがあった。

店の扉を開けると、ドアベルの軽快な音が降ってきた。

「いらっしゃいませ」

カウンターの向こうからマスターが声をかけてくる。にこやかな顔つきの初老男性だった。気圧されていないで入っておけばよかったと軽く後悔する。

店内には彩たち以外に客はおらず、目当ての席に座ることができた。ほかの席から離れている上に窓がないので、確かに隠し部屋のようだった。

お冷を持ってきたマスターに、心葉はコーヒーを、彩は紅茶を注文する。それからお互い無言だったが、注文したものが運ばれてくると、心葉はうな垂れるように頭を下げた。

「ぼくのせいで、会社にクレームの電話が殺到しているよね。彩さんの顔を見るまで、そんな単純なことに思い至らなかった。迷惑をかけてすまない」

「確かに会社は大変ですけど、心葉さんに気にする余裕がなかったことは仕方ないと思います」

言葉を切った彩は、迷いながらも続ける。

「千暁さんから、赤井さんのことを聞きました。千暁さんと美月さんが親子だということも。そのことを、心葉さんが知っていることも」

心葉はそのままの声で「そうなんだ」とだけ返した。

「……ごめんなさい。心葉さんがどこに行ったのか手がかりがほしくて、千暁さんからいろいろ聞き出してしまったんです。恩田印刷工場にも行ってきました」

「彩さんにそんな行動力があったなんて。でも恩田さんの話を聞いても、ぼくが相模湖にいることはわからなかったと思うけど?」

「そうですね。でも、ヒントにはなりました」


「確証は持てませんが、可能性のある場所を見つけました。恩田さんの日記のおかげです」

「私の?」

当惑気味にタブレットPCを見遣《みや》る恩田に、彩は頷いた。

「心葉さんは、わたしが『過去は過去、いまはいま』と深い考えがあって言ったのか、上辺だけで言ったのか、判断できなかったのだと思います。だから、すぐに電話を切った。その後も迷ったに違いありません。わたしに正面切って訊ねても、答えを出せるとはかぎらない。そんなときに思い出したのが、わたしが描いた相模湖の絵だったんです」

あの絵を見せたとき、心葉は言っていた。相模湖が彩の美的センスだけではない、物の見方や考え方にも影響を与えたのだろう、と。だから、

「心葉さんは同じ絵を描くことで、わたしの物の見方や考え方を追体験しようとした。そうすれば、わたしがどういう気持ちで『過去は過去、いまはいま』と言ったかわかるかもしれないと思って。日記のここの記述がヒントになりました」

二〇×△年十一月十日の記述を指差す。

「心葉さんは『殴られる』という追体験をすることで、陽太郎さんの気持ちを理解しようとしたんですよね。わたしについても、同じことをしようとしたんです。タブレットPCとスタイラスペンを買ったのは、デジタルで絵を描くため」

心葉は、水彩絵の具は失敗が許されないので、デジタルで描くより難しいと思っていた。彩が、デジタルだといくらでもやり直せてしまうので却《かえ》って大変だと説明しても、ぴんと来ていなかった。だから自分が絵を描くにあたっては、デジタルを選んだのだろう。

「つまり心葉さんがいる場所は相模湖、それも、わたしが絵のモデルにした辺りの可能性が高いと思います。もちろんこの考えは、心葉さんがわたしを信じたいと思ってくれていることが前提です。『過去は過去、いまはいま』と軽はずみに言ったわたしにあきれて電話を切っただけなら、話は全然変わってくる。でも、とにかく相模湖に行ってきます」

興奮して話す彩とは対照的に、恩田はいつの間にか仏頂面に戻っていた。

「あんたがなにを言ってるのか、さっぱりわからん。なんだ、相模湖の絵というのは？　あいつはタブレットPCとスタイラスペンを買ったのか？」

重要な情報をまったく説明していなかったことに気づいたが、いまは時間が惜しい。

「ごめんなさい。それについては今度――」

「ただ、あんたに任せていいことはよくわかった」

恩田は彩を遮ると、深々と頭を下げた。

「あんたが『言うべきこと』とやらを言った後で、あいつがどうなるかはわからん。だがあんたなら、あいつを連れ戻せるかもしれん。田中心葉を、どうかよろしくお願いします」

――心葉さんが戻ってきた後、わたしはどうするんだろう？

ふと不安が胸をよぎったが、そんなことを考えるのは後回しでいい。

「わたしができることは、全部やります」


彩がここにたどり着いた経緯を語り終えると、心葉は大きく頷いた。

「ほぼすべて、彩さんの言うとおりだよ」

よかった、と吐息とともに呟く。心葉の姿を相模湖の湖畔で見つけた後も、電話を切ったのは彩にあきれ果てたからかもしれないという怯えをずっと消せずにいたのだ。

「ぼくが誰にもなにも告げず失踪することで、警察に疑われることになるとは思った。でも、そうなっても構わない状況だったからね」

心葉が、こんな投げ遣りなことを言うとは思わなかった。それだけ追いつめられているということだろうか？

「彩さんの絵は『藤沢彩　水彩画　最優秀賞』で検索したら、コンクールの公式サイトにアップされていたよ。それを参考にしながら絵のモデルになった地点をずっとさがし回ってるんだけど、今日《こんにち》に至るまで見つけることはできなかった。赤い屋根の家と杉の木が見える場所がどこにもないんだ。似たような場所なら見つけて、さっきもうろうろしていたんだけど」

ああ、やっぱりそうか。彩はおずおずと言う。

「……あの家と杉の木は、わたしの頭の中で組み合わせて描いたものなんです」

心葉の口から「え」という声が漏れ出た。

「ごめんなさい、言っておけばよかったですね。絵の技法としてはなにも間違ったことはしてないんですけど……」

「技法……」

心葉は唖然とした様子で呟いたものの、すぐに首を横に振った。

「彩さんが謝ることじゃないよ、ぼくが絵のことを知らなかっただけなんだから。それに彩さんのこととは別に、相模湖を見ているといろいろ考えさせられた。来てよかったと思っている」

「そう言ってもらえると……」

彩はそう返しながら、心葉を見つめた。こうして落ち着ける場所で話をしていても、顔つきが弱々しくなったという印象は変わらない。話し方だけいつもどおりであることが不思議なほどだ。

それでも、言うべきことを言わなくてはならない。

「実はもう一つ、心葉さんに謝らないといけないことがあるんです」

「なにかな？　改まってそう言われると緊張——」

「この前の電話で『過去は過去、いまはいま』と言いましたけど、わたしはなにもわかっていませんでした。いまはもう、そう思っていません」

心葉が言い終えるまで待てなかった。

「心葉さんは、わたしにとてもよくしてくれています。いまの心葉さんは十年前とは違うことも、もう二度と人を殺したりしないこともわかっています。恩田さんの話を聞いて、その思いが強くなって……信じなきゃって……でも『死ね』なんて言って人を殴るなんてひどいし……こわい……そう、わたしは心葉さんが、こわいです」

自分の中にそんな感情があるとは考えもしなかったが、いざ言葉にすると、すとんと胸に落ちた。

——わたしは心葉さんを、こわがっている。

いまはどんなに優しくても。罪を償ったことはわかっていても。「はっきりしない子」の彩の話に耳を傾け、言葉にまとめてくれても。

人を殺した過去をなかったことになんてできない。できていいはずがない。

テーブルに置かれた、心葉の右手に目を遣る。顔つき同様、輪郭が曖昧になったように見えるが、大きいことには変わりなく、この手が人を死に至らしめたのかと思うと首筋が粟立《あわだ》った。

心葉の表情に変化はない。こんなことを正面から突きつけられて、なにも感じていないはずがないのに。謝って、いま言ったことをすべて取り消してしまいそうになる。

でも、だめだ。

「わたしは心葉さんが雲竜陽太郎さんにしたことを『過去は過去、いまはいま』と割り切ることはできません。その手が殺人に使われたのかと思うと、見るのもこわいです」

「当然だと思う」

心葉は右手だけでなく、左手もテーブルの下に移動させた。胸が締めつけられる。

「でも、こんなことを言っておきながら説得力がないことはわかってますけど、それでも、心葉さんを信じたい気持ちもあるんです。こわいし……『過去は過去、いまはいま』なんて思えないし、これからも絶対に思うことはできないけど……それでも、心葉さんを信じたい……こわいけど、信じたい気持ちもあるんです。だから、その……」

口にした言葉は途中からたどたどしくなった上に同じようなことを繰り返すばかりで、永遠に結論にたどり着けそうになかった。そもそも、結論が存在するのかどうかわからない。「はっきりしない子だな」という父のあきれ声が、いまこの場で告げられたかのようにくっきりと聞こえた。

それでも心葉から目を逸らさず、こわいけど信じたい、だから、と途切れ途切れに繰り返していると、心葉の口許に、あるかなきかではあるが笑みが浮かんだ。

美月の事件があってから初めて目にする、心葉の笑みだった。

「『過去は過去、いまはいま』という彩さんの言葉を信じてはいけないと教えてくれたおかげで、彩さんを信じていいことがわかったよ」

そんなつもりで言ったのではないのに——胸の中が申し訳ない気持ちで一杯になる。

でもそれと同じくらい、うれしくもあった。

「……ありがとうございます」

「お礼を言うのはこちらだよ。ぼくのことをどう思っているか、率直に打ち明けてくれてありがとう。これで美月さんの件に関して、誰にも話せなかったことを彩さんに相談できる」

相談。美月の件に関して。それも、誰にも話せなかったこと。背筋が自然と真《ま》っ直《す》ぐになる。

「なんでも言ってください」

心葉が美月を殺した犯人でないと信じてはいる。「心葉さんは、なにもしていないんですから」と彩が言ったとき、目を逸らしたのはなにか事情があるからだと思ってもいる。それでも身体の芯《しん》が硬くなった。

「相談したいのは、千暁のことなんだ」

「千暁さん、ですか？」

心葉が言い間違えたのかと思ったが、頷かれた。

「以前話したとおり、十月十七日の夜、ぼくは電話で美月さんに呼び出された。でもその前に、実は千暁のマンションに行ったんだ」

「なにをしにですか？」

「情けないけど、美月さんと一人で顔を合わせるのがこわくて、誰かに同行してほしくなったんだよ。千暁はあの時点で十年前のことを打ち明けていた、唯一の相手だったからね。自然と足が向かった。千暁の部屋は二階の角なんだけど、電気は消えていた。風呂やトイレに入っている様子もなく、留守のようだった。まだ会社にいるのかもしれないし、どこかに飲みにいったのかもしれない。判断がつかなかったけど、しばらく外から眺めているうちに『千暁には千暁の時間がある』という当たり前のことに気づいてね。結局、一人で美月さんのアパートに向かった。そうしたら、そこで」

心葉は最後まで言わなかったが、充分だった。

「警察に連れていかれた後、ぼくはいろいろ事情を訊かれた。そのときに、美月さんと千暁が親子であることを教えられた。驚いたけど、知っていた気もしたんだ」

「どうしてです？　千暁さんと美月さんは似てませんよね？」

千暁は丸顔、美月は面長だ。受ける印象はだいぶ異なる。

「わからない。ただ、遺体を見つけてパニックになっていたからはっきりとは認識できなかったけど、親子であることを示唆するなにかが現場に残されていたのかもしれない。もしそれが、あの夜、千暁が現場にいた証《あかし》でもあったとしたら？」

あの夜現場にいた証、即《すなわ》ち、千暁が美月の事件に関係している証拠。心葉はそう言いたいのかもしれないが、同意できなかった。

「飛躍しすぎだと思います。息子ならこれまでも美月さんの部屋に行ったことはあるでしょうから、そのときに残したなにかかもしれません」

「ぼくもそう思ったから、警察には黙っていた。でも千暁に十七日の夜どこにいたのか訊ねたら、ずっと家にいたと返されたんだよ」

「千暁さんが嘘をついている、ということですか?」

「そういうことになる。穿ちすぎかもしれないけど、あのときの千暁の話し方はどこか芝居がかって聞こえた。だから思ってしまうんだ。千暁は美月さんの事件と無関係ではない、と」

心葉の言わんとしていることはわかるが、頭の整理が追いつかない。

「でも、千暁さんがアリバイについて嘘をついていたとしても……それだけで事件と関係していると考えるのは、やっぱり飛躍しすぎでは……」

「気になることが、もう一つある」

心葉の顔が、痛みをこらえるかのように歪《ゆが》んだ。

「冷静に考えると、十七日夜の電話で、ぼくは美月さんとまともに会話をしていない。美月さんはぼくを無視して、自分の用件だけを告げてきた。しかも住所は一方的に電話を切った後、メールで送ってきた。もしも美月さんの声が、録音されたものだったとしたら?」

この考えが正しければ、事件の夜、心葉は美月本人とは一切接触していないことになる。

「心葉さんに電話がかかってきた時点で、美月さんは亡くなっていたということですか?」

「そう思う。犯人は美月さんを手にかけた後、ぼくを現場に呼び出して遺体の第一発見者にすれば、警察の疑いを向けられると踏んだ。そのために、ボイスメモや動画から使えそうな音声データを見繕って、電話をかけてきた。息子なら、そういうデータを持っていたとしても不思議はない」

美月の音声データを入手できるのは、千暁に限定されない。たとえば、離婚したという夫にも可能だろう。しかし、千暁が事件の夜のアリバイについて嘘をついていたことを踏まえれば、心葉の話は筋が通ると思ってしまう。

「もちろん千暁が、母親に殺意を抱いていたはずがない。ただ、あいつはぼくが十年前の話を打ち明けた後も、陽太郎さんの弟であることを言わなかった。もしかしたら黙ったまま会社をやめて、ぼくの前から姿を消すつもりだったのかもしれない。そのせいで、美月さんと口論になったのだとしたら？　ぼくに十年前のことを告白させた美月さんを責めたのかもしれない。そのせいで、美月さんと口論になったのだとしたら？　千暁は意図せず、美月さんを手にかけてしまったのだとしたら？」

筋が通る、とまたしても思ってしまった。千暁が声を荒らげているところなど想像できない。しかし美月に食ってかかられ、思わず手を出したら最悪の結果になってしまったということならありえる……と思いかけたところで気づいた。

「千暁さんが犯人だとしても、心葉さんに罪を着せようとするはずないじゃありませんか」

千暁はそんな人ではない。心葉が兄を殺した憎むべき相手だとしても、絶対に。

「そうだろうね」

心葉はあっさり認めた。拍子抜けしそうになったが、「でも」と言葉が継がれる。

「おそらく千暁は、積極的にぼくを犯人にするつもりはなかったと思う。ただ容疑者として、警察の疑いを向けることができればよかった。当たり前だけど、ぼくが美月さんを殺した証拠はないから、否認を続けていれば捜査は膠着《こうちゃく》状態に陥る。それが狙《ねら》いだったんじゃないかな。要は、自分が捕まりさえしなければよかった。なのにぼくが行方をくらましたから、どういうことかわからず当惑しているはずだ」

「自分が罪を逃れるために、千暁さんがそんなことをするとは……」

「お父さんのためだとしたら？」

あ——。

「故意でないとはいえ、次男が別れた妻を手にかけてしまった。しかもそもそもの原因は、十年前に長男を殺されたことだった。このことをお父さんが知ったら、どれほどかなしむかわからない。だから千暁は、やむなくぼくを容疑者に仕立て上げることにした。千暁は自分のことなんてどうでもいい、ただお父さんのことだけを思ってこんなことをした。そう考えれば、腑《ふ》に落ちないかな」

落ちてしまった。

千暁が心葉を怪しいと決めつけたとき、彩は冷たすぎると思った。一方で、心葉に兄を奪われたのだから当然だとも思った。

でも父親のために、母親を手にかけてしまったことを隠そうとしているのだとしたら。

——お母さんを救いたかった。

あの呟きに込められた意味は、まるで違ったものになってくる。

気持ちを鎮めるため、彩は紅茶に口をつけた。香りからして高級な茶葉を使っていることはわかったが、いまはとても味を楽しむ気にはなれない。

「この考えが正しいとしたら、ぼくはこのまま逃げられるだけ逃げて、警察の疑いを極限まで濃くしようと思っている。警察に見つかった後は黙秘を貫くか、いっそ自分が殺したと主張するつもりだ。それがあの一家に対する、せめてもの償いになる」

先ほどの「警察に疑われることになっても構わない状況」というのは投げ遣りで言ったわけではない、千暁たちのためを思っての言葉だったようだ。

償い。その一言に込められた思いは、きっと彩が想像できないほど重たい。美月さんを殺した犯人として捕まった方が心葉さんにとっては幸せなのかもしれない、という考えが頭をよぎる。

それでも、そうさせるわけにはいかなかった。

「心葉さんが罪を被《かぶ》るなんて間違ってます。千暁さんが犯人なら、せめて自首するように――」

「できるはずないだろう！」

心葉が発したとは思えない荒々しい声だった。あまりに心葉らしくなくて、却って冷静になる。

気遣わしげにこちらをうかがうマスターの視線に気づくことさえできた。

心葉の声が、反動のように小さくなる。

「大きな声を出して、すまない」

「気にしないでください」

そう返しはしたが、どうしたって十年前の事件を思い出してしまう。

しかし十年前の事件があるからこそ、千暁のためにいまの声を出したこともわかった。

「相談と言っておきながら、ぼくは自分がどうするべきか、既に答えを出していたようだね。それでも彩さんには、話を聞いてほしかった。勝手だけど、少しだけ気持ちが軽くなったよ」

心葉はもう覚悟を決めている。簡単に揺らぐことのない、確固たる覚悟を。それがわかっていてもなお、彩は首を横に振った。

「心葉さんがなんと言おうと、千暁さんが犯人なら、やっぱり自首してもらうべきだとわたしは思います。千暁さんだって、いくらお父さんのためでも、罪を隠したまま生きていくのは辛いのではないでしょうか」

「理屈の上では彩さんが正しい。でも、ぼくには無理だ」

「心葉さんの話は、全部推測です。だから、調べてみます」

「どうやって?」

これから口にすることを自分が実行できるのか、正直、自信はない。それでも彩は言った。

「千暁さんと二人で、話をしてみます」

4

次の日、十月二十五日の午後一時五十五分。彩は、相模大野駅北口の傍にある貸し会議室にいた。今日も会社は休ませてもらったが、服装は仕事中に着ているようなセーターとロングスカートだった。

室内には長方形のテーブルを挟む形で、パイプ椅子《いす》が左右に二脚ずつ置かれている。壁には小さなホワイトボードがかかっていて、それ以外は換気用の窓があるのみ。部屋が狭いこともあり、圧迫感が凄《すさ》まじい。もっと快適な部屋にすればよかったと後悔したが、さがしている暇はなかったと思い直す。

待ち合わせの時間は午後二時だ。五分後には美月の話を始めているかと思うと落ち着かなくて、部屋の中を意味もなく歩き回ってしまう。いまのうちにトイレに行っておこうかと思ったところで、ドアがノックされた。

「どうぞ」

予定より早い到着なのに足がぴたりととまり、落ち着いた声で応じることができた。ドアが開かれる。

立っていたのは、口髭《くちひげ》を生やした男性だった。

ディスプレイの中でしか観ていなかった顔が手を伸ばせば触れられる距離にあるのは、不思議な感覚だった。

「藤沢彩さん？」

事前に抱いていた印象より低い声だった。動画を撮影するときとは、発声の仕方が違うのかもしれない。ディスプレイで見るより顔の彫りも深い印象だ。

「そうです。お待ちしてました」

彩が一礼すると、男性は後ろ手にドアを閉めようとした。それより先に、ドアの隙間《すきま》に足が挟み込まれる。驚いた様子で振り返った男性の視線の先には、心葉がいた。

「なんですか？」

心葉は答えず、男性を押し込むようにして部屋に入る。次いで千暁も入ってきて二人の横を通り抜け、彩の傍らに立った。心葉はドアを閉めると、その前に仁王立ちになる。

「なんですか？」

再び問う男性に、彩は告げた。

「雲竜美月さんの事件の犯人はあなたですよね、角南創介さん」

男性——角南の顔を見ながら、彩は思い出す。昨日《きのう》、相模湖湖畔のカフェで心葉たちと交わしたやり取りを。


「千暁さんと二人で、話をしてみます」

「それは彩さんが千暁と話をして、犯人かどうかさぐりを入れるという意味だよね」

彩が言い終えるのとほぼ同時に、心葉は返してきた。

「ええ、まあ」

「疑っていることを隠しながら話すような真似《まね》、彩さんにできるの？」

「それは……でも、わたしがやらないと」

口ごもりながら、質問の答えになっていない言葉を返す。しかしその一言によって、意識せず胸を張ることができた。

「そうです。わたしが、やらないと」

心葉と千暁のためになにかできるのは、自分しかいないのだから。

「わたしがやらないと、か」

心葉は、ぽつりと呟いてから言った。

「彩さんの気持ちはわかった。ただ、ぼくも立ち会わせてくれないか」

「でも心葉さんは、千暁さんが犯人だと思っているんですよね」

「そういうことは抜きにして、立ち会いたいんだ。彩さんにだけ押しつけるわけにはいかない」

迷ったが、頷いた。

「わかりました」

「ありがとう。とはいえ、ぼくも千暁も、いまの状態で顔を合わせたらお互い冷静ではいられなくなるだろう。どうしたらいいかな」

「電話で話せないか訊いてみましょう。千暁さん次第ですが、直接顔を合わせるよりはいいと思います。まずは心葉さんが見つかったことは言わないで、電話したいことだけ伝えますね」

会社が終わったら電話で話したいというLINEを千暁に送る。それからスマホで時刻を確認すると、午後四時半だった。会社の終業時刻まで、まだ三十分ある。

「一つ確認させてください。心葉さんが、千暁さんと美月さんが親子だと気づいたのは――」

言い終える前にスマホが鳴った。ディスプレイを見ると、千暁からの着信だった。それもビデオ通話だ。ディスプレイを心葉に見せる。

「心葉さんが映らないようにしながら出てもいいですか」

店内でスマホを使うことを禁止しているカフェも多いが、いまはほかに客はいないし、大きな声を出さなければ問題ないだろう。

「もちろん」

彩が応答をタップすると、ディスプレイに千暁が映った。彩がなにか言う前に、千暁は飛びかからんばかりの勢いで口を開く。

〈心葉がそこにいるんだよね？〉

不意打ちの一言だった。

「どうして、そんな……」

〈心葉を見つけたのでなければ、彩ちゃんが俺と電話したがるはずない〉

なんの理屈も通っていないのに断定した千暁は、さらに勢い込む。

〈で？　心葉はどこにいたの？　どうやって見つけたの？　事件のことはなんて言ってるの？〉

「それは……」

「一気に質問するのはやめてあげてくれ。彩さんが混乱している」

心葉の声は、彩のすぐ傍からした。ディスプレイに映らないようにしながらも、いつの間にか彩の左隣に座っている。

心葉は、先ほど彩と二人きりで話をしていたときと同じ口調で語る。

「警察が来たら困るから、いまどこにいるのかは言えない。同じ理由で、彩さんがぼくを見つけた方法も秘密だ」

〈そうか〉

頷いた千暁は視線をさまよわせると、勢い込んでいたことが嘘のように黙る。その顔つきを見た彩は、病人みたいだと思った。最後に会ったのは昨日の夜なのに、それからさらに頬がこけたように見える。ろくに食べられず、眠れてもいないことは明らかだ。いまは車の中にいるようだった。エンジン音は聞こえない。

心葉もなにも言わず、二人の間に漂う沈黙は段々と重みを増していった。美月の事件についてさぐりを入れるつもりだったが、いつ千暁に通話を切られてしまうかわからない。単刀直入に切り出すしかない。

「大変なときにごめんなさい。お話ししたいのは、美月さんのことなんです」

話していいですか、と目で問うと、心葉も目で、構わないと返してくれた。

「事件の夜、心葉さんは美月さんのところに行く前に、千暁さんのマンションに寄ったそうです」

〈なんの用で？〉

あの夜、心葉が一人で美月に会うことがこわくて千暁のマンションを訪れたこと。明らかに留守だったのに、千暁が「ずっと家にいた」と主張しているので心葉が不審に思っていること。彩がそれらを話すと、千暁は眼鏡をはずし、右手の親指と人差し指で眉間を揉《も》み始めた。その仕草の意味するところを読めないまま、彩は続ける。

「心葉さんは、千暁さんと美月さんが親子であることをなんとなく察していたそうです。その理由は、美月さんの部屋に千暁さんがいた痕跡《こんせき》があって、無意識のうちにそれを目にしたからではないかと思っています。だから――」

「あの夜、ぼくは君が現場にいたんじゃないかと疑っている。ぼくにかかってきた美月さんの電話は、録音された音声データ。君なら、そういうものを用意することは可能だ」

ディスプレイの外側からではあるが、心葉が彩を遮り、核心を突く言葉を突きつけた。

千暁は、眉間を揉み続けたまま言う。

〈つまり二人は、俺が母親を殺した犯人で、その罪を心葉になすりつけようとしていると言いたいのか。親を殺されたばかりの奴《やつ》相手に、言っていいことじゃないだろう。しかも心葉は、俺の兄を殺してるんだぞ〉

「彩さんじゃない、ぼくの考え――」

「ごめんなさい」

今度は彩が、心葉を遮った。

「辛いときにこんな話をするべきでないことはわかっています。でも、だからこそ本当のことを教えてほしいんです。あの夜、千暁さんはどこでなにをしていたのか」

〈どこでなにをしていたか、ねえ〉

千暁は眉間を揉むのをやめると、眼鏡をかけ直した。露《あらわ》になった顔は、ほんのわずかな間にさらにやつれてしまったように見える。

〈まあ、二人だけが悪いわけじゃないな。本当のことを隠していた俺も悪かった。全部話すよ。心葉の言うとおりだ。確かにあの夜、俺は家にいなかった〉

千暁は嘘をついていた——彩は唾《つば》を飲み込んでから訊ねる。

「でしたら、どこにいたんです？」

〈赤井紅太郎が住んでるアパートの、すぐ傍〉

この場で耳にするとは思っていなかった名前だった。心葉が息を吞《の》んだのがわかる。

「どうして千暁さんが、そんなところに？」

〈脅迫の下調べ〉

話の流れから脅迫の対象が赤井であることは明らかだが、千暁がそんなことをしようとした理由がわからない。

〈参舵亜は最初から殺すつもりで俺の兄を殴った、という赤井の主張が本当かどうかわからない。心葉が認める発言をした録音も聞かされたけど、かなり酔っている様子だったから本気で言ったかどうかもわからない。心葉に確かめて否定されても、母がそれを受け入れるとも思えない。だから赤井を脅して、心葉に関する話はすべて嘘だったと言わせられないかと考えたんだ。赤井は、自分より強い相手には媚びへつらうタイプだ。やり方次第でうまくいくはず。そのための下調べをしに行った〉

彩には、赤井がそういうタイプにはまったく見えなかった。しかし、男性の目に映る姿は違うのかもしれない。

千暁の視線が、心葉が座っている方に向けられる。

〈母がお前に十年前のことを告白させたのは、赤井の話が本当だったかどうか確かめるため。そ

れも警察から訊いたか？〉

「ああ」

〈母は結局確かめられなかったけど、十年前、お前は本当は兄を――いや、それについては後回しでいい。肯定されても否定されても、俺は冷静に話せなくなる〉

心葉が、千暁から見えない位置にいることを忘れてしまったかのように頷いた。

〈話を戻すよ。本音を言えば、下調べなんて悠長なことをしてないで、さっさと脅してやりたかった。でも力を使うか、金で従わせるか、弱みを握るか、最適な方法はどれか、まずは見極めることが必要だと思い直したんだ。なにかするときは、手順を一つ一つ考えるようにしているからな〉

そうだ。それが千暁の信条だった。

〈あの夜はひとまず赤井がどんなところに住んでいるか見るだけにしようと思って、アパートまで行った。でも赤井の同居人がどんな人かも見ておきたくなって、しばらくその場に待機していたんだ。誰もアパートに出入りしないから、途中であきらめたけどね。時間は、正確なところはわからないけど九時から九時半くらい。母のスマホから心葉に電話がかかってきたのは九時ごろなんだろう？　だから電話したのは俺じゃない。母の家は、我が家から歩いて五分。赤井のアパートは大和市にあって、車でも三十分はかかる。とても間に合わないよ〉

千暁の話が本当なら、確かにアリバイは成立することになる。

〈このことは、警察には話してある。証言してくれる人がいるか訊かれて『いません』と答えるしかなかったけど、その後なにも訊かれてないから、俺の姿がどこかの防犯カメラにでも映ってたんじゃないかな。ちなみに、どうやら赤井に目撃されていたらしい〉

「どういうことだ？」

ディスプレイの外から心葉が訊ねる。

〈心葉は知らないかもしれないけど、昨日、赤井が会社に乗り込んできたんだ。心葉が本当にいなくなったのか、わざわざ確認に来たみたいだった。その後で俺に『この前、あんたを近くで見た気がするんだけど？』というメールを送ってきた。その『この前』というのは、事件があった十七日の夜以外には考えられない〉

「どうして？」

〈俺が赤井の住所を知ったのは、事件があった十月十七日の昼間。彩ちゃんと一緒に、心葉の配達先を確認したときだ。縁がない場所だったから、それまでは近づいたことすらなかった。十八日から二十日までは東京の父の家にいて、二十一日に帰ってきてからは二十三日に会社に行くまで一歩も外に出ていない。赤井の方は昨日――二十三日に会社に来たとき、普段は近くのコンビニくらいにしか行かないと言っていた。となると、赤井が俺を目撃した場所はアパートの傍で、その機会があったのは十七日だけだったことになる。気づかなかったけど、あいつがカーテンを閉めるときに見られたのかもしれない〉

本当に赤井が千暁を見かけたのが十七日の夜なのか、夜だとしても何時なのかを確認する必要はある。しかし赤井に見られたことは、千暁にとって想定外だったはずだ。推理小説のようなアリバイトリックに利用することはできない。

現時点での結論としては、千暁が犯人である可能性は消えた——とまでは言えなくても、可能性は低くなったと言ってよさそうだ。

「よかった……」

彩の身体から力が抜けていく。しかし心葉は、怪訝《けげん》そうに目を眇《すが》めた。

「アリバイが成立することはわかった。でも、なぜぼくに嘘をついた？」

〈赤井の話をお前としたくなかったし、会社に迷惑がかかるから、俺が利用者の個人情報を勝手に使ったことはできるだけ秘密にしておきたかった。宇佐見部長は、そういうことに厳しいからな。赤井にも、俺を見かけたことは気のせいじゃないかと惚《とぼ》けておいた〉

「なるほど。宇佐見部長は矢口さんの一件で、随分ご立腹だったしね」

矢口というのは、彩が知らない名前だった。なにか問題を起こした人なのだろうか。

「どうやらぼくは早とちりで、君に不愉快な思いをさせてしまったようだ。すまなかった」

〈わかってくれてなによりだ。さて、そうなると〉

千暁の眼差《まなざ》しが、見えない心葉を睨《にら》みつけるように険を帯びた。

〈やっぱり心葉が犯人の可能性が出てきたことになるよな〉

力が抜けていた彩の身体が強張った。

〈心葉は、俺がアリバイについて嘘をついていることを知り、これ幸いとばかりに罪を被せようとした。だが失敗に終わって、平気なふりをしているが内心では焦っている。そう見られたって

おかしくない〉

「確かにそのとおりだけど、ぼくは犯人ではない。千暁が犯人でないとわかった以上、もう逃げるつもりもない。なんとしても真犯人を見つけたいから、警察に行って捜査に全面的に協力するつもりだ」

〈真犯人ね〉

そんな奴がいるのか、と言わんばかりの口振りで呟いたきり、千暁は口を閉ざした。心葉の方もなにも言わない。今度の沈黙は漂ってしまったら最後、振り払うことはできそうになかった。

彩は咄嗟に、千暁からビデオ通話がかかってきたために言いそびれたことを口にする。

「心葉さんが、千暁さんと美月さんが親子だと気づいたのは、事件現場で無意識のうちに目にしたなにかがきっかけかもしれないんですよね。それがなんだったのか、考えてみませんか。真犯人につながるヒントが見つかるかもしれません」

「……そうだね」

千暁はなんの反応も示さなかったが、心葉は頷いてくれた。しかし虚空を見据えた末に、力なく首を横に振る。

「なにも思い出せない。あのときは混乱して、とにかく警察と救急車を呼ぶことで頭が一杯だったから」

〈俺があの部屋に行ったのは事件の前の日、十月十六日だ。行ったのは四年半ぶりで、それほど長くいたわけじゃない。親子だとわかる痕跡を残したとは思えないよ。そもそも、親子だとわか

る痕跡ってなんだ？〉

　具体的に考えていなかったが、心葉が一日で親子と察したものとなると……。

「写真ではないでしょうか」

　思いついたのと口に出したのは、ほとんど同時だった。

「美月さんは、千暁さんの写真を飾っていた。心葉さんは部屋に行ったとき、無意識のうちにそれを目にしていた。だから親子だと思った」

「――そうだ」

　心葉が記憶の糸をたぐり寄せるようにしながら言った。

「思い出したよ。テレビの脇《わき》に写真立てがあって、千暁の写真が飾られていた。だからぼくは、二人が親子だと思ったんだ」

「わかってよかったです」

　笑みを浮かべた彩だったが、密《ひそ》かに落胆していた。写真では、真犯人につながる手がかりにはなりそうにない。

　しかし、千暁は言った。

〈心葉の勘違いじゃないか。母はあの部屋に、写真なんて飾っていなかった。さいたまの家に住んでいたときとは別人みたいだと思ったから、よく覚えてるよ〉

「そう言われても、確かにあった」

〈それが本当なら、俺が母の部屋に行った日から事件までの一日の間に、急に飾られたことにな

るけど……そんなことがあるとは思えない〉

「記憶違いではないはずだ」

「飾られていたと言っている人がいましたよ」

不意に思い出した彩は、二人の間に口を挟んだ。千暁が怪訝そうに訊ねてくる。

〈誰だよ？〉

「それは――」


「角南さんはご自身の動画で言ってましたよね。美月さんが息子の写真を飾っていた、と」

彩は目の前に立つ男性――角南を見上げて言った。

美月が殺害されたことを知った十月十八日の昼、彩は角南が運営するＹｏｕＴｕｂｅチャンネル「角南創介のトゥルース・リポート」にアップされた動画を観た。その中で口にされていたことだ。

昨日、改めて角南の動画を観て、間違いないことを確認した。その後で彩は、自分は美月が清掃員として潜り込んでいたオオクニフーズの社員であることと、心葉と親しいことを説明した上で、事件に関する情報があるので会いたいというメールを角南に送った。当然、角南は〈まずは電話かビデオ通話でいかがでしょうか〉と返してきたが、「直接会わないとできない話」と押し切ったのだ。

角南は、彩を見下ろしつつ頷いた。

「言ったかもしれませんね。それがなにか?」

「事件の前の日まで、あの部屋に写真はまったく飾られていなかったんです。ここにいる千暁さんが確認しています」

「千暁?」

角南の頬がわずかに引きつった。彩の傍らに立つ男性が、美月の息子だと気づいたようだ。

「でも十七日に心葉さんが美月さんの部屋に行ったときは、確かに千暁さんの写真があったそうです。つまり美月さんが写真を飾ったのは、十六日から十七日の間ということ。角南さんはこの間に美月さんの部屋に行ったから、写真があることを知っていたんですよね。だからつい、動画でしゃべってしまった」

昨夕から何度もシミュレーションを繰り返してきたので、つかえることなく話すことができた。

「角南さんが美月さんの部屋に行ったことを黙っているのは、犯人だから。違いますか」

「違います。誤解してますよ、藤沢さん」

角南の口許には、泰然自若とした笑みが浮かんでいた。

「写真のことは、取材した人から聞いただけです。その情報が間違っていた、それだけのこと。とはいえ、裏取りをしなかったのは私のミスですね。ご指摘ありがとうございました。ああ、もちろんジャーナリストには守秘義務があるから、取材相手がどこの誰かは教えられませんよ」

「角南さんが動画をアップしたのは、美月さんの事件が報道された日の昼前ですよね。取材する時間があったとは思えませんけど」

「ああ、そういえばそうだった」

角南は彩が勧めたわけでもないのに、椅子に腰を下ろして長い脚を組んだ。

「あのときは、被害者の雲竜美月さんが十年前の事件の関係者であることに気づいて一秒でも早く動画をアップしようと焦って、取材はしなかったんでした。ほかの動画とごっちゃになってましたよ。写真のくだりは思い込みで話してしまったんでしょうね。お恥ずかしいかぎりです」

千暁が耐えかねたように口を開いた。

「真実の報告《トゥルース・リポート》とやらはどうしたんだよ？」

「反省してます。今度、訂正の動画を出さないといけませんね」

千暁が睨みつけても、角南は気にも留めない様子で微苦笑した。動揺らしきものが見られたのは、千暁の素性を知った直後だけだ。さすが大手新聞社に二十年勤務していた上に、独立してジャーナリストを続けているだけのことはある。

角南が、ドアの前に立つ心葉に目を遣った。

「あなたは田中心葉さんですよね。ネットに写真が出回っているから、どこかで見た気がしていたんです。この状況は、逃げていた田中さんと結託して、藤沢さんと千暁さんが私を犯人に仕立てようとしている、といったところでしょうか。お友だちのためとはいえ、少し間違えたことを言っただけの私を犯人扱いするとは感心しませんね」

角南は椅子に背を預け、肩を大きくすくめた。普段の彩ならこういう態度を取る相手には、話しかけることすら躊躇《ちゅうちょ》してしまう。

でも、いまだけは違う。

「角南さんが犯人である根拠は、写真だけではありません。事件の夜、美月さんのスマホから心葉さんにかかってきた電話です。心葉さんは、あの電話の美月さんが一方的に話してきただけで会話が成立しなかったから、犯人が音声データを流したのではないかと考えています。そういうデータを手に入れられる人はかぎられますよね」

「そうですね。家族など、ごく一部の人だけでしょうね。私は当てはまらない」

「いいえ、当てはまります。角南さんは殺人事件の被害者遺族を取材して、動画をつくっているんですから」

これについて教えてくれたのは千暁だ。彩は気づかなかったが、角南のYouTubeチャンネルには被害者遺族が殺人者のもとを訪れ、心情を吐露する動画がシリーズで何本もアップされていた。彩はそのうちの一つだけを観た。正確に言えば、一人分の遺族の怒りやかなしみの声を聞いただけで涙が出そうになり、一つしか観ることができなかった。

〈マスコミって、昔の事件には興味を示さないし、きれいごとしか流さないから〉

遺族がそう語るシーンは、特に胸に迫った。この世界に確かに存在しているのに忘れられている「被害者遺族」の声を大きくして、世間に届ける動画だと思った。

美月も同じだったに違いない。

「心葉さんが十年前の事件について、本当のことを話していないかもしれない。そのことに悩んだ美月さんは、被害者遺族の味方になってくれると思って角南さんに連絡を取ったのでしょう。

もしかしたら、角南さんが十年前に陽太郎さんのことを取り上げた動画も観たのかもしれません。美月さんから連絡を受けた角南さんは、相談に乗りつつ、ほかの被害者遺族に対するのと同じように取材もしました。そのときに撮影した動画の音声を使って、心葉さんに電話をかけたんです」

「美月さんは、被害者遺族の会で講演していました。そのときに録音した音声データを使ったのかもしれませんよ。だとしたら犯人は、遺族会の関係者か、聴衆の誰か」

「講演会では、普通はマイクを使います。会場に反響もする。その声を録音したものを電話で使うのは、リスクが大きすぎると思いますが」

「知りませんよ、そんなことは。リスクが大きくても使ったんでしょう」

千暁の双眸《そうぼう》がつり上がった。

「いい加減にしろよ。なんだって遺族会の人たちが、母を殺して心葉を呼び出すんだよ？」

「私に訊かれても困りますよ。美月さんとの間にトラブルがあったんじゃないんですか？」

「ふざけるな。母がうちの会社に潜り込んだのも、心葉に十年前のことを告白させたのも、全部あんたの差し金なんだろう？」

「なんですか、その決めつけは？」

千暁の双眸がますますつり上がっても、角南は鷹揚《おうよう》な笑みを浮かべている。彩は、二人の間に割って入った。

「千暁さんは、そうした行動が美月さんらしくなくて、別の人格に支配されているように思ったそうです。でも支配していたのは、角南さんだったんです」

千暁によると、美月は十年前の事件の後、怪しげな宗教団体に財産を巻き上げられそうになったことがあり、自分のことを「洗脳されやすいタイプなのかも」と言っていたという。角南にも、体よく言い含められたのではないか？　それが千暁の考えだった。

「もちろん角南さんは、はっきり指図したわけではないでしょう。美月さんを動画に撮ろうと決めてから、さりげなく誘導していったのだと思います。その方が刺激的な動画になって、再生数を増やすことができるから」

角南はあきれ果てたと言わんばかりに、首を大きく横に振った。

「これはまた、随分と心外なことをおっしゃる。私が再生数目当てで、被害者遺族の動画を撮っているとでも？　彼らの行き場のない怒りを、悔しさを、かなしみを伝えるために撮っているのに。そもそも君たちの指摘には、なんの証拠もありませんよね。それなのに、よくもまあ」

角南から、証拠がないことを指摘されるとは思っていた。彩だって、昨日、心葉と千暁に同じことを言った。

こうして角南を呼び出すことにも、本音を言えば反対だった。

角南が自身の動画で、事件前夜の時点では飾られていなかった千暁の写真について語っていたこと。角南なら美月の取材をして、音声データを入手できたこと。清掃スタッフとしてオオクニフーズに潜り込んだり、朝礼で心葉に十年前のことを告白させたりといった千暁から見て美月らしからぬ行動も、角南の差し金と考えれば腑に落ちること。

〈こうして考えると、角南が犯人かもしれない可能性は無視できないな〉

三人で情報をすり合わせた末に結論を下した千暁は、座席のヘッドレストに頭を預けた。ディスプレイから千暁の顔が消え、顎《あご》と首だけが映る。すぐに警察に連絡しましょう、と彩が提案するより先に、震えを帯びた千暁の声が聞こえてきた。

〈お母さんを救いたかった〉

彩がなんと言っていいのかわからないでいると、千暁はヘッドレストから勢いよく頭を離した。双眸がつり上がり、血走っている。

〈母は心葉のことを殺したいほど憎んでいた。ずっと許せないでいたからな。その気持ちを、角南に利用されたんだ。母を撮って、動画の再生数を稼ごうとでも思ったんだろう。なのに、なにがあったのか知らないけど母にあんなことをした。絶対に許せない〉

許せない。その一言に胸が苦しくなった彩だったが、指摘しないわけにはいかない。

「まだ角南さんが犯人だと決まったわけではありませんよ。とにかく警察に行きましょう」

〈警察には行かない〉

強い口調だった。

〈俺たちがつかんだ情報を角南に突きつけてやる。警察に行くのは、それからだ〉

「ぜ……全部わたしたちの思い込みで、角南さんは事件とは無関係かもしれないんですよ」

彩が慌てて言っても、千暁は動じない。

〈そのときはそのときだ。俺が角南の動画に顔も名前も出して出演して、公開で謝罪してやる。再生数を稼げるだろうから、角南にとって悪い話じゃない〉

「そんなことになったら、千暁さんは……」

〈構わない〉

言い切った千暁は唇を半開きにして、荒い呼吸を繰り返す。この口から「なにかするときは、手順を一つ一つ考えるようにしている」という言葉が発せられたことが信じられなかった。

千暁さんらしくありませんよ。冷静になってください。どう考えても警察に任せた方がいいじゃないですか。深呼吸して落ち着きましょう——正論ならいくらでも思いつく。しかしそのどれ一つとして、いまの千暁に告げていいのかどうかわからなかった。

「千暁」

心葉が言った。千暁とは正反対の理性的な声音だった。千暁を説得するつもりなのだろう。自分一人では無理でも、心葉と一緒ならなんとかなるかもしれない。

「君の言うとおりだ。角南が犯人だとしたら、ぼくも絶対に許せない」

え、という声を呑み込み心葉を見遣る。その顔つきはもとの、直線的な力強さを帯びたものへと戻っていた。いつの間に？　千暁と三人で情報をすり合わせている間はずっと、弱々しいままだったのに。

心葉がスマホを覗き込む。今日、千暁が心葉の顔を見るのは、これが初めてだ。虚を衝《つ》かれた千暁が、あ、と声を漏らし、続けてなにか言おうとする。しかし心葉の方が早かった。

「ぼくらの考えが正しければ、あいつはぼくに罪をなすりつけようとしたんだ。おかげでネット上で好き放題言われて、人生めちゃくちゃだ。警察に丸投げなんてできない。あいつをどこかに呼び出して、犯人かどうか確かめよう。必要によっては、暴力に訴えてもいい」

「ま……待ってください！」

暴力に訴えてもいい。心葉が殴られる追体験をしたと恩田の日記で読んだだけに、それは信じられない一言だった。

「心葉さんまで、そんな……。わたしたちの考えには、なんの証拠もないんです。角南さんにも、そう言われるに決まってます」

「素人のぼくらに証拠なんて見つけられるはずがない。でもぼくらが集めた情報を突きつければ、角南が犯人かどうか、なにかしらの感触はつかめるはずだ。もし百パーセント無実だと確信できたなら、千暁の代わりにぼくが彼の動画に出演して謝罪する」

〈代わる必要はない。言い出したのは俺なんだから、俺が出る〉

「君は被害者遺族なんだ。どんな事情があれ、そんな人物に謝罪させたら角南は批判されるリスクを背負うことになる。その点、ぼくなら安心だ。『十年前に罪を犯し、今回の事件で疑われて失踪した男が、今度は赤の他人を人殺しと決めつける』なんて同情の余地はないからね。角南も安心して動画にできる」

〈……お前が背負うリスクが大きすぎる〉

千暁は心葉を案じつつも、やめろとは言わなかった。とにかくとめなくては、と彩が思っている間に、二人の話は進んでしまう。

「無実の可能性がある人物を殺人犯と決めつけるんだから、リスクを負うのは当然だ。それと、千暁は当事者だから、角南と冷静に対峙《たいじ》することは難しいだろう。ぼくが彼と話す。千暁は傍で見ていてくれるだけでいい」

〈気持ちはありがたいけど、どうしてそこまで？　十年前の罪滅ぼしのつもりか？　だったらやめてくれ。この件に関して、お前がなにかする必要は――〉

「いいからやらせてくれ！」

傍らの彩だけではない、千暁もたじろぐほどの強い語気だった。仮に心葉が罪滅ぼしになると思っていても、当の遺族が望んでないのだ。なのに、どうしてそこまで？

彩の疑問をよそに、心葉はいつもの口調に戻った。

「これくらいで十年前にしたことを許してもらえるとは思っていないけど、とにかく角南のことはぼくに任せてほしい。少なくとも君が相手をするよりは、犯人かどうか判別できる可能性は高いはずだ」

千暁は、訝《いぶか》しげな目をしながらも応じる。

〈……そうだな。俺だと頭に血がのぼって、そもそも会話にならないかもしれないからな〉

「決まりだね。どこか適当な場所に角南を呼び出そう」

心葉と千暁が頷き合う。もう二人をとめることはできそうにない。それに自分を抑えられない千暁の気持ちも、彩にはよくわかった。

彩自身、証拠がなくても心葉の居場所に関する情報がほしくて、千暁と美月が親子だと指摘せずにはいられなかったのだから。

千暁さんに恩返しをしたい、とも思う。美月と親子だというしなくてもいい指摘をしたにもかかわらず、千暁は恩田印刷工場のことを教えてくれた。それなら、角南のことは。

「心葉さんでも、会話にならないかもしれません」

心葉と千暁の視線が、そろって彩に引き寄せられた。

「わたしたちの考えが正しいなら、角南さんは心葉さんを罠《わな》に嵌《は》めるために、美月さんの部屋に呼び出したんですよね。その心葉さんから告発されたらプライドが邪魔をして、相手にしてくれないかもしれません。それに……」

言い淀《よど》んだが、続ける。

「心葉さんは、子どものころとはいえ罪を犯しています。角南さんの方は、本を何冊も出しているジャーナリストです。『自分の方が偉い』と思い込んでいたら余裕の態度を崩さなくて、犯人かどうかわからないと思います」

千暁が座席に背を預けた。

〈彩ちゃんの言うとおりだな。心葉は、角南との相性は最悪だ。俺が話すしかないってことか〉

心葉もため息交じりに同意する。

「そのようだね。感情的になるなと言う方が無理だけど、ぼくも全力でサポートするから――」

「もう一人いるじゃないですか」

彩は、右手を自分の胸に当てた。

「わたしが、角南さんと話をします」

彩がそう言ってから、数秒の間を置いて。

女性に告発された方がプライドが邪魔する。逆上するかもしれないから危ない。絶対にやめた方がいい、というより、やらせない——心葉と千暁は、どれがどちらの言葉かわからなくなるほどの勢いで捲し立ててきた。それでも、彩は自分の考えを曲げない。

「わたしにやらせてください。ほかに方法はありませんよね」

「ないわけじゃないけど……」

〈確かに、俺や心葉が話すよりは……〉

「なら、決まりですね」

心葉と千暁はスマホ越しに目を合わせると、そろって仕方なさそうに頷いた。

「わかったよ、彩さんに任せる。ただし角南と話をするときは、ぼくも同席する。場所は、店員が受付にいる貸し会議室にしよう。人が来るとわかれば、たとえ追い詰められても角南が無茶をすることはないはずだ」

〈俺も一緒だ。必要に応じて口は出す。もし頭に血がのぼって角南を殴りそうになったら、自分の頬を殴ることにするよ〉

千暁が右拳を自分の頬に当てる。おどけた仕草に却って胸が重くなったものの、彩は「お願いします」と一礼した。

二人には黙っていたが、心葉を角南の動画に出すわけにはいかない。もし角南が犯人でないことがはっきりしたら、土下座でもなんでもして許してもらうつもりだった。

その後で、角南にどのタイミングでなにを言うか、角南がどんな反論をしてくるかなどを想定した上で、今日この場を迎えたのだ。

「証拠がないのに、本気で私を犯人と決めつけるとは。忙しいのに、時間を無駄にしてしまいました。もう失礼します」

彩が心葉たちとのやり取りを思い出している間に角南は立ち上がり、ドアに向かって歩を進める。

「確かに証拠はありません。でも、いまの話を警察にしようと思います。いますぐ、ここで」

振り返った角南に見せつけるため、彩はスカートのポケットから取り出したスマホを掲げた。

もし角南が犯人なら、動揺を見せるはず。ドアの前に立つ心葉が、彩から見て右方向、角南の顔が見える位置に移動した。彩の傍らに立つ千暁も角南を凝視する。

果たして、角南は、

「程度が低い発想だなあ」

肩をすくめた後、「おっと、失礼」と空々しい謝罪を挟んで笑ってみせた。

「冷静に考えてみてください。先ほど言ったとおり、君たちの話にはなんの証拠もないんです。そんなものを相手にするほど、警察は暇ではありませんよ。迷惑をかけるだけだから、連絡しないことをお勧めします」

「心葉さんが犯人である証拠は見つかってないのですから、警察はわたしたちの話に興味を持つと思いますよ。美月さんのスマホやパソコンの通信記録を調べれば、角南さんとやり取りをした履歴も見つかるはずです」

「警察は既に見つけていて、私に話を聞きにきましたよ。実は美月さんから、田中さんについて取材してほしいと相談されていたんです。彼女のプライバシーにかかわることだから言いたくなかったのですが、痛くもない腹をさぐられては仕方がない。というわけで履歴はあっても、私は事件とは一切関係ありません」

「角南さんと美月さんに接点があったことを、警察はつかんでいるということですよね。この上、写真や音声データという状況証拠があることを知ったら、警察はあなたのことを徹底的に調べるに違いありません。街中に設置された防犯カメラのチェックもするはずです。映っていることが確認されたら、ごまかせないのではありませんか」

角南は、わざとらしいため息をついた。

「はっきり言わないとわかってもらえないようだから、そうしますね。警察に連絡したら、困ったことになるのは君たちです」

千暁が喧嘩腰《けんかごし》に問う。

「なんでだよ?」

「妄想をたくましくしている君たちには申し訳ありませんが、私は犯人ではないのです。警察はすぐに、私が無実だという結論を下すでしょう。そうしたら他人に罪をなすりつけようとしたと思われて、田中さんの立場がますます悪くなりますよ」

「ぼくはそれでも構いませんが」

この部屋に入ってから初めて、心葉が口を開いた。角南は双眸を鋭くさせて心葉を見遣ったものの、すぐに千暁に視線を戻す。

「千暁さんの目的が、田中さんの心証を悪くして、犯人として逮捕させることならとめはしませんよ。十年前にお兄さんを殺されているのだから、そうしたくなる気持ちはよくわかります」

千暁の顔がはっきりと強張ったが、角南は意に介さない。

「ただ、いい手とは言えませんね。私は聖人君子ではない。警察の疑いが晴れた後で、あなたたちのことは名前も素性も、話せることはすべて動画で話しますよ。もちろん、藤沢さんのこともです。男二人に騙《だま》された頭の悪い女として、さぞ誹謗《ひぼう》中傷が集まるでしょうね。あなたたちとの関係について、よからぬ噂《うわさ》も流されるかもしれません。いくら田中さんが憎いからといって、それでいいんですか」

「わたしは構いません」

彩は躊躇なく心葉を真似たが、心葉は腕組みを、千暁は舌打ちをして角南を睨みつけるだけだった。角南は二人を見て、悠然と微笑《ほほえ》む。

「自分たちがいかに愚かなことをしているか、自覚できたようですね。今日のことは忘れてあげましょう。君たちも、早く忘れなさい」

犯人かどうか確かめようとしている相手から、こんな施しを受けるような物言いをされるとは思いもしなかった。

仮に角南が犯人でないのなら、偉そうではあるものの、言っていることには一理ある。彩たちが警察に誤った情報を伝えた場合に起こりうる事態を、的確に述べてはいる。

でも、もし犯人だったのなら。彩たちが警察に情報を提供できないようにする一方で、アリバイを偽装したり、心葉が犯人である証拠を捏造したりと、捕まらないためにさまざまな手を打つつもりでいるのかもしれない。

それだけではない。

そっと千暁を覗き見る。角南を睨む目は、熱を発しているのではと思うほど赤くなっていた。

「ご理解いただけたかどうか、君たちの返事を聞かせてもらえますか?」

心葉と千暁がなにか言う前に、彩は一歩前に進み出た。

「もし角南さんが犯人なら、ひどいと思います」

角南が、聞き分けのない子どもを相手にするような苦笑いを浮かべた。

「ひどい?　私が?」

「そうです。自分の身を守るために、千暁さんを心配しているふりをして、傷つけているから」

「私が犯人なら、そう言われても仕方ないかもしれませんね。でも、私は犯人ではない」

「本当に犯人でないのなら謝ります。でも犯人なら、これ以上は千暁さんを傷つけないでください。いえ、傷つけることはできないはずです。被害者遺族のために、あんな動画を撮れる人なのだから」

「そちらの動画も観てくださったんですか。光栄です」

「一本だけですけれど。それ以上は、辛くて無理でした。でも、あなたがご遺族の声を世間に届けようとしていることはわかりました」

もしも両親が誰かに殺されたのだとしたら。その人がいまも自分と同じ空の下で、ご飯を食べたり、眠ったり、働いたりしているのだとしたら。そう想像したときのことが蘇り、声に力が漲《みなぎ》っていく。

「角南さんのプロフィールを拝見しました。あんな風にかなしんだり、苦しんだりしている人たちをなんとかしてあげたくて、新聞社から独立してフリーのジャーナリストになったんですよね。でしたら、お願いですからこれ以上は嘘をつかないでください。それが、あなたを信じた人たちのためにもなるはずです」

きれいごとを言っている、と嘲笑《あざわら》われる覚悟はある。それでも、美月を殺したかもしれないこの男性相手に言わずにはいられなかった。

角南が口の両端をつり上げる。

「あなたを信じた人たちのため、か。へえ」

なにがおもしろいのか、角南は肩を震わせるようにして笑うと、彩の顔を無遠慮に眺め始めた。彩はたじろぎそうになりながらも、角南を見据える。角南がなにか言うまで、いつまでも目を逸らさないつもりだった。

しかし角南は、突如変貌《へんぼう》した。

「知ったようなことを抜かしてんじゃねえよ」

目の前にある口から発せられたのに、敬語が消えている上に語気が荒々しくなっていて、別の誰かが話しているようだった。

「お前みたいな小娘になにがわかる？　理想だけでは飯《メシ》が食えないんだよ。数字が取れないとやっていけないんだよ。俺がどれだけ苦労しているのか知りもしないで、どいつもこいつも偉そうに！」

唾を飛ばして捲し立てる角南は、口調だけではない、表情も別人のように変わっていた。口許に湛《たた》えていた笑みは消え、憤怒《ふんぬ》で顔が歪んでいる。きれいごとを言っていると嘲笑われる覚悟はしていたが、こんな罵声《ばせい》を浴びることになるとは思ってもみなかった。

たじろぐ彩に大きな舌打ちをして、角南は背を向けた。

「もういい、帰る。お前らのことは、全部動画でばらしてやる。田中心葉がまた人を殺したと世界中に訴えてやる」

「心葉を犯人扱いするのは、警察に行ってからにしたらどうだ？」

彩は、角南とほとんど同時に、声の主――千暁の方を振り返った。

その手には、スマホが掲げられている。

「たったいま警察に、母を殺した犯人を見つけたから来てほしいとメールを送って――」

スマホの着信音が、千暁の言葉を遮った。

「警察からだ」

千暁が電話に出る。

「はい、もしもし、佐藤です——そうです、ＹｏｕＴｕｂｅｒの角南創介です。暴れたら困るんで、早く来てください。場所はメールにも書きましたが、念のため申し上げると——」

「ま、待て！」

叫ぶ角南を無視して、千暁はこの場所の住所を口にして電話を切った。

「ふざけるな、いますぐ取り消しの電話をかけろ。でないと、お前らを社会的に抹殺してやるぞ。三人まとめて人生終わりだぞ」

「いいんですか、千暁さん？　角南さんが犯人かどうか、まだ確実なことは……」

「犯人だよ」

喚《わめ》き散らす角南に怯みながらも問う彩に、千暁は迷うことなく答えた。

「俺の母が、いつまでもこんな奴の言いなりになっていたはずがない。大方、途中で目が覚めて揉めたんだ。もともと母は、自分が心葉にさせたことが正しかったのかどうか迷っていたみたいだからね。彩ちゃんは母から、そういう印象を受けなかった？」

——そう。

最後に会ったとき、美月が口にした一言を思い出す。あの一言が——都合がよすぎる解釈かもしれないけれど——遺族に思いを馳《は》せる彩に心を打たれたからこそ出たものだとしたら。

彩はなにも言わなかったが、千暁は察してくれたようだった。

「あるみたいだね。自分の思いどおりに動かなくなった母に角南が逆上して、事件が起こった。真相は、これで決まりだ」

「お前まで知ったようなことを抜かすな」

角南が地団駄を踏む。最早、駄々っ子だった。

「警察なんて関係ない。俺は帰る」

角南が踵を返すと、心葉は素早くドアの前に戻って行く手を遮った。

「どけよ。この俺に逆らうのかよ、人殺しの前科持ちのくせに」

角南は、駄々っ子ではなかった。言葉で人を傷つけられる分、駄々っ子よりもずっと性質《たち》が悪い。

しかし心葉は、表情一つ変えなかった。

「どけ」

角南が両手で胸を突いたが、心葉は動かない。それでも角南は「どけ、どけ」と繰り返しながら心葉の胸を突き続ける。その左手首を、心葉は右手で鷲《わし》づかみにした。

「なんだよ、この手は？　殴るつもりか？　そいつの兄貴を殺したみたいに？」

怯えながらも挑発する角南に、心葉は首を横に振った。

「殴りません。殴られたら痛いことは、よく知っているから」

「なんだ？　お前、一体なにを言って……」

角南は混乱気味に呟いたものの、すぐにまた喚き声を上げて暴れ出した。手首をつかまれてなにもできないのに、執拗《しつよう》に。それは、騒ぎを聞きつけた店員が駆けつけた後も続いた。相模原警察署の大久保と馬場が到着するまで、ずっとそうしていた。

彼女のこと

角南創介のもとに雲竜美月からメールが届いたのは、十月一日午後九時三十六分だった。長々と書かれた文章を一言でまとめれば、「悩んでいるので話を聞いてほしい」となる。

この手のメールは掃いて捨てるほど来るが、美月の文面には目を惹《ひ》かれる点が多々あった。

まず、十年前、中学二年生の少年に長男を殺されていること。長男を殺した元少年が反省の意を示しておきながら、最初から殺すつもりで殴ったことを隠しているかもしれないこと。その元少年と次男が、現在、会社の同僚になっていること。

素人のメールなので文章がたどたどしく、全容は判然としないが、なかなか興味深い。

〈メールありがとうございます。よろしければ、一度オンラインで詳しいお話をうかがわせていただけないでしょうか〉

実際に話してみるまでは動画のネタになるか結論を出せないので適度に距離を置いたメールを送ると、一分もしないうちに返事が来た。

〈今夜、これからはいかがでしょうか〉

パソコンに表示された時刻を見ると、午後十時半だった。夜更けとは言い難いが、オンラインとはいえ、初対面の相手と話すのに適切な時間ではない。そこまで思い詰めているということか。了解の旨と、オンラインで話すためのミーティングルームのＵＲＬを送る。指定した開始時刻は午後十一時。三十分後にしたのは、十年前の事件について最低限の知識を得るためだった。しかしネットを検索しても、見つかったのは休刊になった週刊誌の記事くらいだった。あまり注目された事件ではないのだろう。被害者が女子高生や女子大生で、かつ美人であれば、マスコミが放《ほう》っておかなかっただろうが。

成果を上げられないまま迎えた午後十一時、ノートパソコンの前で待っていると、美月がミーティングルームにアクセスしてきた。十年前に二十《はたち》歳前後の息子がいたことから、現在の年齢は高く見積もっても六十歳前後と推定していたが、ディスプレイに映った顔はもっと老けて見えた。

〈雲竜美月です。夜遅い時間に申し訳ありません〉

美月の声は、見た目とは不釣り合いなほどかわいらしかった。ただ、力がない上に小声なので聞き取りづらい。パソコンの音量を上げる。

「構いませんよ。むしろ、私を相談相手に選んでいただき光栄です」

〈角南さんのお名前は聞いたことがありますし、陽太郎のことを動画で取り上げてくれてましたから〉

そんな覚えはなかったが、口にする愚は犯さない。

「本当に光栄です。それで、メールではわからなかったことをいくつか確認したいのですが」

〈聞いてください。十年前、参舵亜は――〉

メールをもとに質問するつもりだったのだが、美月はいきなり声を大きくして捲《まく》し立ててきた。辟易《へきえき》したが、こういう手合いは下手に遮ると機嫌を損ねかねないので、パソコンの音量を下げて話を聞く。メールに書かれていた話の繰り返しが続き、気づかれないように時計に何度も目を遣《や》ったが、適度に相槌《あいづち》を打ち、どうしても意味がわからないことに関しては質問しているうちに、おおよその事情は把握できた。

一通りの説明を終えてから、美月は言った。

〈赤井さんの話が本当なら、参舵亜を絶対に許せません〉

話の途中でも、似たような言葉が脈絡なく幾度も挟み込まれた。「本当なら」という前提を設けてはいるが、既に参舵亜を許せないのだろう。

角南に連絡してくる被害者遺族は、三つのタイプに分類できる。

一つ目は、ただ話を聞いてほしいだけのタイプ。こういう手合いは自分の苦悩を一方的に話すだけで、取材も受けたがらない。角南にとってはなんのメリットもない上に、対応を間違えると逆上してSNSで悪評を流しまくる、最も面倒なタイプだ。それらしいアドバイスを送って、早々にお帰りいただくにかぎる。

二つ目は、角南に取材してほしいタイプ。ネタになりそうならつき合ってやるが、そういう例は稀《まれ》だ。本人にとってはどんなに辛《つら》いできごとでも世間にありふれた不幸話では金にならないし、自分ほどのジャーナリストが相手をするまでもない。

三つ目は、犯人への恨みや憤りを発散したい衝動に駆られ、角南に背中を押されたがっているタイプ。このタイプはさらに、角南が背中を押したら実際に行動するタイプと、躊躇《ちゅうちょ》して結局はなにもしないタイプに二分される。
経験則に基づけば、雲竜美月は三つ目のタイプの前者。ネタにはうってつけだ。
いつもの角南なら「信じる価値があるかどうか、参舵亜と直接話してみるしかない」に類する
言葉をかける。それだけでこれまで何本もつくってきた、被害者遺族が殺人犯に直撃する動画の
できあがりだ。この動画シリーズは角南のＹｏｕＴｕｂｅチャンネルでは例外的に人気が高く、
ＳＮＳで話題になることも多い。ただ、最近、再生数は頭打ちの傾向にある。
雲竜美月は「素材」としてなかなかのポテンシャルがありそうだし、これまでと一味違った動
画にすればブレイクスルーになるかもしれない。
「赤井さんの話をどうとらえるかは、参舵亜さんを信じられるかどうかにかかってますよね。で
も、普段のありのままの参舵亜さんを見ないことには、なんとも言えないでしょう」
敢《あ》えて敬称をつけることで、参舵亜を一人の人間として尊重しているニュアンスを漂わせた。
これに実現が困難に思える条件を組み合わせた効果で、美月が荒ぶる。
〈そんなの無理ですよ！〉
いい案配に冷静さを欠いている。角南は思案しているふりをして宙を見つめることで、笑みの
形状になりそうな唇を隠した。しばらく間を置いて、唇が落ち着いたところで切り出す。
「あくまでたとえばですが、同僚たちにどう思われているか観察するために、職場に忍び込むこ
とはできると思いますよ。参舵亜さんが勤めているオオクニフーズというのは、食品卸売会社で

したよね。清掃業を外注しているかもしれない。その仕事に就くことができれば、あるいは」

〈そんなことができるんですか？〉

質問してくる時点で、やる気があるということだ。

「ちょっと調べてみますね。すぐに戻ってきます」

今度は唇の形状を隠せそうになくて、カメラとマイクを一旦《いったん》オフにした。

ネットでオオクニフーズについて調べると、本社が横浜市、支社が相模原市にあることがわかった。次いで近隣の清掃会社を検索すると、横浜にあるヨコハラクリーニングの取引先一覧にオオクニフーズの名を見つけた。人手不足の影響もあってか、この会社は三日間研修を受ければ現場に出られるようだ。

現在のオオクニフーズの担当者次第だが、自宅から近いのでなにか問題があったときすぐに対応できることを口実にすれば、担当を替わってもらえるかもしれない。食品卸売会社の清掃は綿密に行わなければならず、なにかと面倒だからだ——カメラとマイクをオンにしてから角南は、そう説明した。

「もちろん採用されることが前提ですが、職場に入り込もうと思えばできますね」

これ以上踏み込んだ発言は控えるつもりだった。あくまで被害者遺族に「自分が決断した」と思わせることが重要なのだ。これまでの動画でもそうしてきた。無用なトラブルを避けることができるし、なにより、自分の考えで動いたと思い込むことで被写体の迫力が増す。

じっくり待つつもりだったが、美月はすぐに決断を下した。

「すごい覚悟ですね」

感心したような声を上げる。美月に自分の意志で決断したと印象づけるのと同時に、この提案をするためである。

「自分の息子を殺《あや》めた相手を信じられるか確認するために、そこまでできる人はなかなかいませんよ。よろしければ参舵亜さんの職場に入り込んだ暁には、彼を見てどう思ったか取材させてもらえないでしょうか。あなたの声は、たくさんの被害者遺族を勇気づけるはずです」

最後の一言には、とりわけ力を込めた。自分の決断に大義があると言われて悪い気がする者はいない。案の定、美月は戸惑いの面持ちを浮かべながらも頷《うなず》いた。

〈それが、私と同じ被害者遺族のためになるなら〉

「ありがとうございます。ただ、とめてくるかもしれませんから、ご家族には内緒にした方がいいでしょう」

悪徳宗教や詐欺に騙《だま》されそうなタイプだと思いながら、角南は内心でほくそ笑む。

美月とのオンラインミーティングを終えた後、角南は十年前に自分がアップした動画を確認した。その週の事件をまとめた動画で雲竜陽太郎の事件を取り上げていたが、まるで記憶になかった。

十月六日。美月から、ヨコハラクリーニングに採用され、オオクニフーズの担当になることができたというメールが届いた。これまでオオクニフーズを担当していた者が作業量の多さに辟易して、ちょうどやめたがっているタイミングだったらしい。こんなに首尾よくことが運ぶとは思わなかったが、いい仕事ができるときは得てして追い風が吹くものだ。

美月から話がしたいというメールが来たのは、それから一週間が経《た》った十月十三日のことだった。午後九時、前回と同じようにオンラインのミーティングルームで顔を合わせる。

〈参舵亜のことが許せないんです。陽太郎にあんなことをしておきながら、普通に仕事をして、周りから信頼されて、同僚の女の子とも仲よくして……〉

ディスプレイに映るや否や、美月は挨拶《あいさつ》もせずにしゃべり出した。亡き息子と比較して、参舵亜への憎悪が燃え上がることは予想していた。今夜の話も、それに関することだろうと踏んでいた。

しかし、これほどとは。

この後は参舵亜に直撃するよう唆《そそのか》し、その様子を動画に撮って終わりにするつもりだったが、それだけではもったいない。

美月は顔を赤くして、参舵亜のことを喚《わめ》き散らす。角南は耳を傾けているふりをして相槌を打ち続けたが、二十分近く経って語勢がようやく弱まってきたタイミングで言った。

「周りとうまくやっていて、同僚の女性と仲がいい、か。参舵亜さんは、職場で受け入れられているということですよね。ちゃんと更生しないと、そうはいかないでしょう。雲竜さんにこんなことを言うのは気が引けますが、そんな人なら十年前、最初から殺意があったことを認めるのでは……参舵亜さんを信じるしかないのでは……」

〈参舵亜が周りに受け入れられているのは、十年前のことを隠しているからです。殺人者だったことがわかれば話が変わってきます。そう、そうですよ。十年前のことを隠して仕事している時点で、参舵亜は更生なんてしてないんですよ〉

「参舵亜さんの正体を知って周囲がどう反応するかは、なんとも言えないと思いますが。実際、ご遺族である千暁さんさえ、表面上は普通に接して……あ、すみません」

角南が敢えて謝ると、美月は電波が悪くなったのではと疑いたくなるほど、ディスプレイの中で動かなくなった。しかし内面は、激しく揺れていることが透けて見える。揺れを自分好みのところでとめるべく、角南は同情を装って煽《あお》る。

「会社の人たちは過去の罪を知っても、いまの参舵亜さんは更生していると見なして受け入れるかもしれませんね」

〈そんなの、わからないじゃないですか。だったらあの会社の人たちに、参舵亜が十年前にしたことを教えてやります。私がオフィスに乗り込んで遺族であることを話して……それから、十年前のことを……そうしたら周りの人たちだって……参舵亜と仲よくしている彼女だって……〉

美月は興奮気味に捲し立てた。内面の揺れが、角南好みのところでとまろうとしている。悪くない展開だが、美月がオフィスで暴露している様を撮影することは難しいし、一級品の動画素材でもあるのでもう一捻《ひとひね》りしたい。

「いくら雲竜さんが遺族でも、いきなり十年前のことを暴露したら参舵亜さんに同情して味方する人も出てくると思いますよ。そうなっては、雲竜さんは参舵亜さんを信じていいのか、却って わからなくなってしまう。参舵亜さんが自ら十年前のことを打ち明けたときの周囲の反応を見ることができれば一番いいのですが、現実的ではないでしょうね」

〈なら、私が言わせます〉

角南が望んだ言葉だった。

〈参舵亜に、十年前のことを会社の人たちの前で告白させます。そうするように言います。拒否したら、私が職場の人たちにばらすと言ってやります〉

「それはつまり、もし参舵亜さんが十年前のことを告白した後も会社の人たちに受け入れられたら、本当に更生しているということ。赤井さんの話は嘘《うそ》、あるいは、参舵亜さんは酔った勢いで赤井さんの話を認めただけ。雲竜さんは、参舵亜さんを信じるということですね」

〈そうなりますね〉

「参舵亜さんが受け入れられなかったら?」

〈その逆でしょうか〉

「なるほど。理路整然としたお考えです」

考えたのは角南だが、こう言うことで美月自身の発案だと錯覚させられる。興奮状態にある美月の脳はこの錯覚を受け入れ、数時間もすれば自分の発案だと思い込むことだろう。

〈理路整然とした考え……そうですよね。でも場合によっては参舵亜は仕事も友人も、すべて失うことになるのか……〉

美月は興奮が反転したような、力の抜けた声で言った。表情には、内心の当惑がじわじわ染み出している。こういう遺族は珍しくないので、いつものように角南は独り言に聞こえるように呟《つぶや》いた。

「事件から何年も手紙一つ書いてこなかった報いかな」

〈報い〉

呟いた美月の声に、再び力がこもった。

〈そうですね。それくらいのリスク、参舵亜は背負って当然ですよね〉

角南は肯定も否定もしない。

「いまの心情を、取材させてもらっても？」

この動画を公開すれば、「なぜ遺族をとめなかったのか」と角南を非難する声は必ず生じる。が、「遺族の思いを尊重した」というお題目を掲げれば、支持する声も同じくらい生じる。結果、注目が集まり、動画の再生数がどんどん上がる。広告収入を計算する角南に気づくことなく、美月は悲愴《ひそう》感あふれる表情になった。

〈はい、お願いします〉

顔を出すことを嫌がる被害者遺族もいるが、顔出し実名の方が動画に迫力と説得力が増して、再生数も跳ね上がる。角南がそうする方向に仕向けるより先に、美月は自ら申し出た。

〈参舵亜の人生を狂わせるかもしれないのだから、私が匿名なのは卑怯《ひきょう》です。離婚して、夫と次男は名字が変わっているから迷惑をかけることもないでしょう。顔出し実名でお願いします〉

「わかりました。では、始めさせていただきます」

角南がミーティングルームの録画ボタンを押すと、美月は手櫛《てぐし》で軽く髪を整えて名乗った。

〈雲竜美月と申します〉


三日後、十月十六日午後八時。角南は事前の約束どおり、美月とミーティングルームで顔を合わせた。

「こんばんは。本日の会話は、最初から記録させてもらいますね」

〈どうぞ〉

頷く美月の表情は、解放感に満ちていた。参舵亜に十年前の殺人を告白させる件がどうなったのかは明らかだ。角南が録画ボタンを押すと、美月は顔の筋肉を引き締めた。

〈今朝《けさ》のオオクニフーズの朝礼で、参舵亜に十年前のことを告白させました〉

「いまの率直な心境を教えてください」

〈まだ冷静には考えられません。でもこれから何日かは、職場の人たちが参舵亜にどう接するかを見てみたいと思います。参舵亜が受け入れられるのか、拒否されるのか、それはわかりません。どちらになるにせよ、私はその後で参舵亜と直接顔を合わせて話をしたいと思っています。私の息子を最初から殺すつもりだったのかどうか、改めて訊いてみたいです〉

冷静に考えられないという割に、美月は一度もつかえることなく語った。事前に練習していたとしか思えない。素人なのだから言い淀《よど》んだり、同じことを繰り返したりしてくれた方が映像映えするのだが。余計な準備をするなよと内心で舌打ちしていると、美月の側《がわ》からインターホンの鳴る音が聞こえた。

〈こんな時間に誰《だれ》だろう……すみません、ちょっと失礼〉

美月がディスプレイの外に消えた。しばらくすると、〈え？　どうしたの？〉と当惑する声が聞こえてきた。美月がディスプレイに戻ってくる。

〈すみません、息子が来ました〉

「千暁さんが？」

〈はい。どうしても話したいことがあると言っているので、一旦切りますね〉

「了解です。話がどれだけ長引くかわかりませんから、今夜はもうやめにしましょう。千暁さんに取材のことを気づかれないように注意してくださいね。明日《あした》の夜ご自宅にうかがいますから、改めて話をお聞きします」

罪を告白させた日の夜に参舵亜に抱いている心情を速報的に、その翌日に少し落ち着いてからの心情や、陽太郎との思い出をいまの生活環境を踏まえて語ってもらう。三日前の夜、そういう約束をしたのだった。住所は、既にメールで教えてもらっている。このまま映像映えしない撮影を続けるより、ずっと効率的だ。

〈わかりました。では、明日。お待ちしております〉

美月は言い終えるのと同時にログアウトした。

十月十七日、午後八時。角南は小田急線相模大野駅で下車し、美月の家を訪れた。

「夜分遅くにお邪魔してすみません。なるべく手短に済ませますから」

玄関で帽子を脱いで頭を下げた角南を、美月は無言でリビングに通した。

「撮影の準備をさせてもらいますね」

リュックを開ける。中にはノートパソコンとモバイルバッテリー、マイク、三脚などが入っている。スマホでも充分な品質の映像が撮れるので、専用のカメラは持ち歩いていない。

さりげなく室内を見回す。飾り気のない、殺風景な部屋だった。そんな中、テレビの脇《わき》に飾られた写真だけが異彩を放っている。被写体は、高校生くらいの少年だった。なにかのスポーツ大会で優勝したのだろうか、金色のメダルを首からぶら下げ、得意げにVサインをしている。

「陽太郎さんですか?」

「いえ、次男の千暁です。少し前の写真なのですが、いろいろ思うところがありまして。いま振り返ると、この写真を飾らなくていいと言ったとき、もう少し千暁のことを――」

「その辺りも踏まえて、じっくりお話をうかがいたいです」

話が長くなりそうなので打ち切るために言ったのだが、美月は薄く息をついた。

「踏まえていいんですね」

「なにかありましたか?」

スマホを三脚にセットしながら問うと、美月は倒れ込むようにベッドに腰を下ろした。

「いろいろ相談に乗ってくださった角南さんには申し訳ないのですが、これでよかったのか、わからないんです」

「昨日《きのう》の夜、千暁さんになにか言われましたか?」

　これまでも、振り上げた拳《こぶし》を下ろそうとした被害者遺族がいなかったわけではない。彼らはほぼ全員、第三者と話したことがきっかけで決意が揺らいでいた。美月の場合は、次男の訪問が影響したか。なにを言われたのか知らないが、慎重に導き、拳を振り上げ直させなくては。

「ええ、まあ。最初は、千暁がなにを言いたいのか全然わからなかったんです。でも今日、オオクニフーズで参舵亜の同僚の女の子と話したら、その……」

　昨夜とは打って変わって歯切れが悪い。こういう話し方を望んではいたが、カメラが回っていないところでは時間を浪費するだけだ。

「参舵亜さんと仲がいいという、例の彼女ですよね。その人が、どうしたんです?」

「彼女は参舵亜が十年前に事件を起こしたことを知って、ものすごく苦しんでいました。でも同じかそれ以上に、私たち遺族のことも気にかけてくれていたんです。こんないい子が参舵亜の傍《そば》にいるのかと思うと、たまらなく胸を締めつけられて……逃げ出してしまって……」

　美月の顔がくしゃりと歪《ゆが》む。

「その後も彼女のことを忘れられないでいるうちに、千暁が私と一緒に参舵亜を憎んでくれない理由も、わかる気がしてきました。参舵亜が人殺しであることは間違いないけど、彼女と千暁にとってはそれだけの人間ではないのだろうな、と……」

「だから参舵亜さんが更生したことがわかった、赤井さんの話は嘘だった。そう言いたいのですか？」

「そんなことは……職場には、参舵亜を受け入れられそうにない人もいるし……むしろ、そちらの方が多くて……やっぱり参舵亜は、殺意があったことを隠しているのかもしれなくて……」

「なら、なにも迷うことはないでしょう」

「そう……そうですよね」

美月は肯定の言葉を口にしておきながら、首を横に振った。

「でも彼女と千暁のことを思うと、本当にこれでよかったのか、わからなくなるんです」

この女は一体なにを言っている？　口にされたのはすべて平易な単語なのに、まったく理解できなかった。せっかく参舵亜を思いどおりに動かすことができたのに、表情に迷いや疲労が滲《にじ》んでいる理由もわからなかった。

ただ、確かなことが一つある。

「もっとわかりやすくないと、ネタにならないんだよ」

自分の声が空気を震わせた直後、息を呑《の》んだ。美月も同様だ。互いに相手の顔を凝視したまま動けなくなる。

先に我に返ったのは、美月だった。

「いま思えば、私は角南さんに誘導されて、オオクニフーズに潜り込んだり、参舵亜に十年前の罪を告白させたりした気がします」

「責任転嫁するおつもりで？」

猛々《たけだけ》しい語調で動揺を覆い隠す。対照的に、美月の物言いは静かだった。

「最終的に決めたのは私ですから、もちろんそんなつもりはありません。それに審判や裁判を乗り切るためだけに殊勝な態度を取って、それが終わったら被害者遺族に連絡一つしない犯罪者がいることは事実。遺族としては、絶対に許すことはできません。そういう人たちにとって、角南さんのやり方は救いになるでしょう。でも中には、殺人者を憎む以外の選択肢を奪われた遺族もいるのではありませんか。あなたが動画の再生数を稼ぐことを、最優先するせいで」

「再生数を稼ぐことのなにが悪い？　どんなに大層なお題目を唱えたところで、観《み》られなかったら意味がないんだよ！」

自分でも狼狽《ろうばい》するほどの大声が喉《のど》から発せられた。それが契機となり、記憶が蘇《よみがえ》る。

新聞社から独立したものの約束を反故《ほご》にされて仕事がなくなり、減る一方の貯金を見つめるだけだった日々。仕事がない苛立《いらだ》ちを妻にぶつけ続けたせいで逃げられ、誰とも話をすることなく部屋で酒を飲むだけだった日々。時間だけはあり余っているのでＹｏｕＴｕｂｅに時事ニュースを解説する動画を投稿したら意外と評判がよく、再生数を示す折れ線グラフがささやかながら右肩上がりになっているのを一日に何度も眺めた日々。被害者遺族からのメールをきっかけに始めた、犯人に思いの丈を直接ぶつけさせる動画が話題となり、少しの労力で多額の広告収入を得られるようになった日々。

美月は、痛ましそうに目を眇《すが》めた。

「いまのは聞かなかったことにします。あなたを信じた人たちのためにも」

角南の全身が、熱を伴って震え出した。あなたを信じた人たちだと？　ジャーナリストのなんたるかもわかっていない門外漢の素人が、なにを偉そうに……！

その後の数分間のことはよく覚えていない。一度は荷物をまとめて帰りかけた気がする。

しかし美月の視線を感じているうちに頭に血がのぼり、気がつけば彼女は後頭部から血を流して仰向《あおむ》けに倒れ、角南はそれを見下ろしていた。

呆然《ぼうぜん》としたまま、どれだけ時間が経っただろう。しゃがみ込んだ角南は、美月の首筋にそっと指を触れた。なんの反応もない。左右の手首も同様だった。

間違いなく、死んでいる。

「ふざけるな。これくらいで死ぬなよ！」

吐き捨てると、その場に力なく膝《ひざ》を突いた。

もう人生おしまいだ。警察が調べれば、美月が角南とネット上でやり取りした履歴はいくらでも出てくるだろう。このままだと自分が容疑者になることは間違いない。この近辺の防犯カメラを調べられたら、今夜、美月を訪れたこともつかまれる。帽子を被《かぶ》っているから顔が鮮明に映っていることはないと思うが、警察が本気で調べたら……警察に自分を調べさせない方法を考えなくては……でも、そんなものがあるはずない……いや。

田中参舵亜を犯人に仕立て上げればよいのでは？

参舵亜は美月のせいで、十年前の殺人を職場で告白させられた。このことを参舵亜は警察に話さないかもしれないが、発覚するのは時間の問題だ。参舵亜が有力な容疑者になることは確実。幸いこのアパートは防音性が高いようだから、隣室に物音は聞こえていない。廊下に防犯カメラもなかった。

それならば、参舵亜をこの場所に呼び出すことができれば。

美月が参舵亜を呼び出した痕跡《こんせき》を偽装することができれば。

参舵亜は喫煙を咎《とが》めてきた相手を殺すような輩《やから》なのだ。対して自分は、不慮の事故で人を殺めてしまっただけの身。どちらが社会に有益な存在かは明白。となれば、やるしかない。いや、やるべきだ。

美月のスマホは、安いことしか売りのないメーカーの製品だった。ロックの解除は指紋認証で行うタイプのようだ。美月の右手人差し指の先端をセンサーに当てる。セキュリティーの高い指紋認証は死体の指では作動しないと聞くが、ロックはあっさり解除された。美月が死んで間もないからか、安物なのでセキュリティーが甘いからかは定かではない。

まずはメモやカレンダーのアプリを確認する。美月はスケジュールを記録するタイプではないらしく、角南が今夜訪問することはどこにも記されていなかった。角南に住所を伝えてきたメールにも、今夜のことは一切書かれていない。第一関門はクリアだ。

再び指紋認証が作動するかわからないのでスマホがロック画面にならないように注意しながら、リュックから取り出したノートパソコンを起動させる。美月を撮影した動画を早送りしながら確認すると、手ごろな音声が見つかった。

〈雲竜美月と申します〉

〈直接顔を合わせて話をしたいと思っています〉

この二つを動画から書き出し、音声データをつくった。次いで、触れたであろう場所の指紋を拭《ふ》き取ったり、毛髪が落ちていないかさがしたりと自分がいた痕跡を可能なかぎり消し去る。無論、帽子を被り、新たな毛髪を落とさないようにして作業した。

あとは美月のスマホから参舵亜に電話をかけて、あちらがなんと言おうと無視して音声を順番に再生すればいい。電話を切ったら、メールで住所を送る。その後で、目撃されないように注意しながらこの部屋を出る。

これで目的は達成だが、参舵亜がここに来るかどうかはわからない。仮に来て、美月の死体を発見したとしても通報せずに逃げ出すかもしれない。

しかし警察なら美月のスマホのロックを易々と解除して、参舵亜に電話をかけた履歴を見つけるはず。そうなれば疑いの目は、自然と参舵亜に向かう。警察は角南と美月がやり取りした履歴も突きとめるだろうが、「彼女に『取材してほしい』と売り込まれて話は聞いたが、それだけ」とでも言えば、参舵亜の捜査を優先する。

もっとも参舵亜がここに来ず、どこかで誰かと一緒にいたらアリバイが成立してしまう。ここに来るのが最善、来ないのなら、今夜は一人でいることが最低条件。

「頼むぞ、参舵亜」

祈りとともに、角南は美月のスマホから参舵亜の番号に発信した。

参舵亜への電話を終えた後、角南は人目に気をつけながら美月のアパートを出た。自宅のある新宿までは、相模大野駅から小田急線で一本だ。しかし敢えて隣の町田駅方面へと歩き、用もないのにラブホテル街を歩き回ってから帰宅した。警察にどこでなにをしていたのか問われたら、「プライバシーの関係で詳細は明かせないが、取材をしていた」と主張するためである。ここまでは最善手を打ち続けている自信はあったが、少しも安心できない。それは帰宅し、ベッドで目を閉じてからも変わりなく、一睡もできないまま朝を迎えた。

スマホでニュースサイトを見ると、美月の死が報じられていた。第一報だけでは、参舵亜が現場に来たのかどうかはわからなかった。しばらくは様子を見るしかないと判断しかけたが、すぐに「本当にそうか?」という不安に取り憑《つ》かれ、立ったり座ったりを繰り返す。

角南は、時事ニュース系のＹｏｕＴｕｂｅｒとして名を馳《は》せている――少なくとも、そう自負している。警察が美月とのやり取りを突きとめた後、なぜ知らん顔をしていたのか問われては厄介では? よくも悪くも「再生数を稼ぐチャンス」とばかりにこの件を動画にするのが、普段の角南創介だと思われるのでは?

警察がそんなことまで考えるはずがないと思う一方で、万が一の可能性を排除できない。一度はスマホを三脚にセットしたが、「雲竜美月から『取材をしてほしい』と売り込まれていた」としゃべっては、視聴者から「プライバシーを侵害するジャーナリスト」と反発を受けることに気づいて手がとまる。やはり動画にするのはやめるべきか。しかし、それは普段の角南らしくない。

警察と視聴者、双方を納得させるにはどうしたら……。

　十月とは思えないほど汗をかいてシャツが背中に張り着いた末に、「『雲竜』という名字が珍しいので十年前の事件を思い出し、興味を持って雲竜美月について調べた」という口実を用いた動画を撮ることにした。美月とやり取りしていたことをつかんだ警察が話を聞きにきたら、「美月のことは『取材してほしい』と売り込まれていたから知っていたが、彼女のプライバシーに配慮して嘘をついた」と言えばいい。

　急いで話す内容を決め、動画を撮影する。パソコンで最低限の編集だけをしてアップしようとしたが、自分の目があまりにぎらついていて再び手がとまった。これでは殺人者にしか見えない。何度か撮り直したが、目のぎらつきは変わらなかった。やぶれかぶれで伏し目がちに話したところ、美月の死を悼んでいるように見えなくもなかった。ただ、話している内容は事件があったことを淡々と伝えているだけでバランスが悪い。

　そこで、美月が離婚後も夫と連絡は取り合っていたことと、次男の写真を部屋に飾っていたことも話し、遺族の心中を思って心を痛めていることを強調した。

　この動画を編集し、自分のチャンネルにアップしたところで疲労が限界に達してベッドに倒れ込んだ。しかし、動画のコメント欄に〈こいつが犯人だろ〉〈どう見ても人殺しです〉などと書き込まれているのではないかと思うと、とても眠れる気がしない。

　いままさに、〈通報しました〉と書き込まれているんじゃないか？　そう思った瞬間、反射的に飛び起きて、スマホで先ほどの動画を確認する。

コメント欄には、被害者への同情しか書き込まれていなかった。

そして再生数は、思いのほか伸びている。

「よし」

その一言を自然と発するのと同時に、美月の声が蘇った。

――いまのは聞かなかったことにします。あなたを信じた人たちのためにも。


その後の報道や知り合いの記者から聞いた情報をまとめると、事件の夜、参舵亜は美月の部屋に行き、警察に通報したらしかった。当然、十年前の事件と結びつけられ、ネット上には参舵亜を犯人と決めつける罵詈《ばり》雑言《ぞうごん》があふれ返っている。

十月十八日の夜、角南が美月とやり取りしていたことをつかんだ新山《にいやま》と原田《はらだ》という二人組の刑事が、自宅に事情を聞きにきた。

予想していたことなので焦らず、取材してほしいとせがまれていたが迷惑だった、参舵亜に十年前の殺人を告白させたことを聞いて戸惑った、亡くなったことを知ったときは再生数を稼ぐチャンスだと思って動画にした、などと準備しておいた答えを返した。事件の夜どこでなにをしていたのかという質問に対し、「取材で町田のラブホテル街にいた」と言ったときは怪訝《けげん》な顔をされたが、深く訊《たず》ねられることはなかった。やはり本命の容疑者は参舵亜なのだろう。

計画どおりと安堵《あんど》しかけたが、十月二十日の昼、新山と原田が再び訪ねてきた。

刑事二人は「雲竜美月さんとどんな話をしたのか、詳しく教えてください」「事件の夜、あなたはどんな服装をしていましたか」「町田のホテル街に行ったそうですが、歩いたコースは？」と矢継ぎ早に質問を繰り出してきた。美月とした話も、事件当夜の服装も「よく覚えてない」で押し通したが、ホテル街に行く前に相模大野駅で下車したことは、話さざるをえなかった。

「町田のホテル街に行くのに相模大野で降りたのですか？　隣駅とはいえ、だいぶ距離がありますよね？」

「にぎやかな相模大野の駅前から、徐々にそういう通りに近づいていく映像を撮りたかったんですよ」

「それは何時ごろのことですか？」

「八時か九時くらいじゃないですかね」

「撮影したファイルを見れば、日時が記録されているんじゃないですか」

「いい映像が撮れなかったので、削除してしまったんですよ。金があれば、記録用のＨＤＤやＳＳＤをいくらでも買えるんですけどね」

笑ってみせながらも、内心では冷や汗をかいていた。警察は、期待していたほど参舵亜を疑っていない。それどころか、角南の方を容疑者と見なしている。信じられない。自分は不幸な事故で美月を死なせてしまっただけで、参舵亜よりよほど上等な人間なのに。参舵亜の母、田中琴音の現住所に関するタレコミのメールが来たが、とても返信できる状態ではなかった。

警察が容疑者を角南に絞り、捜査員を総動員して徹底的に調べたら、必ず証拠は出てくる。そうなってはおしまいだ。

しかしその日の夜になって、参舵亜が失踪《しっそう》したという情報がＳＮＳに出回った。

最初はデマだと思った。警察に疑われていない参舵亜がいなくなる理由などどこにもない。しかし翌日、三度《みたび》訪ねてきた新山と原田が参舵亜と接触しなかったか問うてきたことで、本当だと知った。

新山たちが早々に帰っていったことで、自分が捜査線上からはずれたことも確信した。

おそらく参舵亜は、警察に疑われることに耐えられなかったのだろう。もしくは、違法薬物でもやっていて、ばれたらまずいと思ったか。いずれにせよ、人殺しらしい短絡的な行動だ。

笑いが込み上げてきた。

それから田中琴音に関するタレコミを思い出した角南は、情報提供者に返事を書いた。しかし角南に無視されたと思って、既に別のＹｏｕＴｕｂｅｒに話を持っていってしまったという。

「少しくらい待てよ」

吐き捨てたものの、無論そんなことはおくびにも出さず、忙しくてメールを見落としてしまったことにして丁重に詫《わ》び、また情報があったらぜひ送ってほしい旨を書いて返信した。

十月二十三日の夜、「タカピーの突撃チャンネル」というＹｏｕＴｕｂｅチャンネルに、田中琴音の動画がアップされた。程度の低いことこの上ない動画だったが、再生数はものすごい勢いで増えていく。

「うちのチャンネルでも、田中参舵亜の動画をどんどんアップするか」

呟いても、もう美月の声は聞こえなかった。

有象無象のＹｏｕＴｕｂｅｒたちが、参舵亜に関する動画を続々とアップしていく。さながら、粗製乱造の見本市だ。無価値な動画ばかりだが、このままではこれらに埋もれてしまう。ばかは動画をアップするなと苛立ちつつ、ほかより目立つ切り口はないか考えていると、十月二十四日の夜、参舵亜の同僚と称する藤沢彩という女性からメールが届いた。

わざわざ連絡してきたということは、角南に打ち明けたいことがあるに違いない。やはり自分は、優れたジャーナリストと目されているということだ。メールによると、藤沢彩は参舵亜と親しかったらしい。美月が話していた参舵亜と仲がいい「同僚の女の子」はこの女かもしれない。だとしたら、おもしろい話を聞けそうだ。「殺人者とも知らず仲よくしていた女」ということで、世間の注目も集められる。

いきなり直接会いたいと主張してきたことが引っかかりはしたが、十月二十五日の午後二時に相模大野駅北口の貸し会議室で会うことになった。

当日の昼前。角南はカレーを多めにつくった。仕事がなかった時期の経験からなるべく自炊することにしているが、参舵亜の同僚の話次第では、今夜は夕飯をつくっている時間がなくなる。具材をたっぷり煮込んだカレーを味見すると、頬が痛くなるほど美味だった。軽く食べてから、出かける準備を始める。

今夜は、あのカレーを食べながら動画を編集しよう。

舌なめずりしながら、角南は家を出た。

わたしたちのこと

白く染まった吐息が、夜の空気に溶けていく。今日から十二月が始まったことを知らせているみたいだと彩は思った。コートのポケットに手を入れながら辺りを見回す。

彩は、家の近所にある公園に来ていた。心葉と「いつか行こう」と話をして、そのままになっていた公園である。遊具がなく、静まり返っているだけに、隅の方に設置された木のベンチがやけに目立っていた。街灯の真下にあるから、余計に存在感が際立っているのかもしれない。ベンチの傍まで行く。座っていようかと思ったところで、声がした。

「彩さん」

心葉が小走りに駆けてくる。狭い公園なので、すぐに彩の目の前まで来た。顔を合わせるのは角南と対峙《たいじ》した二日後、心葉が荷物を整理するため会社に来て以来だから、およそ一ヵ月ぶりだ。この間、彩から連絡を取ることはなかったし、心葉の方から連絡が来ることもなかった。

「彩さんは、元気だった、かな」

心葉の話し方は、どこかぎこちなかった。誰《だれ》かと言葉を交わすのは、久しぶりなのかもしれない。最後に見たときよりもこけた頰《ほお》と伸びた髪のせいで、余計にそう思う。

それでも顔の輪郭からは、相模湖で再会した直後と違って、しっかりした線で描《か》かれているような印象を受けた。

「元気でした。その、こ――」

心葉に負けず劣らずぎこちなく答えた彩が「心葉さんはどうでしたか？」と訊《たず》ね返す前に、心葉は言った。

「千暁は、まだ来てないみたいだね」

「急ぎの仕事が入ったので、少し遅れるそうです」

「そうか。用件は、角南に関してだよね」

「そうですね。わたしと心葉さんに、見せたいものがあると言ってました」

だから心葉を呼び出してほしい、と千暁から頼まれたのだ。

「わざわざなんだろう。事件のことは、報道でだいたい把握しているんだけど」

それは彩も同じだった。

警察に連行された後、角南創介は連日にわたって取り調べを受け、十一月六日、遂に犯行を自供した。美月のアパート付近に設置された防犯カメラから、顔が鮮明に映った映像が発見されたことが決め手となったらしい。動機は、十年前に美月の息子を殺《あや》めた人物――心葉を巡るトラブルだと供述しているようだ。

「千暁がなにを見せるつもりなのか、彩さんは聞いてないの？」

「はい。『心葉と同時に知らせたい。そんなに時間はかからないから、場所は公園にしよう』と言われただけです」

千暁の本音は「時間はかからない」ではなく、「時間をかけるつもりはない」なのかもしれなかった。そうでなければこの季節の夜に、わざわざ屋外を待ち合わせ場所に指定しないだろう。

心葉が落ち着きなく、辺りを見回す。

「短時間でもあいつがぼくに会おうとするなんて。相当無理をしているんじゃないかな」

「悪い悪い。待たせたわー」

心葉の不安を吹き飛ばすような明るい声を上げながら、千暁が公園に入ってきた。会社から直接来たらしく、ロングコートの下はスーツだ。心葉の目が泳ぐ。

街灯の下に来た千暁は、以前と変わらない笑みを浮かべた。

「久しぶりだな、心葉。ちょっとやせたんじゃないか」

そう言う千暁だって、随分やせた。この一ヵ月、ずっと忙しくしているからだろう。遅くまで残業しているだけでなく、休日出勤もしているようだ。

雲竜美月が千暁の母親だったことは、会社で知られていない。でもそれとは関係なく、遠くないうちに退職するつもりで、自分の仕事を終わらせようとしているのかもしれない。宇佐見もそれを承知しているのではないか。「自分が横浜で担当していたクライアントは、これが全部です」「この農家は、前日に訪問日時をリマインドすると喜ばれてました」などと自分の仕事をほかの社員に過去形で語るのを何度か耳にしているので、どうしてもそう思ってしまう。

もし千暁がいなくなったら、絶対にさみしくなる。心葉が退職した後も彩は周囲になにかとひそひそ言われているから、会社にいづらくもなる。奨学金の返済があるので、簡単にやめるつもりはないのだけれど。

自分でも意外だったが、フードバンクの仕事をがんばりたい気持ちが芽生えてもいた。

恩田の日記で、心葉がオオクニフーズを志望した理由を知ったからかもしれない。

「やせたのは、節制しているからだ。それより、ぼくと彩さんに見せたいものがあるそうだね。なにかな?」

「弁護士を通して届いた、角南からの手紙」

千暁がコートの内ポケットから、白い封筒を取り出した。全体に、しわを伸ばした跡がある。弁護士がこんな手紙を渡してくるとは思えない。

千暁が、握りしめたのだろう。

「受け取るつもりはなかったけど、本人がどうしても読んでほしがっていると押し切られた。二人には協力してもらったから、知らせる義務があると思った。俺《おれ》たちが相手にしたのが、どんな奴《やつ》だったのかを」

封筒を受け取った彩は、心葉を見上げた。頷《うなず》かれたので、中に入っていた便箋《びんせん》を心葉にも読めるように広げる。そこにはため息が出るほどの達筆で、長い文章が綴《つづ》られていた。

手紙によると、角南は美月に協力するつもりは一切なく、むしろ、赤井より参舵亜を信じるべきだと助言したらしい。しかし美月は聞く耳を持たず、独断でオオクニフーズに清掃スタッフとして入り込んだ挙げ句、参舵亜に十年前の罪を告白させた。しかも、自分を取材して動画にしろと迫ってきた。断れなかった角南は、事件の夜、美月のアパートを訪れ事件が起こってしまった。

〈取材に難色を示す私に、美月さんは激情に駆られ殴りかかってきました。私が身を守るため咄嗟《とっさ》に手を出すと美月さんは後ろに倒れ、打ち所が悪くて亡くなってしまったのです。天地神明に誓って、私に殺意はありませんでした。あれは不幸な事故だったのです。ただ、美月さんの暴走をとめられなかったことに関しては責任を感じております。まさか彼女が、参舵亜にあのような行動を取らせるとは……。私の至らなさが招いた結果であることは否めません。

とはいえ、誰に美月さんをとめることができたでしょう？　突き詰めて考えれば、すべての元凶は十年前の事件にあり、責を負うべきは参舵亜なのです。ある意味では、私も被害者なのです。その点に関しましては、どうかご理解いただければと思っております。

もちろん事故とはいえ、私が犯した罪は罪として、深く反省しております。また手紙を書かせていただきます〉

文末は、この文章で締めくくられていた。彩が返した手紙を内ポケットにしまいながら、千暁はあきれ顔になる。

「一介の中年女性が、やり手ジャーナリスト相手にこんなことできるわけないよな。角南の供述は二転三転しているともいうし、手紙の信憑性《しんぴょうせい》はゼロだよ。心葉が寄越した手紙より、ずっと字は上手《うま》いのにな」

「君も読んでくれたのか、ぼくの手紙を」

「一度だけ、母に見せてもらった。母はお前を許すつもりはまったくなかったけど、少なくとも反省はしていると信じていたよ――赤井に会うまでは」

赤井の名が出た途端、自分たちを取り囲む空気が冷たくなった気がした。

千暁は、真《ま》っ直《す》ぐな眼差《まなざ》しで心葉を見据える。

「ビデオ通話をしたときは冷静に話せなくなると言ったけど、いまは違う。赤井の話が本当かどうか、教えてほしい。十年前、兄を殴ったとき、お前は」

千暁はなんの前触れもなくそこで言葉を切ると、空を見上げた。彩もそれに釣られる。雲はほとんどないが、街明かりにつぶされて月以外の天体はぼんやりとしか見えない夜空が、どこまでも広がっていた。

千暁の視線の先には、月があるようだった。瞬きすらほとんどせずに月を見据えた末に、千暁は呟《つぶや》いた。

「月の色って……夜によって、違うんだよな」

彩も月を見つめる。今夜の月は満月に近い形で、黄金《こがね》色の光を放っていた。千暁の言うとおり、夜によっては白かったり、青みがかっていたりするのだろう。見る人によっても、場所によっても見え方が異なるのだろう。

相模湖の水面《みなも》が、一つの色にとどまっていることが決してないように。

「……朝焼けだって、日によって違うか」

千暁はもう一言呟くと、心葉に視線を戻した。

「やっぱり、教えてくれなくていい。じゃあな」

心葉をしっかりと見つめてそう告げ、千暁は踵《きびす》を返し歩き出した。街灯から離れた千暁の背中が暗がりに沈み、遠ざかっていく。心葉はそれを、唇を真一文字に引き結んでただ見つめていた。

途中まで帰り道が一緒なので、彩は心葉と並んで歩き始めた。

人も車も少ない、静かな夜だった。心葉は唇を真一文字に引き結んだままだ。彩は心葉に話しかけたいのにきっかけをつかめずに歩き続け、ほどなく丁字路に到着した。彩は右、心葉は左の方に家がある。

――心葉さんが戻ってきた後、わたしはどうするんだろう？

恩田と話していたときによぎった不安が蘇った。いや、本当はずっと胸の中でくすぶっていたのに、気づかないふりをしていただけなのだろう。

このまま心葉と別れたら、たぶん、もう会うことはない。いま抱いている不安は少しずつ薄れていき、時折、思い出すだけになるのかもしれない。

――でも、それでいいの？

胸が痛いくらい締めつけられるのを感じながら心葉を見上げた彩は、目を瞠《みは》った。心葉の顔つきが、相模湖畔《こはん》で再会した直後の、震える手で引かれた線のような輪郭へと戻っている。

「なにか、あるんですね」

たったいままでなにも言えずにいたとは思えないほどすんなり、彩は訊ねた。心葉は夜空を見上げてから、引き結んでいた唇を開く。

「ぼくが相模湖に行ったのは、彩さんが絵を描く行為を追体験したかったからだ。最初にあの湖を見たとき驚いたよ。広い湖面がきらきらとさまざまな色に輝いていて、束の間《つかのま》ではあるけれど、自分の目的を忘れた。でもしばらく見ているうちに、なぜか急に思ってしまったんだ。これまではそんな発想、一度も抱いたことはなかったのに。嘘は言っていないつもりだったのに。言われても、なんのことだかわからなかったのに」

核心にたどり着くのを先延ばしにするように言葉を並べ立てていた心葉だったが、唇を強く噛《か》みしめると、この一言を発した。

「赤井の言ったとおりかもしれない、と」

彩は心葉を見上げたまま、目を逸《そ》らさない。

心葉は、彩を視界に入れようとしない。

「許されるはずないけど、十年前のことは自分なりに反省して、一生をかけて償うつもりでいた。だから最初から陽太郎さんを殺すつもりだったなんて赤井の言いがかり――そう思っているのは、いまのぼくだ。十年前、陽太郎さんを殴った瞬間のぼくのことはわからない。厳密に言えば、わかるつもりではいるけれど、自分の身を守ろうとしたり、弁護士からアドバイスを受けたりしているうちに、無意識のうちに記憶を改竄《かいざん》したわけでないとは言い切れない。殺せる人間だと証明したかった気持ちがまったくなかったのか、もう判断がつかない」

彩が見つめる中、心葉は続ける。

「彩さんが相模湖に来てくれるまでの間、このことを千暁に伝えるべきかどうかずっと悩んでいたけど、答えは出せなかった。だからせめて、角南が美月さんの事件の犯人かどうか突きとめる手助けをすれば気持ちが楽になるんじゃないかと思ったんだ」

——いいからやらせてくれ！

相模湖湖畔のカフェで心葉が強い語気で口にした、あの言葉の裏にあったものを知った。

角南が犯人かどうか確かめるため「暴力に訴えてもいい」という発言は、千暁に協力するため口にしただけ。本当は、そんなつもりなんてなかったのだ。だから角南に胸を突かれても、挑発されても、心葉はなにもしなかった。

「けど、だめだった。そんな虫のいいことを願った自分への嫌悪感が増しただけだった。さっき赤井のことを訊《き》かれそうになったときも、千暁が引き下がってくれて心の底から安堵《あんど》してしまった」

夜空に向かって、心葉は吐き捨てた。

「最低だよ、俺は」

その一言は、彩の胸に深々と突き刺さった。

でも、心葉さん。

自分のような「はっきりしない子」がうまく言えるだろうか。心葉の一言が突き刺さった胸に今度は不安が爪《つめ》を突き立ててきたが、それでも語りかける。

赤井さんが言っていた感情が心葉さんの中にあったのかなかったのか、単純に言い切ることはできないのではないでしょうか。心葉さんは言葉を覚えることで、自分の感情を知ることができたそうですね。十年前に抱いていた感情も、言葉によって知ろうとしたのかもしれない。でも、言葉だけで心の中にある感情すべてを言い尽くすことはできません。心葉さんは、それに気づいたのだと思うから。

不安は現実となり、かなしくなるほどたどたどしい言い方しかできなかった。それでも心葉は、夜空を見上げたまま言った。

つまり彩さんは、ぼくが自分の心に真摯《しんし》に向き合ったからこそ、名前のつけられない感情があることに気づいたと言いたいんだね、と。いつも彩の言いたいことを、まとめてくれていたように。

そうです、と返した彩は、これだけは自分の言葉で伝えたくて、はっきりと口にする。

わたしが心葉さんに抱いている感情も、同じです。

いつの間にか汗ばんでいた手でコートを握りしめ、彩は言葉を紡ぎ続ける。

わたしはいまも、心葉さんのことがこわい。こんなにも真摯に自分の罪と向き合おうとしている姿を目の当たりにしているのに、どうしても。前のように話したり、笑ったりすることなんてできない。

でも前と同じでなくても、心葉さんと話したり、笑ったりしたい気持ちもあるんです。いまは無理だけれど、いつの日か。

心葉の顔が、ゆっくりと彩に向けられる。潤んだ双眸からは、いまにも涙がこぼれ落ちそうだった。目を逸らしそうになりながらも、彩は繰り返した。

いつの日か、と。

本書は書き下ろしです。
また本書はフィクションであり、
実在の個人・団体等は一切関係ありません。

著者略歴

天祢 涼〈あまね・りょう〉
1978年生まれ。2010年に第43回メフィスト賞受賞作『キョウカンカク』でデビュー。2013年『葬式組曲』が第13回本格ミステリ大賞候補作、同書に収録されている「父の葬式」が第66回日本推理作家協会賞（短編部門）候補作になる。2023年『謎解き広報課』が第18回酒飲み書店員大賞を受賞。2024年「一七歳の目撃」が第77回日本推理作家協会賞（短編部門）候補作に。他の著書に、「境内ではお静かに」シリーズ、『希望が死んだ夜に』『あの子の殺人計画』『彼女はひとり闇の中』など。

Kadokawa Haruki Corporation

天祢 涼

あなたの大事《だいじ》な人《ひと》に
殺人《さつじん》の過去《かこ》があったら
どうしますか

*

2024年4月18日第一刷発行

発行者 角川春樹
発行所 株式会社 角川春樹事務所
〒102-0074 東京都千代田区九段南2-1-30 イタリア文化会館ビル
電話03-3263-5881（営業） 03-3263-5247（編集）
印刷・製本 中央精版印刷株式会社

ISBN978-4-7584-1461-6 C0093
http://www.kadokawaharuki.co.jp/